醉鲨
HAVBOKA

在浩瀚汪洋之上以小皮艇捕捉大鲨鱼的艺术

（挪）莫腾·斯特罗克奈斯 —— 著

刘虹 —— 译

新星出版社　NEW STAR PRESS

目录
CONTENTS

夏
1

秋
95

冬
171

春
229

致谢
321

注释
323

你曾到过海的泉源,在深渊的底处行走过么?
——《约伯记》38:16

夏

SUMMER

I

三十五亿年。从第一个远古生命体在深海形成,到雨果·阿斯约德打电话给我的那个七月的周六之夜,中间隔了三十五亿年。

"你看下周的天气预报了吗?"他问我。

我们一直在关注天气预报,一直在等待某种特定的好天气。不是日照充足,不是高温,也不是干爽的晴天,而是尽可能的风平浪静,尤其是在博德[1]和罗弗敦群岛中间的那片海域。更具体地说,这片水域就是韦斯特峡湾,也被称作"西部峡湾"。想在韦斯特峡湾等到平静的海面,你必须十分有耐心。这片汹涌的海域出了名的阴晴不定。从西、南、北任一方向吹来的轻微阵风都会在海面上掀起巨浪。

过去的几周里,我一直在查天气预报,预报总说会有大风或七级以上的强风。从来没有哪天是微风或轻风,而我们只有等到那样的天气才可以看到平静的海面。最后,我只得放弃跟踪天气预报,静待炙热白昼与清亮夜晚的日日交替,沉溺于奥斯陆懒散的夏日。

电话响起时我正身处一场欢快的晚宴。一看到是雨果打来的——要知道，雨果厌恶电话，只有在需要传达重要信息的时候才会亲自打电话——我就知道我们长久的等待终于有了结果，终于要去试着捕捉那条大鱼了。

"我这就买明天的机票，周一下午就能到博德。"我告诉他。

"好极了，再见。"嘟的一声，他挂上了电话。

在飞往博德的飞机上，我着迷地盯着下方的土地。椭圆的机窗外，那些山脉、森林和平原在我看来都像是隆起的海床。几十亿年前，整个地球都被海洋覆盖，也许只有几座零星的小岛除外。甚至到了今天，海洋仍旧占地球表面的七成以上。有人说，我们的星球根本不应该叫"地球"。相反，叫作"水球"更加名副其实。

当我们抵达海尔格兰时，陆地的边缘被挪威壮阔的峡湾勾勒出蜿蜒的曲线。在西面，海洋无限延展，远处水天一色，波光粼粼，泛着鸟羽一般闪亮的银灰色。

每次我离开奥斯陆向北而行，都能体会到同样的遁世之感……逃离内陆，逃离蚁冢般的丘陵，逃离云杉、河流、淡水湖和汩汩的沼泽。再见了，永别了，我要向着自由无边的海洋去了。在这世界的广袤大洋之上，无数航船穿行于久负盛名的海港之间：马赛、利物浦、新加坡和蒙得维的亚[2]，拉起船索、扬帆转舵之时，水手们唱响古老的船歌，海面随着歌声以醉人的节奏摇摆。

上了岸的水手像是不安分的游客。他们或许再也不会扬帆出海，但看他们的言语和做派，你还是会觉得他们不过是短期停驻在陆地上的观光客而已。他们对海洋的向往永远不会消失。然而，无奈的是，虽然满怀渴望，但他们当中真正能够再次回应大海的热切召唤的只占少数。

我的高祖父在离开瑞典内陆向西而去的时候，一定感受到了来自海洋的神秘召唤。他翻过崇山峻岭，就像鲑鱼一样沿着大河行进，先是逆流而上，再顺流而下，直到最终拥抱大海。

据说，高祖父为这次旅程给出的唯一理由是——他必须亲眼看一看大海。他甚至根本没有再回到内陆的打算。也许他是被要在瑞典的山村俯身于贫瘠的土地，最终虚度一生的念头吓到了。他显然是个冲动的男人，也是个行动力超群的逐梦人。他一路游荡到挪威海岸，建立家庭，成了一艘货轮的船员。几年后，宿命难违，他们的货轮在太平洋某处海域沉没，所有船员无一生还。我想，他清楚地知道自己的归宿——来自大海深处的男人注定要再回到那里，他本就属于那片深蓝。至少,我是这样回忆他的。

正是海洋给予阿蒂尔·兰波[3]的诗歌以灵感。海洋激活了他语言的广袤,让他的诗歌走向了现代性。他的代表作是创作于一八七一年的《醉舟》。这首诗的主人公是一艘渴望自由之海的老货船,它纵身跃入大河,随着河流入海,只为与肆虐的风暴迎头相撞,最终坠入水底。在那里,它与海洋融为一体:

> 自此,我沉浸在诗里,
> 海洋之诗,注入了星辰与乳汁,
> 我吞食湛蓝与翠绿;而有时漂过
> 发白膨胀、满怀忧思的溺水者之尸。[4]

航班上,我试图凭记忆拼凑出这首《醉舟》的全文。我记起汹涌的浪头像发狂的牛群冲击着礁石。海床上,巨兽利维坦[5]在漂荡的绿藻中腐烂,海藻卷起醉舟,用叶片紧紧围裹着它。在黑暗的深渊旋涡之上,醉舟听到抹香鲸的求偶之声,看到沉船的残骸已布满可怖的海虱子和海蛇,还有金黄的歌鱼、闪着电光的月牙和黑色海马——那些只在人们幻想中存在的生物……[6]

"醉舟"被眼前的景象所震撼,它感受到大海那骇人的自由之力,永不停息的涨落,翻卷的海浪和泛白的泡沫相互交叠。最终,疲倦忧郁的"醉舟"带着渴望,忆起儿时那黑暗却静谧的湖泊。

写下这首诗时,兰波十六岁,那时的他尚未见过大海。

2

雨果·阿斯约德生活在英格雷雅岛上一个叫作斯泰根的小城。从博德到那里要乘坐双体游艇向北穿越群岛,零星散落的礁石群像藤壶一般附着在多岩而曲折的海岸线上。航行大约两小时,游艇停靠在博格伊港,这个小镇距离英格雷雅岛只有一桥之隔。

英格雷雅岛就像是整个挪威的缩影,拥有典型的挪威峡湾式风光,一侧面向内陆,另一侧则面向大海,能看见群岛和纯白的海岸。岛屿最南端和临海处是肥沃的农田。高处的森林里栖息着驯鹿和其他野生动物。无数山峰拔地而起,其中海拔最高的是特霍奈特山(海拔约六百四十五米)。人类在此聚居将近六千年之久并非毫无道理，骑行只需几小时就可环岛一周，同时，这座小岛的地理优势使人们能够以捕鱼、打猎和农耕为生。

雨果正站在码头上，等着用好消息迎接我。他已经准备好了捕鲨的诱饵。就在几天前，他宰了一头苏格兰高地牛，现在这头牛的残骸正躺在牧场里等着我去收拾。"这事儿可以等到明天。"雨果说。我们开车过桥，前往他在英格雷雅的家。他的房子看上去完美无缺，上有一座高塔，下有地下室里的一间小画廊，朝西还可以看到韦斯特峡湾绝美的景观。方塔是雨果亲自设计的，用来做易卜生《建筑大师》[7]里的布景简直再合适不过了。

进入雨果的地盘就仿佛踏进了海盗的藏宝洞。车库里摆满了雨果从海岸"搜刮"来的宝贝。一个老船头、几只巨大的旧船锚像战利品一样陈列在通向画廊的通道上。后院里的螺旋桨来自一艘在斯卡洛瓦岛附近沉没的英国拖网渔船。雨果还从海里捞出来过一块俄文标志牌，他推测那应该来自一艘俄罗斯船只，结果没想到其实是阿尔汉格尔斯克[8]附近一个选区的选举海报，现在被他挂在了自家棚子里。除了最显眼的大木棚，雨果还搭了另外几个小棚子，他还为他的两匹设得兰小马——露娜和威斯勒格罗帕——搭建了马厩。他的几艘船一直放在大木棚里面或者附近。不久以前他卖掉了一艘小游艇,那是一条有着平坦横梁的红木舟,它看上去时刻渴望着驶向地中海温暖的里维埃拉[9]。

雨果这辈子没吃过炸鱼条,也并无兴趣一试。我们的晚饭是加了新鲜荨麻和当归叶的扁豆汤、自制鹿肉香肠,配上红酒。饭后他带我参观了地下室的画廊。雨果的油画作品大多是抽象风格的,但习惯了北国风貌的人们一般将其认作写实风景,那是对海洋和海岸——也正是他们日常生活中景象的描摹。这种看法不难理解,因为画中的光影是如此独特,只有在冬天北极圈以北的大洋附近才能见到。雨果的个人风格在于辨识度极高的北极蓝,那是寒冷却晴朗的极夜的色彩。极夜其实并不黑暗,你仍可以看到光谱上的所有颜色,只不过有的偏暗些,有的则是内绽的。天空被笼上一层深沉而朦胧的光晕,随时可能出现的极光就像一场迷幻的即兴表演。

当时,雨果正在创作一系列描绘英格雷雅岛朝海一侧的迪特尔炮台的作品。第二次世界大战期间,德军在那里建造了北欧规模最大、造价最昂贵的要塞。当时这里为一万多名德国士兵和苏联战俘提供了住所,成为挪威北部最大的城市之一。市里有电影院、医院、军营、餐厅,甚至还有妓院,在那里能找到被从德国和波兰带来的女人。当地还布满雷达装置、气象台和装备了最新设备的指挥中心。炮台原计划覆盖整个韦斯特峡湾,其射程可达四十到四十八公里。时至今日,那些炮台的掩体仍深入地下多层。尽管上百名苏联战俘在那里被迫服劳役至死,雨果仍为那片隐蔽风景中的宁静感到着迷。

在他的绘画里,迪特尔炮台化作了几块立方体。

雨果作为一名艺术家的涉猎范围颇广,这还是谦虚来讲。几年前,雨果把一只经过了自然防腐的猫带上了展览。这只猫在生命的最后关头躲进了雨果家附近的一个旧牛棚等待死亡,因为被雨果带去参加佛罗伦萨当代艺术双年展,这只猫在死后声名大噪。博德当地报纸《诺德兰日报》在采访雨果时问他:"死猫是艺术吗?"

雨果在韦斯特峡湾两岸都生活过。他一直都住得离大海很近,并且在船上度过了大部分时间。雨果稀罕而珍贵的内陆生活要数他在德国明斯特学习艺术的那段时间。他是一所当地著名的艺术学院录取的最年轻的学生。那时,在德国街头能看到很多负伤的"二战"老兵——他们大多因战争而畸形,有人拄着拐,有人少了一只胳膊,有人只能靠轮椅行动。他的同学都是些激进的德国青年,他们强烈抗议越南战争,却仍对第二次世界大战只字不提。雨果偶尔会乘火车去汉堡,沿途他能感受到空气变得更加新鲜且富有野味,带着海洋的气息。

毕业后,雨果回到挪威,除了拿到了古典绘画、平面艺术和雕塑专业的证书,还背回了一个特殊的包袱——身处二十世纪七十年代激进德国学生之中的经历潜移默化地影响了他。这种影响与政治无关,雨果从来不是政治激进分子。这也和他的个人风格无关,尽管雨果戴着圆眼镜,留着小胡子和黑色长发。更为重要的是,那段经历让他对常人眼中理所应当的生活和处事方式持怀疑态度,变得更加叛逆。在明斯特的生活还培养了他的另一个恶趣味:每天下午五点,雨果会雷打不动地收看德国犯罪电视剧《探长德里克》的重播。上帝保佑那些斗胆打扰他的人。

给我展示了他的新画作之后,雨果带我上阁楼参观。那里能将英格雷雅岛青葱的景色尽收眼底。这是一个温和的夏夜。露珠沉沉地挂在草叶上,夜色中,黑漆漆的草地向着南方延展,宁静的空气像一方毯子罩住这片正在安睡的土壤。身处如此的静谧之中,我仿佛能听见远方飘来的轻声细语。

我们四周是郁郁葱葱的落叶林,桦树、花楸、柳树和白杨静静地舒展着枝叶。门敞开着,我穿过去走上阳台,仿佛站上了甲板的最高处。这里就没有那么安静了。我眼前这片树林枝叶杂乱,花粉四散,苔藓丛生。鸟儿的歌声不时响起。我听见沙锥、杓鹬和山鹬的声音。我的耳朵需要一些时间才能将它们分辨开来。咯咯叫的是松鸡,秀气地啁啾着的是画眉,那布谷布谷的便是布谷鸟了。一旁还有叽叽喳喳插嘴的燕雀、麻雀和山雀。通常,杓鹬的叫声听上去像是忧郁又孤单的一声哨响,但它们也会突然变调,变得像是好脾气的机关枪。我叫它"友军枪响"。不知何处,一只鸟干瘪地叫了一声,如同硬币叩击在桌子上。

一只短耳猫头鹰从我们眼前飞过。它俯冲而下,长长的翅膀不时颤抖着。远处,峡湾平滑而洁白。山顶的积雪还没有融化,夜里,黑色的山尖高耸着,曾有三架战斗机在那里坠毁。二十世纪七十年代初,两架星式战斗机撞上山尖;一九九九年,一架德国旋风战机也在此遇难,两名飞行员即时弹机,被在斯加斯塔孙德巡航的小船搭救而幸免于难。

从鸟类的分布就能看出英格雷雅和斯卡洛瓦两地的差别。两座岛各据韦斯特峡湾一侧。英格雷雅重农耕;斯卡洛瓦则是渔业小镇,那里的一切,包括人们的思维方式,都与另一侧迥然相异。斯卡洛瓦的鸟尽是海鸟。栖息在英格雷雅浓密森林中的鸟儿歌声动人,而斯卡洛瓦海鸟的叫声往往粗糙沙哑。但有些海鸟能够潜下水底两百米,它们在水中自由穿梭,不受水流阻挠地改变方向,在惊慌的鲱鱼群中捕猎。

在斯卡洛瓦的近海处,海平面剧烈地直坠三百米有余。

就是在这样的海岸上，雨果和妻子梅达正在将老旧的阿斯约德渔站修缮一新，这里曾是打鱼的前哨，也做过鱼肝油加工厂。

从名字不难看出，在二十世纪八十年代早期被关停卖出之前，阿斯约德渔站几十年间都是雨果家的家族地产。现如今，雨果和梅达已经把它重新买了回来。这块地虽荒废已久，夫妻二人却仍将其重整出了几分往日的光辉，两人还设想了很多更宏大的未来规划。

对于雨果和我来说，阿斯约德站将是我们捕鲨之旅的大本营。

回到屋里，雨果给我讲起公羊的故事。若是换成别人来讲，那绝对是个难以置信的故事，但是从雨果这里听来就显得稀松平常。我不知道他为什么突然想要提起这茬，但这个人确实习惯于跑题。一次，一位农夫以为自家刚生下的小羊羔天生残疾，就在他要把它杀死时，正好被雨果撞见了。他觉得这只小羊羔很可怜，就把它领回了家，养在厨房里。雨果和梅达计划把它养到秋天再宰掉。过了几周，雨果在街头店铺再次偶遇那位农夫。谈话间，农夫偶然提到一只小羊难免太过孤零零。几天之后，他把另一只自己不想要了的羸弱小羊领到了雨果家。

没想到,这两只羊在雨果家一住就是几年。它们被喂养得又肥又壮,而且完全不服管教,再让它们和家里的孩子和宠物狗玩耍已经不安全了。于是雨果把它们装上船,带去了附近的小岛,让它们在那里自在地游荡和吃草。

这么一来,两只羊变得更加肥硕且不知感恩。每次雨果经过那个小岛时它们都会游向他的船,厚实的羊毛因为沾水而拖得它们一路下沉,雨果不得不三番五次地营救它们。一个晴朗的夏日,雨果正悠然自得地把船划上岸。一只公羊出其不意地猛扑向他。雨果拉起毛衣的袖子,给我看他大臂上留下的那条不小的伤疤,以这个实实在在的惊叹号结束了这个故事。

此事没过多久,这两头羊终于被屠宰。至此,阿斯约德一家对这两头家畜已经仁至义尽。现在,它们的皮毛就挂在小木棚里。

两年前,一个恰似今夜的晚上,雨果第一次提到格陵兰睡鲨。雨果的父亲从八岁开始跟着其他人一起出海捕鲸,他曾看到船员们在船侧剥开鲸鱼皮时,格陵兰睡鲨从深海中浮出,偷吃被割下的大块鲸脂。

一次,船员们用鱼叉捕到了一头性子很烈的格陵兰睡鲨,他们不得不使用起重臂吊住它的尾巴才能将其拽上船。

尽管被鲸鱼鱼叉穿过背脊倒吊着,那条已经没了半条命的格陵兰睡鲨仍贪婪地吞食着眼前的鲸鱼肉,过了很长时间才死去。它在甲板上躺了几小时,瞪着船员们来来去去,把那些最胆大、身经百战的渔夫也吓出一身冷汗。

还有一次,渔船"赫梯格号"缓缓行驶在韦斯特峡湾。炎炎夏日,一位船员决定下海游泳凉快凉快。突然,几米开外,一头格陵兰睡鲨浮出海面,吓得这名船员屁滚尿流地蹿回船上,被其他船员狠狠嘲笑了一番。

这样的故事一直萦绕在雨果的脑海中,为他的想象力提供燃料,让他心心念念四十年之久。那晚,他谈起格陵兰睡鲨时眼底有光,连声音都带上了一分不同寻常的激动。儿时听到的故事对他的吸引并未随年龄的增长而有丝毫减损。他说,他看到过成千上万的海洋鱼类和动物,但却从未一睹格陵兰睡鲨的真容。现在时机到了,雨果用不着花费很大力气说服我,我很快就自愿咬饵上钩,还积极地自备了渔线和铅坠。

我也是海边长大的孩子,从小随船出海捕鱼。每次感到有东西咬钩,我都觉得钓钩那头有可能是任何东西。海洋深处有着另一个世界,有无数我见所未见、闻所未闻的生物。在书中,我看到过一些已知的深海生物的图片,但那远远不够。对我来说,海洋中的生活比陆地上的生活更加丰富和刺激。各种奇妙的生物四处游动,就在我们鼻子底下,而我们却看不见它们,对它们一无所知。关于海洋里的一切,我们只能猜想。

从那时起,海洋就深深地吸引着我。许多我们儿时认为神秘又激动人心的东西,到了青少年时期就会失掉光环,但是,对我而言,海洋只是变得更加广袤、深邃,充满惊奇。可能这也算是一定程度的隔代遗传,几辈人之后,我继承了多年前葬身大海的高祖父对海洋的深深痴迷。

这其中想必还有许多其他原因,一些我当时,甚至如今都无法道明的原因。我只能在余光中感知到它们的存在——如同灯塔旋转的光束一样划破黑暗,又好似一道闪电。

原本我当时还有很多其他的事情要做,但我毫不犹豫地回答雨果:"当然,咱们出海去捕格陵兰睡鲨吧。"

3

人类已经测绘了世界,不再用幻想中的奇珍异兽来填充未知的区域。然而,也许我们不该丢掉这份好奇,因为这颗星球上缤纷的生命还远未被全部探明——差得远呢。目前，科学家们发现并记录的物种数量还不到两百万，然而，据生态学家估测，地球上现存的多细胞生物超过一千万种[10]。毋庸置疑，更惊世骇俗的发现仍藏在大洋深处，至今人们仍源源不断地在海洋中发现新的生命体。事实上，先不说海底，即使是那些在海岸附近出没的大家伙，我们了解的也不过皮毛。海底的鲨鱼也许和陆地上的人类一样多[11]。试问，我们有谁真正了解在韦斯特峡湾的海槽和海峡深处游动，身长七米，体重一千一百公斤的格陵兰睡鲨？当然，雨果除外。

格陵兰睡鲨是一种远古生物。有记录称，它能够从挪威峡湾的最深处一路游抵北极点。虽然深海鲨鱼一般比生活在浅海区的鲨鱼个头小，格陵兰睡鲨却是个大大的例外。它能长到和大白鲨一样大小，因此也是世界上个头最大的肉食鲨鱼（象鲨和鲸鲨虽然个头更大，但它们只吃浮游生物）。海洋生物学家最近发现，格陵兰睡鲨的寿命可以长达四百岁，甚至五百岁，这让它成了目前已知的最长寿的脊椎动物。我们要去捕捉的庞然大物可能在"五月花号"驶向新殖民地北弗吉尼亚之前就已经在海底游荡了，甚至再早一百年，在尼古拉斯·哥白尼提出"日心说"的年代，这只鲨鱼就已经存在了。它的年龄也许已经有玛士撒拉[12]的一半了。根据《圣经》传说,玛士撒拉死于大洪水那年,很可能就丧生在卷起的浪花中。然而,被汪洋淹没的地球却成为格陵兰睡鲨的乐土,只要想想那时水里无限充足的食物就可以知道。

顺带一提:在挪威,人们有时认为格陵兰睡鲨与大西洋鲭鲨是近亲。但它们其实是两个不同的物种。大西洋鲭鲨个头很小,肉质鲜美,具有成为珍馐佳肴的潜质——当然这是在它没有登上濒危物种名单的情况下。格陵兰睡鲨则庞大到难以驾驭,虽然它不在任何名单上,但鲜有人对它的肉产生兴趣。格陵兰睡鲨的肉有毒,被人体吸收后能使人产生强烈的醉酒感,甚至丧命。

然而,无论付出什么代价,不管它们的血液里渗着怎样的剧毒,或者牙齿如何让人想起超大号钢夹,我们都下定决心要去捕捉这只有着千万年进化历史的贪婪巨兽。

我和雨果是在两年前做出的这个决定。当下,我们眼前的夏夜长空被染上了鱼子酱一样的橙黄光晕。比起上次碰面,我们各自对格陵兰睡鲨的了解又都增长了些许,于是我们相对而坐,交换着近年来掌握的新情报。虽然最敏捷的鲨鱼时速可以达到惊人的每小时七十二公里,但很多资料都说格陵兰睡鲨的动作十分缓慢笨拙。然而,雨果却不这么认为。

"如果真是这样,那怎么解释在格陵兰睡鲨肚子里发现的北极熊、比目鱼和鲑鱼的残骸呢？要知道，比目鱼和成熟鲑鱼可以算得上是海里游得最快的鱼了。这怎么可能呢？"雨果问。

"大多数格陵兰睡鲨的角膜上都附着着寄生虫，这会导致它们部分失明。一些格陵兰睡鲨的眼球上挂着拇指长的虫子。有一种理论认为，一些猎物会被鲨鱼在黑暗中泛着绿光的眼睛所吸引。"我解释道，并为自己能告诉雨果一些他不知道的海洋知识而窃喜。

我没能得意很久，因为雨果对我的说法不以为然。

"如果这个理论成立，那么格陵兰睡鲨是怎么逮到阿拉斯加驯鹿的呢？又是怎么捉到海鸟的？难道也是用眼睛迷惑它们吗？"

紧接着，雨果给我上了一堂关于格陵兰睡鲨感觉器官的课。失明或部分失明对于鲨鱼来说并不是很严重的残疾，因为深海本来就是黑暗的。而且，格陵兰睡鲨拥有一件秘密武器——电磁感应。跟许多其他种类的鲨鱼一样，格陵兰睡鲨也长着被称作"罗伦式壶腹"的器官。通过这些十五厘米左右长、含胶状物的壶腹，它们可以感知到细微至十亿分之一伏特的电流。这样敏锐的感觉器官让它们能感应到深埋在沙子里的猎物，或是偷偷靠近躺在海床上休息的海豹，然后等到最佳时机展开袭击。

我看着雨果，努力掩饰自己的无知。

"你不知道海豹是在海床上休息的吗？"他有点儿得意地问我，然后继续他的讲座。

"也许格陵兰睡鲨会利用它的感觉器官追踪那些行动更加敏捷的猎物，或借其寻找受伤、虚弱或已经死去、埋进海底沙层的鱼。也许，它平日里行动缓慢、悄无声息，是个完美的伪装者，只在临近猎物时才爆发……"

我能感觉到，他正越来越接近论点。

"但我敢肯定，它们有能力在短时间内提速。这是唯一合理的解释。"他总结道。

我们还没有考虑一些细节。比如，我们钓上格陵兰睡鲨之后要怎么办呢？鲨鱼需要持续在水中游动才能吸进氧气。这点和鲭鱼是一样的。我的建议是，也许我们可以在它的尾部绑上一条绳子，把它吊起来，让它逐渐失去意识。

雨果摇了摇头。他认为这样鲨鱼有可能沉回水底。也许更好的选择是把它牵引上岸，用因纽特人的法子。这个计划的棘手之处在于我们得想方设法让鲨鱼沿着我们设计好的路线游动。因纽特人的做法是用两条皮艇引航，把鲨鱼控制在中间，然而我们只有一条船。顺便提一句，因纽特人相信格陵兰睡鲨是一种会帮助萨满巫师的神秘生物。

"或许我们能把它拉上一座小岛——如果我们能把它控

制在船和小岛之间的话。"我说。

雨果漫不经心地忽略了我的建议,也许是因为这样太傻了。

"要不然我们直接把它拖上岸?如果我们有足够的时间先把绳子绕到树上,接下来就可以把船朝着相反方向开,把鲨鱼拖上岸了。"我接着建议。

"这个想法稍微好一点儿,但我已经斟酌很久,知道咱们该怎么做了。一旦格陵兰睡鲨露出水面,我们先用两根鲨鱼叉稳住它,然后再用短绳把它绑在浮标上。之后再考虑其他的。"

如果我们真的成功捕到格陵兰睡鲨,不管是正着还是倒着把它拉回斯卡洛瓦附近的码头或是港口,雨果最感兴趣的是它的肝脏。他打算从鱼肝中挤出一桶鱼油来做涂料,将阿斯约德渔站修缮一新。雨果还策划了很多其他艺术项目,要将鲨鱼物尽其用。

我们就这样讨论了几个小时,喝光了杯子里的果汁。外面虽然不是午夜太阳[13],但还是大白天。我坐在前廊欣赏风景。这真是一个温和的夜晚,几乎没有一丝微风。海峡上升的水汽带来淡淡的咸味和海藻的味道。所有的工具和装备都已经在斯卡洛瓦的阿斯约德渔站等着我们。我们准备了铁链和四百米长的坚韧尼龙绳，特制的不锈钢鲨鱼钩长达二十厘米，重量保证渔线能够沉坠入水。我们还准备了两个大浮球在鲨鱼咬钩时做牵引，这样既能消耗鲨鱼的体力，又能给我们留出一定的安全距离。

现在唯一缺的就是鱼饵了。终于到了我出发去收拾那头苏格兰高地牛残骸的时候了。雨果做不来这件事。一次手术意外之后，雨果虽然经常恶心反胃，但却丧失了呕吐的能力。

谢天谢地，我还可以。

4

有生必有死，生死的循环不息让我们的星球保持平衡。至少在隔天的寻牛之路上，这就是我的哲学慰藉。那天下午，我独自穿越树林，沿着雨果含糊地指给我的方向去寻找那头铁定已经腐烂了的苏格兰高地牛。

苏格兰高地牛是一种原始且耐寒的物种，它们整个冬天都在户外，样子看上去像是留着长刘海的麝牛。它们是群居动物，族群中有着严格的等级制度。苏格兰高地牛身上的原始本性完全未经驯服,在产犊期间不宜接近。这些古老的动物有着又长又尖的犄角,且天生神力,杀伤力比生性好斗的公羊还要厉害,常常把采摘莓果的农夫吓得魂飞魄散。

有一位农夫养过几年这种牛。说是"养",其实就是在自己去北海的石油平台工作时放它们在森林里吃草。他第一次宰牛时用了一种十分人道的屠宰办法——用弩戳进这种动物的前额,一般的小牛在一击之下即可毙命。而苏格兰高地牛的前额骨有近六点四厘米厚,一把弩不过是让它暂时失去意识而已。虽然它看上去像死了一样纹丝不动,但当农夫一刀切开它的大动脉时,这头公牛一跃而起,惊慌逃窜,鲜血四溅,农夫和他的孩子们染了一身血不说,更是险些丧命。

我们即将用作鱼饵的这头牛是被点三〇八口径的猎枪击中数次后才毙命的。要知道,这种猎枪能在百米开外杀死一头麋鹿,却要三发命中才能让这头牛倒下。

不过,它的尸体到底在哪儿呢?

我按照雨果的指示找到了一片田野,他说,牛的残骸就在这片田地尽头的树林中间。时值夏日,人们很少在这样晴朗而温暖的天气来到如此偏北的地方。鸣鸟吵吵闹闹,如同中午就着午饭喝了香槟;大黄蜂在花丛中懒洋洋地嗡嗡着。我看到红色的三叶草、缤菊、天竺葵和大片大片云朵一样软绵绵的小黄花,它有很多名字:鸟足豆、蛋加培根、荷兰人木屐、姑娘鞋、奶奶的脚指甲,还有恶魔的手指等。这种花有种独特的味道,让它在当地得到了许多不怎么好听的别名:屎臭花、撒旦的痢疾,以及大概能称得上是最难让人启齿的花名——擦屁股草。

不管怎样,如果不提起野牛尸体的话,今天算是在英格雷亚野餐的完美天气。

距离我找牛的地方不远处有个祭坛遗址,当地人将之称作"霍格",意思为"陡峭的石头"。雨果曾经在一幅画中描绘过这块中空的石头,让我对它产生了兴趣。特罗姆瑟大学的保罗·西蒙森是唯一一个对"霍格"有所研究的学者。他认为在挪威北部只有两块这种类型的祭祀石。一个在西芬马克的索罗亚岛上,另一个则在英格雷亚的桑德瓦根。据西蒙森测算,这种石头的历史可追溯至公元前一千年至公元一千年之间。

这个年代测算的模糊程度令人吃惊,按照西蒙森的说法,这个石头既可能来自青铜时代晚期,也可能来自铁器时代晚期。近日,挪威文化遗产董事会在石头旁边立的介绍标牌也没有好到哪里去,它把石头的年代界定在公元前一千五百年到公元一千年之间。换句话说,这石头要么已经三千五百岁了,要么就只有一千岁。这让我们无从推测祭祀石是谁在何时建成、又是做什么用的。这就好像在报纸上读到：最新的百米短跑世界纪录在一小时之内，破纪录者不是男的就是女的，年纪在一到一百岁之间一样。

鉴于石头中间有些凹陷，它极有可能承担过某项祭祀功能，凹陷处用来盛接人类或动物的血液或脂肪。石头面朝西方，有人猜测这与太阳崇拜有关。人们可能用处女，也可能是家畜，甚至可能只是牛奶、黄油和谷物来献祭。祭祀行为是进行群体划分的一种方式。部族中每个人都要参与祭祀仪式，且仪式中提供音乐、舞蹈、食物和能让人迷醉的饮料。在我的想象里，一些嗜血的行为也一定存在，用以怀念或重现将父辈们团结起来的生存暴力。[14]

我边走边琢磨着动物和祭祀仪式，忽然一阵风吹来。闻这味道，看来我没有走错路。这股恶臭让我干呕起来，眼泪直涌，紧跟着绊倒在草丛里，一下扑在了一坨牛粪上。昨晚还在和雨果妙享红酒的我对眼前的遭遇毫无准备。走到田野中间时，我听到了苍蝇的嗡鸣。出发前，雨果给我准备了一个我以为是防毒面具的东西，结果打开才发现不过是个普通口罩而已，用来抵御死亡的恶臭毫无效果。在我们生活的世界里，大多数人已经忘记了死亡的味道。肉体死亡之后，异味立刻就会散开，三天之后，胃里的细菌扩散，开始吞噬亡故的宿主，此时的尸体恶臭难当。在这个过程中，尸体还会生成废气和毒液。活人的感觉器官以"恶心"的感觉来警告我们尽快远离这种有毒物质,而不是像我一样非要把它找出来。

一位颇具声誉的生物学家曾经这样形容我们人类:无论多么高贵和有修养,人其实都不过是一根十米长的食道而已。人类所有其他通过进化得到的东西——大脑、腺体、器官、肌肉、骨骼等——都是围绕食道而修建的额外设施。

把人类简化成如此基础的生理构造没什么太大意义。但是,这个地球上除了微生物以外,分布最广的物种就是被肌肉包裹着的食道——蠕虫和蛆。几乎没有其他生物能像它们一样将整个地球当作殖民地,而它们最为肆虐的地方莫过于海床。一只死去的鲸鱼能为百万条虫子提供生存之所。

每年,数以千计的鲸鱼死去。它们并不会像传说中那样,伴着同伴的哀歌和海底风琴的哀乐被安葬在神秘的鲸鱼墓地。一些鲸鱼漂至岸边,大多数则沉入海底。鲸尸的味道吸引来四面八方的食腐动物,它们会建立起一个被称作"鲸尸社群"的生态系统。各色寄生虫占据各自的地盘,一次缓慢的物种爆炸拉开序幕。这些寄生物要繁衍数十年才能将一只鲸鱼尸骨上的腐肉都消化干净,它们连骨头也会不放过。一种特别的、看上去像微型棕榈树一样的小虫就专门袭击鲸鱼的骸骨。这还不算是尸体能提供的最后一顿佳肴。很快,细菌们登场了。它们把有毒的硫化物转化为营养丰富的硫酸盐。单单这一过程就可以为包括双壳类动物在内的四百种不同生物提供养料。当鲸尸被饱食殆尽,这些生物就以低耗能模式继续生存,伺机寻找下一片绿洲。科学家们曾将漂上岸的鲸鱼尸体沉入海底,以观察这一生态过程,它对于人们来说已不再神秘。[15]

我终于找到了那头牛的残骸,把它结实的骨头和腐烂的内脏一并打包带走。眼泪直冲眼眶,苍蝇在耳边嗡嗡作响,晴天里的太阳明晃晃地照耀着。我忽然意识到,这件事应当由雨果来做啊!我是怎么鬼迷心窍地上了他的当?丧失呕吐能力不该成为他躲过这个差事的理由,他该当仁不让才对,这简直就是为他量身定制的。

5

两小时之后,我们已经身处博格伊港,准备坐着雨果的刚性充气艇跨越韦斯特峡湾。这是一艘法国邦巴尔充气艇[16],这个名字常让我把它想象成一个攻击力极强的毁灭性武器[17]。

实际上，它只是一艘橡胶小船，里面充满了气体。

我们把装着鱼饵的袋子和剩下的设备悉数搬上船，用机械脚踏泵给浮筒充满气，靠着刚刚彻底检修过的、一百一十五马力的铃木马达以每小时三十七海里的速度航向弗莱格小岛。刚性充气艇不同于雨果拥有的任何其他船只，它的速度可以达到每小时四十三海里，也就是每小时八十公里。充气艇几乎没有龙骨，又充满了气，使其能够浮于水面而不吃水。我现在知道为什么雨果这么喜欢他的刚性充气艇了，因为它可以在水面上行动自如。

要讲起雨果的家族史就必须讲到他们拥有的船只。阿斯约德一家几代人都以各种各样的形式从事着捕鱼和打猎的生意，其中包括捕鲸。雨果的曾祖父诺曼·约翰·阿斯约德原本是个歌手，兼家具工匠和老师，后来成为推动挪威渔业发展的先驱。他白手起家，在芬马克做了一阵子鱼类采买的生意之后，掌手了英格雷雅岛南部斯泰根的赫尔奈森德渔站。他在渔站上方的高山上建了一座人工池塘，每年冬天，池水冻得结结实实；到了夏天，冰融化成水，顺着木质溜槽灌向渔站，让人们能够继续有新鲜的鱼出口到欧洲。

雨果就出生在赫尔奈森德，一年到头在家里的渔站跑进跑出。冬天时，孩子们在晾晒鱼干的阁楼里玩耍。大海的召唤从儿时就开始了。即便是最年长的水手，恐怕也在还是个八岁孩子时就已经出过海了。雨果十岁时，他和小伙伴们常常整夜乘着小船在海上，用戟——一种可以从船上投进水里的加重鱼叉——或钓或叉地捕捉狼鱼。光在水里会发生折射，因此，在发现狼鱼或是潜在水底的比目鱼后，如何快速瞄准称得上是一门艺术。另外一种方法是顺着船侧下竿放线，直到看到鱼游得近了，再找准时机拉线上钩。这两种法子都需要训练和精准度才行，而一旦小男孩学会了这个本事，他立马就觉得自己是宇宙之王。

大个的蓝色狼鱼十分好战，如果没有被一次逮住，它们还会回来挑衅，而那些棕色的小鱼则会识趣地躲远。一次，雨果和兄弟同父亲出海时叉上来一条大狼鱼，它在水面处挣脱了。三个人一起扒着船舷想要在满是沙石的水底寻找这只刚到嘴边就飞了的鸭子，却不见其踪影。正在这时，他们听到了木船的龙骨折裂的声音。

诺曼的儿子，也就是雨果的叔公哈格巴特（注意，不要和雨果的父亲哈格巴特或者雨果四岁的孙子哈格巴特弄混）是当地的传奇发明家。他推动实践了新的捕鱼方法，并开发捕捞了一些曾经被人们认为没有商业价值的鱼类。

哈格巴特叔公的捕鲸事业开始得很曲折。他当时在加拿大西海岸和阿拉斯加捕捞比目鱼，经由一位制作鱼叉的美国朋友介绍初识捕鲸业。几年之后，哈格巴特回到博德，找人定制了一把鱼叉，又找来一架旧加农炮。这个大炮是用来射杀姥鲨的。这种以浮游生物为食的鲨鱼是排在鲸鲨之后的世界第二大鱼类。姥鲨在游动时会一直张着血盆大口，从水中过滤出食物，这种缓慢且平和的进食方式让它看上去尤为凶狠，甚至疯狂。

人们对姥鲨肝脏的需求使它们成了被猎杀的对象，在近处，这种鲨鱼还是十分危险的。如果捕鱼船在太阳的照射下，而姥鲨恰好在水下看到船的影子，就会用尾巴开始攻击。一击就可以使渔船腾空、掀翻甚至粉碎。因此，捕捉姥鲨必须非常谨慎和精确。很多人使用手持鱼叉，采用这种方法必须等待鱼尾甩到船侧的瞬间下手，这样鲨鱼向鱼叉插入的反方向甩尾时才不会把船掀翻。

哈格巴特表达了自己想要捕鲸的意愿后遭到了人们的嘲笑，然而经过反复的尝试和失败，他每周能捕上多达三十条小须鲸。他准备了三条装载齐全、性能优异的帆船来捕鲸。捕鲸业就这样在斯泰根和韦斯特峡湾发展了起来。罗弗敦群岛中的小岛斯卡洛瓦，也就是我和雨果此行的目的地，最终成了捕鲸中心。时至今日，那里仍是挪威境内为数不多的捕鲸卸货中心。

一次，哈格巴特和两名同伴用鱼叉捕到了一头硕大的长须鲸。最庞大的长须鲸可以匹敌地球上排名第一的庞然大物——蓝鲸。而它闪亮、雪茄状的巨大身躯又让它得以拥有多数鲸鱼所欠缺的敏捷速度。这头长须鲸将哈格巴特的小船拖行了数十公里,横穿韦斯特峡湾直至罗弗敦群岛,那里的一连串山峰从远处看去仿佛从海底蜿蜒而出。

这个故事一点儿也不夸张。一八七〇年,一头长须鲸拖着捕鲸先驱斯文·弗因[18]的汽船穿越了半个瓦朗厄尔峡湾,该地位于韦斯特峡湾东北八百公里处,当时挪威作家约纳斯·李就在船上。被拖动的时候,船逆着风,蒸汽引擎拼命反转刹闸,全不抵用。费因还扬起了三角帆,但也被风扯碎了。海浪打在船头,船员们心急地想要把捕鲸绳索割断,但是年迈的费因只顾在甲板上前后踱步,若有所思。约纳斯·李写道:"情况变得越来越糟糕;仿佛上钩的不是鲸鱼,而是海神,它剧烈地挣扎,不停狂奔,当缆索终于在挣脱下折断,船上众人才松了一口气。"[19]费因曾靠鱼枪手榴弹这一发明使捕鲸船的效率提升了六倍,这次惊险的经历促使他为船设计出了带"耳朵"的横梁,它们在水中垂直立着,放下海后能够大幅度提高船只的制动能力。

阿斯约德一家经营过捕鱼卸货站、鱼片加工场、鱼肝油磨坊和贩卖鲜鱼、腌鱼、鱼干和挪威咸鳕鱼干的出口公司。

他们的船是所有这些产业的核心。雨果但凡谈及他的祖父母、父母、叔父和旧友,必念及他们拥有的船只。尽管他从未给我看过亲人的照片,那些船的图片我却看了很多次。它们的名字我也听过数不清多少遍了:"胡蒂格号""科威特伯格Ⅰ号""科威特伯格Ⅱ号""科威特伯格Ⅲ号";"哈古尔号"和"赫尔奈森德号"都分别又有Ⅰ号和Ⅱ号。还有"伊莱达号"——一条上了年纪的红木单桅帆船,有平整的横梁和后斜的帆桁,主帆上有斜桁。直到二十世纪三十年代,这条船一直为雨果家所有。还有一艘从冰岛来到斯泰根的拖网渔船,船头有一大块凹陷,那是在二十世纪七十年代鳕鱼战争[20]期间与英国海军军舰相撞得来的。

"科威特伯格Ⅱ号"沉船时雨果才八岁,但他提起这艘船时就仿佛在悼念一位已逝的家庭成员。那是一艘二十二米长的接应船,在从博德前往赫尔奈森德的路上于斯塔本山[21]附近沉没。当时船上运载着大箱柠檬、水泥,还有一个化粪池。一出卡尔绥自治区,风力陡然增强,大浪掀翻了船上的集装箱。船瞬间就沉了。雨果还记得他的叔叔西格蒙艰难地游到了赫尔奈森德,全身被海水泡得像粉笔灰一样白。集装箱里的货物随着船沉入海底,在水下溶解,覆在每一个船员身上。

"科威特伯格Ⅱ号"不是阿斯约德父子公司唯一失事的

船只。一九六〇年，新年伊始，"赛托号"在默勒海岸沉没。它原本是一条拖网渔船，后来被改造成挪威最大的围网渔船之一。"赛托号"刚刚满载而归，船上载着三十二万升鲱鱼。正当"赛托号"马上就要停船交货时，船体忽然侧倾，翻了船，分秒之内便沉入大海。第二天《卑尔根时报》这样报道："周六清晨，一艘救援船载着沮丧的船员们抵达奥勒松。他们的围网渔船'赛托号'从博德附近的莱奈斯村出发，在伦德岛西面十海里处的鲱鱼田沉没。船员们的所有个人财物全都随船沉入海底，就连他们的手表都留在了船上。"[22] 路德维格·阿森船长推测，应该是货舱舱壁破裂导致十几吨的货物瞬间移位。假如意外发生在船只驶向岸边的途中，在周围没有其他船的情况下，等待船上二十名船员的将是更可怕的噩梦。[23]

第一次世界大战后，雨果的祖父斯威恩和叔公哈格巴特购入了一艘英国扫雷船。这艘船通体由橡木构成，以防止有磁性的地雷贴上船体。每次雨果提起这艘叫作"大货"的船，言语中都带着渴望，让你觉得好像没有橡木扫雷船的人生都是不完整的一样。

在前往弗莱格小岛的路上，我们经过了一个渔场，这时，我想起了雨果讲过的关于"科威特伯格Ⅰ号"的故事。一九一二年，这艘船被以破冰船的标准建造而成，坚不可摧。一九六一年，期满退役后，这艘船停泊在海尔角内海峡的潮间带，历经风蚀沙掩。不出意外，它会在那里待到最后一根大梁也毁朽。

然而雨果却另有计划。一九九八年，他将船头和船侧的一部分挖了出来，两部分都在博德艺术联合会的场馆里进行了展出。比亚恩·阿斯约德（1925—2014）是船的最后一任主人，他搞不懂一艘在土里埋了四十多年的破船能在艺术展上做什么，但这让他有机会出席了这辈子的第一个艺术展开幕式。

展览结束后，雨果把船身安置在斯泰根的三文鱼渔场。几年后，它再次被掩埋在滩头，尽管这次没有人向雨果提起。现在他正打算再一次将它挖出来，也许再搞一场展览。船身肯定自己也在纳闷儿到底发生了什么。

渔民们经常像讨论活物一样谈论他们的船。逼问之下，他们会承认船当然是没有生命的，但内心深处，他们仍坚持认为这种常识简直大错特错。这是因为渔民的命运与渔船紧密相连，紧急情况下，船只的特性对于他们来说可以决定生死。因此，熟知船的性格和脾气、优势和劣势尤为重要。渔民只有与他们的船生死与共、相敬如宾,才能共同征服海洋。当然,在现在这个年代,这种对船只的看法已经并不常见了,除了像雨果这样的人。

雨果口中的船时而和蔼、聪慧、兢兢业业、讨人喜欢;时而又难以相处、爱发牢骚,甚至还会骗人。念及它们时,雨果总是充满柔情。虽然它们不乏怪癖,但如果以礼待之,哄着它们讲出自己的秘密,它们就会转而成为出色的船舰。雨果讲起他的船时总是赞美它们的优点,对缺陷绝口不提,像人们谈论起过世的朋友那样。毕竟,人无完人。

十年前,雨果有一艘维克松小艇,而他从来没能与其自在相处过。每当风力增强,船有了速度后,柴油箱里的沉淀物就会浮上来堵住过滤阀门,导致发动机熄火。这种情况在他经常驰骋的不羁海域,尤其是英格雷雅以南、朝向英格瓦尔岛的海上,可是十分危险的,更不要提夜色中还有两个孩子在船头的甲板上睡觉。维克松小艇并没有得到雨果的信任,虽然它不曾失事,但雨果每次提起它时总带着一丝不屑。

顺便说,我对这艘维克松小艇的印象也不怎么好。有一次我们遇上狂风,船身晃动起来。我晕船晕得厉害,雨果却偏偏觉得这是戏弄我的最佳时机。在我扒着船舷的栏杆吐得昏天黑地的时候,他摆出一副关切的神情问我:"我总是搞不明白为什么有人会晕船呢?你们是不是故意的呀?我一直特别好奇这到底是什么感觉,但谁叫我从来没晕过船呢?你给我描述一下?"

如果我记得没错,我当时真想一把揪过他的围巾塞进螺旋桨,但我实在太虚弱了。之后雨果告诉我,他在十四岁之前其实饱受晕船折磨,以至于他的父母不得不在航行中把他放上一座光秃秃的小岛,就是为了让他能感受到脚下坚实的陆地。

我们的刚性充气艇正全速驶向弗莱格小岛,韦斯特峡湾很快就映入眼帘。峡湾内的海水平静无澜,唯一的波纹是因为我们的搅动。这会儿,雨果还可以心无旁骛地"勇往直前"。但每次从英格雷雅岛进入韦斯特峡湾时,水文和天气的状况几乎总会发生变化。这里并不是典型的峡湾,更像是一片阴晴不定的延伸海域。一些人把它叫作"罗弗敦泳池",我想这里肯定是世界上最大最冷的游泳池。我们即将跨越的地方直线距离有十七海里。韦斯特峡湾是除了胡斯达维卡、斯塔德海、福拉河、罗普哈维水道之外,最常被船员和渔民提及的地方。不管怎么说,这里是挪威海岸最大的船舶墓地之一。

挪威独特的大浪让韦斯特峡湾变得尤其凶险。在满月或新月期间,潮起潮落间的差距最为巨大,大量潮水被推挤进狭窄深邃的特斯湾。退潮时，大量海水回退，在韦斯特峡湾与被东南风吹来的水流相撞，卷起巨浪，让海平面变得更加难以预测。

韦斯特峡湾沿岸礁石密布，数不清的船只葬身于此，令许多子女丧父、妻子丧夫。如果你仔细研究这些海域的海图，单从那些或掩在水下，或浮在水面处的浅滩的名字就可以略知一二：狗牙礁、狼穴洞、屎石、浮骸、断头岛、碎头骨。每当风暴来袭，大海的怒潮卷上小岛和礁石，其中的很多暗礁才能被看见，这些石头尤其凶险诡谲。

过去，渔民往往要在格勒特伊岛上的贸易站或韦斯特峡湾旁的偏远小渔村等上数周，直到水面恢复到可以行船的平静状态。因此，他们向渔村商人格哈德·舍宁[24]欠下债务，并不得不受到债主的勒索。十九世纪后期，舍宁搭汽船巡遍峡湾，去各个村庄里操控负债渔民的选票。挪威右翼保守党因此意外地获得了很多饱受债务之苦的渔夫和农民的选票。

渔村的雇主们在团体内部将海域进行了瓜分，不允许外人在自己的地盘捕鱼，时而会动用武力驱逐。如果捕鱼的收成可观，雇主们会串通一气，用收购一条鱼的价钱要两条，敲诈渔民们一半的收入。封建制度式的不平等条件仍然存在，渔民们如同佃户，不得不受渔村"地主"的摆布。[25]

6

大约半小时之后,我们终于到达了韦斯特峡湾宽广而开阔的海域,生活在这里的物种数不胜数。船只在这里穿行,巨兽利维坦在这里嬉戏。

有时候,在穿过一些峡湾时,我们不得不艰难地蜿蜒而行,以避免与海浪迎头相撞,那些浪头要是拍在船身上,会让你觉得骨头都要散架了。而这一次,我们不必担心。天气温暖晴朗,我们可以远远地看见海峡另一侧的罗弗敦群山,那嶙峋的黑色山峰中有些在地球初始的时候就已经存在了。

此时,水面如同液态的白色金属一样波澜不惊。正如雨果预测的那样,这是一年中韦斯特峡湾最为平静的时期。我们顺着峡湾的曲线观察罗弗敦群山的山脉,从这一侧到那一侧。往东北可以瞥见勒丁恩自治区,然后是绵延的山峰和岛屿:迪格姆伦村、斯德尔摩亚岛、里耶摩亚岛和斯卡洛瓦岛,它们身后藏着斯沃尔韦尔小镇和通往卡伯尔沃格渔村的道路。继续向西,我们看到瓦格卡伦山尖耸的形状,还有亨宁斯韦尔村的渔港和斯塔姆松市。在罗弗敦角的方向，朦胧的雾气笼罩着努斯峡湾、雷讷渔村和莫斯克内斯岛的溪镇。最远的一侧则是臭名昭著的莫斯可旋涡带，几百年来，它凭借惊涛险浪让水手们闻风丧胆，大作家儒勒·凡尔纳[26]和埃德加·爱伦·坡[27]都爱用惊险刺激的笔触来描写它。

罗弗敦群山的壮观景象曾惊艳众人。一八九五年冬日，挪威画家克里斯蒂安·克罗格乘船穿越韦斯特峡湾，他这样记录道："我必须承认，这是毋庸置疑的绝世美景。纯中至纯，寒中极寒，是人类所能想象到的最高贵、壮观之景。它是孤独之神的圣坛，是贞洁神圣的处子之身。难啊——想要描绘这番景象是多么艰难！在这般的崇高、宏伟面前，我看到大自然不为所动，有着近乎无情的平静与冷漠。"[28]

克罗格并没有什么兴趣为被称为罗弗敦"首府"的斯沃尔韦尔小镇作画。在他看来，这个小镇与周围的景色格格不入。褐色的砖瓦让人厌烦，整体色调也缺乏一致性。不管从哪方面来讲，它都与周遭的光影和风景不甚和谐。

如果克罗格当时能够对深海之下的世界略知一二，他极有可能成为第一个超现实主义画家。在陆地上，生命是水平生活的。几乎所有生命活动都发生在地上，至多也不过与最高的树平齐。当然了,鸟儿们能飞得更高些,但即使是它们,也会在大地附近度过生命中的大部分时间。而海洋的生态环境则是垂直的,这片互相连通的水体平均深度可达到三千六百米。从海水表层直至大洋深处都充满了生命。可以说,地球上大部分的生存空间都在大海里。[29] 所有其他环境,包括热带雨林,与海洋相比都相形见绌。

凭借我们目前对海洋深度的了解,从纯粹逻辑的角度推理就可以得出结论:所有在陆地上能找到的地形地貌——山脉、山脊、田野、森林、沙漠,甚至是城市等人造景观——都可以轻易被纳入海底。陆地上的平均海拔高度不过区区八百米。即使整个喜马拉雅山脉一头栽进大海的最深处,也只会在哗啦一声巨响之后沉没海底,消失得无影无踪。陆地上的大陆板块可以尽数被淹没在几千立方米的盐水当中,也许只有最高的山尖可以在水面上冒出一丝踪迹。

我们置身于一片光滑如镜的水面,阳光明晃晃的。在罗弗敦,当地人将这种难得的风平浪静叫作"transtilla"(这个说法来源于挪威单词"鳕鱼鱼肝油")。前方的海域深五百米。我们对这近乎纯白的表面薄膜之下正在发生着什么一无所知。好吧,这么说也不完全正确。我们至少知道下方的海藻丛中生活着黑鳕鱼、黑线鳕、青鳕等多种鳕鱼。在海藻丛之下深度约一百五十米到两百米的地方，几乎所有可见光，无论多么清澈纯粹，都会被海水吸收。只剩下遥远而灰暗的荧光，就好像从濒临报废的老旧电视机里发出的一样。这里不再有光合作用，不再有植物。往下更深的海底是格陵兰睡鲨的地盘，很多神奇的生物在它们管辖的黑暗中生存。

海洋深处到底发生着什么对我们来说一直是个谜。人类在过去的一百五十年里才真正开始探索海洋。在这段时间里我们的求知进程步履蹒跚，旧的设想经常被新的发现推翻。一八四一年，一次爱琴海探险之后，英国自然科学家爱德华·福布斯认定海洋深处没有生命迹象。然而，另外几次科考——包括更早的，一八一八年约翰·罗斯的北极探险——都深入到了海底两千米处，在那里发现了丰富又奇特的物种生存的证据。

在挪威西南海岸一座迎风而立的小岛上，有一个人同样证明了福布斯的论断狗屁不通。迈克尔·萨尔斯和其子耶奥格·奥西安·萨尔斯是以科学的方法证实海洋深处并非一片荒芜的先驱。他们二人是挪威有史以来声望最高的科学家。考虑到他们的出身，这种成就更显难得。迈克尔·萨尔斯出生于挪威西海岸卑尔根的一个普通家庭。对他来说，狂热地投身于海洋生物研究，并以此为事业是不可能的。[30] 于是，他选择去奥斯陆，并在那里成了一名神学家，之后与玛伦·威尔黑文成婚，他的妻子是挪威著名作家约翰·塞巴斯蒂安·威尔黑文的妹妹。一八三一年，萨尔斯被派到基恩市担任神职，这座小岛在挪威的西北海岸，佛德峡湾近在咫尺。在那里，萨尔斯得以把他所有的闲暇时间都投入到对海洋生物的研究中。一八三五年，他凭借一部著作取得了巨大突破：《观察和描述：卑尔根海岸附近海域的奇特或新型动物》。萨尔斯突出的天赋得到了赏识，挪威国会颁发了一笔研究补助给他。带着这份基金，他得以在欧洲各处旅行，并结识了巴黎、波恩[31]、法兰克福、莱比锡、德累斯顿[32]、布拉格和哥本哈根几所大学的知名自然学家。十九世纪五十年代早期，萨尔斯借助划艇和刮刀在地中海进行深入勘探，并在海底八百米的地方发现了生命活动——这也是他所到达的最深处。

很多人着迷于萨尔斯的发现，其中就包括彼得·克里斯丁·阿斯布约翰森，他和约根·莫后来因为收集挪威童谣而闻名于世。虽然阿斯布约翰森为了寻找古老的童谣而穿行于偏僻的群山，他的心思却时常在别处，因为他一直没有忘记想要成为一名海洋生物学家的梦想。他的人生榜样就是迈克尔·萨尔斯。一八五三年，阿斯布约翰森发表了一篇论文，题为《克里斯蒂安尼亚海峡沿岸动物考鉴》。这篇文章论及生活在今日奥斯陆峡湾潮间带的各类生物,但真正吸引阿斯布约翰森的,是大洋深处的生命。

论文出版同年,借由国家基金的支持,阿斯布约翰森到挪威西部对当地的峡湾深处展开研究。他迫不及待地拜访了萨尔斯。当时的萨尔斯正在霍达兰郡北部拉德岛的行政中心芒厄尔做牧师,而阿斯布约翰森已经成为教授,这显然是个更符合萨尔斯的身份。在说服了萨尔斯申请教职之后,阿斯布约翰森便独自开始了自己的海洋生物研究。他的研究结果引起了动物学家们的注意。

阿斯布约翰森成功地用自制的刮刀从哈当厄峡湾四百米的深海中捕捉到了一只十一足海星,这个"像珍珠母一样亮荧荧"的珊瑚红海星是一个新物种。作为发现这种海星的第一人,阿斯布约翰森被邀请为其命名。他把它叫作"Brisinga endecacnemos",这个名字来源于布里希加曼,是北欧神话中女神芙蕾雅[33]拥有的一只美丽胸针的名字。传说中,从海底将这枚胸针带上岸献给女神的,正是精灵古怪又诡计多端的邪神洛基[34]。

阿斯布约翰森将他的海星视为掌上明珠,坚信它是独一无二的,但他依旧尊重迈克尔·萨尔斯的怀疑意见。虽然结果证明阿斯布约翰森是对的,但受此影响,他没有因这一发现而得到应有的认可[35]。

尽管阿斯布约翰森一直勤勤恳恳，他向政府争取的资助和研究职位却大多落了空，作为海洋生物学家的事业也因此停滞不前，甚至不得不中止。不得已之下，他重新规划了人生。森林对他一直有着别样的吸引力，于是，一八五六年，他前往德国塔兰特的皇家撒克逊林业学院求学，以全优的成绩毕业之后参加工作，大大推动了挪威森林与湿地方面的治理工作。[36]

然而，有时候，天才终究会得到应有的赏识。伟大的德国进化论生物学家恩斯特·海克尔如此评价迈克尔·萨尔斯："对于那些有幸结识萨尔斯的人来说，他精神的活跃、品性的良善、头脑的清晰和知识的广博将是永远难忘的。"[37] 挪威第一艘海洋测绘船就以萨尔斯的名字命名。当今挪威的海洋学家们使用的船则以萨尔斯之子，耶奥格·奥西安的名字命名。新的测绘船装备了高精尖的设备，超静音的引擎可以避免对声探设备产生任何干扰。

奥西安接替了父亲以艰苦卓绝的精神奠基的挪威海洋研究事业。一八六四年，耶奥格·奥西安·萨尔斯成为第一位领政府薪水的"海洋研究员"。同年，他到访罗弗敦的斯卡洛瓦，并以此为基地，从韦斯特峡湾的深海中采集了大量样本。

一八六八年,耶奥格·奥西安·萨尔斯的研究成果得到了国际科学界的热切关注。[38] 尤其值得一提的是后来被命名为"萨尔斯海百合"的物种。罗弗敦的海百合被萨尔斯称作"活化石",在那个年代,科学家们正在满世界寻找这样的物种来支撑进化论学说,并对地球和地球生物进行年代勘测。

即便如此,距离"深海中存在复杂生命体"这一发现得到广泛认可还需要一段时间。一八六〇年,一段海底电缆横跨大西洋海床,一位项目工程师证实,从当时被广泛认为没有生命存在的深海海域捞出的铅坠线上附着着海星和抱球虫类(一种在海床上大量繁殖的浮游生物)。大多数科学家对此半信半疑。一些科学家认为,这些生物肯定是在铅坠上升的过程中才附着上的,尽管其中很多生物带有明显的深海栖居特征。无论如何,这一发现还是不胫而走,诸如此类的证据和发现已经多到无法忽视。

一八六八年,学术界的领军人物——苏格兰动物学家查尔斯·怀韦尔·汤姆森为他的"闪电号"海洋科考项目向伦敦皇家科学院申请资金时,引用了阿斯布约翰森海星和萨尔斯海百合的事例。他此次航行的目的是去考察苏格兰附近的深海海域。考察队证实了挪威科学家们的发现,并在此基础上进一步考察。他们勘测到了不少生活在海底一千二百米处的新奇有趣的生物。

一八七二年,英国在筹备第一次大型现代海洋科考行动时,汤姆森成了领队的不二人选。"陛下之舰挑战者号"[39]载着二百七十名船员(包括官员和科学家),进行了为期四年的环球航行,同时探索深海、测绘洋流、记录水温。科考队还完成了在开放水域的多层勘探,并沿用迈克尔·萨尔斯开创的方法提取了样本。

"挑战者号"的科考成果为现代海洋学奠定了基础。没有人再坚称浩瀚的大洋深处没有生物栖息,即使最有声望的(而且还是英国的)科学家也转变了阵营。至于海床上到底栖息着什么,引发了人们的热烈讨论,媒体和杂志更是竞相报道。比如,一八八二年,挪威《大众自然科学》[40]杂志发表了欧洲权威科学家和专家论文的译文,海洋到底有多深的问题尤其受到重视。英国人菲利普·赫伯特·卡彭特是海百合专家,也亲自参与了"挑战者号"科考,他的《海床》一文是这样开头的:"对于人类来说,深海海床几乎是块完全不可知的领土,它的地理位置使我们无法身临其境地探索它的奥秘。"卡彭特是一位聪慧但饱受折磨的天才。长期的失眠症把他推至疯狂边缘,一八九一年,他终于用三氯甲烷结束了自己的生命。但是,卡彭特在亲自见证海底地貌这一点上已经比他的前人走得更远了。"从曾经的探测结果中,我们了解到，广阔无垠的海底地貌与陆地的地理特征极为相似。海底同样有山脉、山谷和大片起伏的平原。它的地质分布各处都不尽相同；有干涸的沙漠，也有肥沃的土壤，有森林也有悬崖，同地球表面一样，迥异的地貌和气候之下栖息着各类动物和植物。"[41]

在卡彭特写下这些话之后的近百年时间里，学界广泛认为海床上的物种多样性并不丰富，以海参、爬虫类和其他小型动物为主。直到今天，还是只有少数潜水器能够深入海底。每次新的勘探都伴有新的发现，每当科学家们在前人未能到达的深度下网和打捞时，都无一例外地发现了新物种或曾经压根儿不为人知的生物形态。实际上，他们采集到的生物样本大多数都从来没有被描述过。

海底曾经被认为是一片寸草不生的死亡谷，实际上却充满了生命。虽然伸手不见五指，但大多数生物自身能够发光，以超乎想象的颜色和变化引诱彼此。生活在海底的物种远比陆地要多，深海千变万化的光的语言也就成了地球上使用范围最广的交流媒介。海平面下数千米处生活着一群最不可思议的生物。比如约氏黑角鮟鱇，又称"黑魔鬼"，它的额头或者下颌处生有拟饵体，又叫"鱼饵"，拟饵体的前端带着发光体垂在它的眼前。这种鱼身体保持静止，随水体浮动,张着巨大的下颌,又长又尖的牙齿暴露在外。它的身体被数百条长长的触手覆盖,使它能够感知到周围水体的细微动静。一旦发现有猎物靠近,它就可以立刻猛扑过去。

还有很多生物像玻璃一样透明,只有体内微小的消化系统能在光亮中暴露它们的所在。当意识到危机临近时,它们中的一些能够将大量的海水吸入体内让自己变得更加透明。一些海洋生物圆滚滚的,连头都没有。另外的一些属于管水母亚纲,看上去像丝线或是波动的等离子彩带,在水中优雅又平衡地舞动着。有一种巨型管状水母,长度可达近四十米,一共有三百多个胃腔。广鳍八腕鱿的八条触角上都长着体积庞大的发光器官,当它们进行集体捕猎时,所有的发光器同时闪烁,猎物肯定以为追逐自己的是一个巨型圣诞花环。另外一种深海章鱼——异鱿乌贼,被那些喜欢给头足类动物起外号的人叫作"喷火者",它能够喷射出发亮的光云以迷惑捕猎者。[42] 礁状冠水母在被袭击时会发射出上千束蓝色光芒,像是个紧急救护车。这场灯光秀能够晃瞎袭击者的眼睛,甚至吸引来更大的捕食者吞食掉被迷惑的袭击者,从而解除水母的危机。

很多深海物种身上自发的生物光都是蓝色的,这是因为蓝色是在水中射程最远的颜色。这也解释了为什么大海看上去是蓝色的。同时,蓝光也是大多数深海物种唯一可以感知到的光。厚巨口鱼，又称小齿龙鱼，除了蓝光以外还可以发出红光。借助这种红光，它能够接近其他无法感知红色光线的动物，它们往往对自己正在聚光灯下这一事实毫无知觉。还有一种龙鱼，拉丁名为 Malacosteusniger，而我们叫它"弹簧嘴"。它的下颌像弹弓一样具有弹性，能够以迅雷不及掩耳之势将嘴巴发射出去，直击猎物。

许多生物都会用光来求偶。这并不是最安全的方法，因为它们在送出调情信息的同时也冒着吸引捕食者的风险。一些动物甚至发明出了很狡诈的装置，能够模仿猎物的求偶信号，以将它们吸引到附近然后吞噬掉。

大海里危机四伏，敌人可能从任何方向、在任何时间出现。这也是为什么许多栖息在水下数百米处的海洋生物都在肚子上进化出了伪装发光器，这使它们从各个方向上看上去都能与海水融为一体。这是个狡猾的自卫机制，但也有可能使它们聪明反被聪明误，暴露出自己的方位。一些深海生物的眼睛能够识别在上方游动的猎物身上仿造的、由细菌合成的光线，于是猎物就无法继续保持隐形。

生活在水下五百米的海参在被袭击时会褪掉自己的皮肤。它们的皮肤像双面胶一样，两面都具有黏性，能够缠住袭击者并为海参的逃脱计划争取时间。另外，有的海参擅用毒液或倒刺。没有人声称海底的生活是平静安逸的。

探索过宇宙的人比深入过海底的人更多。我们对于月球表面,甚至干涸的火星海洋都比对地球海洋更加熟悉。然而,如果我们有机会去寒冷幽深的海底游览一番,就会发现那里和外太空一样浩渺,布满闪亮的星辰。炫彩斑斓的鱼类用触角在海床上行走,雪蟹披着白色的绒毛大衣,毛茸茸的鮟鱇鱼头顶鱼竿,鱼竿尽头坠着蛊惑的诱饵,像节拍器上的钟摆一样来回摇晃。最闪亮的鱼类应该要数发光树须鱼(丝角鮟鱇),它长长的触角从口鼻处探出,被叫作"鲃"的小灌木一样的附肢垂在下颌处。我们在这里谈论的主要是雌性发光树须鱼,因为雄性从很小的时候就附着在雌性的肚皮上,像寄生虫一样生活。就这样,雄性靠吸取雌性血液中的养分度过一生,并以捐献精子作为回报。

巨型乌贼快速地在距海床只有几米的水中游动,它的触角在身后收拢成流线型,眼睛像盘子一样大且从来不眨眼。它的喷水驱动装置和伪装系统绝对会是美国海军乐于模仿的。

各种有机物持续地沿着分层的水体沉到海底。有一大群生物学会了对所有的沉降物尽其用[43]。过去的几年里,单单从随机取样中,科学家们就发现了太多新物种,以至于有人估测在这片生态系统里至少栖息着几百万种生物。虽然目前大多数海洋生命集中在上层水域,但我们有理由相信海底有更多物种正等着我们发现。它们中的每一个都有奇特的习性和意想不到的技能，像是来自另外一个星球，又像是来自远古的神话传说。那个世界的生存规则与我们的全然不同，那里，所有幻想都可以实现。在海底，生命就是一场悠长而不用醒来的梦。

7

刚性充气艇行驶至韦斯特峡湾中段时，我叫雨果稍事休息，也好顺便脱下保暖潜水服。我还是第一次在这片海域出海时热到这个份儿上。罗弗敦群山越来越近了，雾气模糊了它的轮廓，连绵的山脉仿佛正在变软并逐渐融化。

就在雨果再次开始航行不久，我看见距离我们数公里的右舷前方的海里正喷出水柱。我立刻转过身向雨果发出信号，他一点头，立马让船全速前进。我们很快靠近了这座看上去微微露出海面的小岛，它平滑的表面在阳光下闪闪发光。然而，这可是在公海上，根本没有什么小岛，更何况这个"岛"还在动呢。我们沿途倒是见到过几只鼠海豚，但这个家伙明显非同寻常。雨果猜测起来。

"嗯,这明显不是小须鲸。会不会是领航鲸鲸群?"

我们又继续向前行驶了几百米,雨果才意识到他猜错了。我们看到的这家伙没有背鳍,而领航鲸是有的。而且这里也没有什么鲸群,只有一头庞然大物。有那么一瞬间我还在想它会不会是个潜水艇。雨果全身肌肉紧绷,目光灼灼,嘴巴大张,在脑海里迅速翻查着自己的鲸鱼种类大全。船还没开出几米的工夫,他大喊道:

"抹香鲸!"

抹香鲸是体型最大的齿鲸。就在我们靠近的过程中,它开始拱起脊背。在我们距离它只有一百米左右时,它再喷了一次水,然后就潜进了水里。它身体的后侧和鲸尾垂直于水面,宛若石雕,矗立了瞬间就又被海水重新包裹了起来。鲸鱼转眼不见了,仿佛有什么东西扯动了一条线,将它拉回深渊之中。

雨果关掉引擎。他在海边生活了将近五十年,常年混迹于韦斯特峡湾,简直已然成为这里生态群落的一部分。这些年来,他几乎什么都见过了:成群的领航鲸不值得大惊小怪,更别提小须鲸、海豚和鼠海豚了。然而,雨果却唯独没有见过抹香鲸。

接下来只有等待。尽管抹香鲸在水下可以憋气长达九十分钟——是所有用肺呼吸的动物中的潜水冠军——但它最终还是要再次浮出水面换气的。

抹香鲸不仅是现存,也是有史以来地球上体积最大的肉食动物。霸王龙、巨齿鲨、克柔龙都比不过它。抹香鲸的体重最大、体型最长。所有生物,无论古今,包括其他的巨型鲸,都难以望其项背。

我们看到的是一头单身雄性抹香鲸,身长近二十米,体重超过五十五吨。雌性与雄性抹香鲸在体型上有很大区别。雌鲸的重量仅是雄鲸的三分之一。它们常常成群行动以照顾幼崽,尤其会在同伴潜水觅食时分担照料它们的幼鲸。年轻的雄性抹香鲸也成群结队。抹香鲸的青春期在三十岁时结束。成年雄鲸会在那时厌倦群居生活,转而成为海洋世界中的独行猎手。我们遇到的那一只很可能是从北冰洋一路游来的。如果在途中遇到成群的母鲸,它也许会挑一位伴侣进行交配,但一旦交配结束,雄鲸就会立刻恢复单身,继续旅行。当雄鲸遭遇同性时往往会变得充满攻击性,这也许和它们太过禁欲的独身生活有关。雨果告诉我说,一头欲火中烧的抹香鲸能像一头发情的大象一样疯狂。

在等待的过程中,我不由得好奇这条消失在水下的抹香鲸在忙些什么。它也许正在捕食八爪鱼或那种重达上千公斤的巨型乌贼；可能在下潜过程中一口咬住八爪鱼，然后将它碾碎在海床上。如果抹香鲸在下潜的过程中没有看到猎物，那么它还有机会在反潜的时候再做尝试。抹香鲸在水底游动时，头在上尾巴在下，观测着上方的水体，借着水面折射下来的微弱光线寻找猎物的影子。它还会用前额的声呐系统来定位鱼群和乌贼。一旦发现可疑的动静，就会立刻加速，用可以横吞刚性充气艇的血盆大口吞掉猎物。

在被冲上岸的抹香鲸身上经常能看到被吸咬过后的伤痕，有的伤痕直径达二点五米。目前，人类还无法目睹抹香鲸与巨型乌贼的"世纪之战"，如果有这种机会，观战票肯定会立刻销售一空。巨型乌贼一直被认为是传说中的怪兽，它不仅有八条触角，每一条的长度可达八米，还有一块怪异坚硬的鸟喙状的颚片，可以咬碎任何东西。根据儒勒·凡尔纳的描述，这一巨型变态生物的触角就像是复仇女神[44]的蛇发。要和巨型乌贼四目相对其实很简单，它的眼睛又大又圆。因为没有眼睑，所以它永远也不眨眼。

抹香鲸的前额长有动物世界里个头最大的发声器官。这个发声器官自身就重达十一吨。据测量，它的发声分贝约为二百三十分贝，相当于一把来复枪在距离你耳边二十八厘米的地方开火发出的声响。雄性抹香鲸会发出类似"砰砰"的撞击声，而雌性抹香鲸的声音语言类似莫尔斯电码，彼此间的交流也更加频繁。

作为物种演变的重量级选手，抹香鲸在海里逡巡时，腰上应该系上一条巨大的"银腰带"。但抹香鲸也是有天敌的。抹香鲸生育的后代并不多，比任何其他种类的鲸鱼都要少，并且喂养、教育和保护幼崽的过程又十分耗时。幼鲸和受伤的成年鲸都很容易受到逆戟鲸和领航鲸的袭击。在这种情况下，抹香鲸会组成"玛格丽特阵型"——成年鲸围绕幼崽组成一个雏菊状的圆圈，以便用尾巴或牙齿作为武器来反击进攻者。这种阵型还可以有效阻止动作敏捷的逆戟鲸纠缠单个幼崽。一旦被逆戟鲸缠上，小鲸鱼往往无力逃脱[45]。

抹香鲸的潜水深度可达三千米，这在哺乳动物中创下了纪录。[46]在这样的深度，它们的肺被水下压强挤压成平面，要靠颅腔里的鲸油来平衡。抹香鲸潜水的过程中，鲸油在其巨大的颅腔里冷却、固化、密度增强，帮助它保持平衡。当抹香鲸向上游到水面时，鲸油又随着温度上升而融化成液态，让它能够保持漂浮状态。抹香鲸鲸油一直是最有价值的鱼油，直到大约一百年前人造替代品出现，才让人们对鲸油的需求有所缓解。它不含杂质、玲珑剔透且香气宜人。一头大型抹香鲸的颅腔内大约含有两千升鲸油。这种浅粉色、蜡质、像精液一样的液体被用来制成最高级的蜡烛、香皂和化妆品，还被用来润滑最金贵的精密仪器。

抹香鲸身体的其他部分也有宝贵的实用价值。一头抹香鲸能产出几十吨的鲸脂和鲸肉，它们硕大的牙齿像象牙一样宝贵。据说，捕鲸者还会利用抹香鲸生殖器上的鲸鱼皮制作雨衣。抹香鲸不仅有巨型生殖器，它的大脑也是地球上有史以来所有生物中最庞大的。抹香鲸的大脑是人类大脑的六倍重，阴茎则是人类阴茎的几百倍重。

最重要的是，抹香鲸的消化道中还会形成一种叫作龙涎香的物质。龙涎香被用于制造名贵的香水，是抹香鲸身上最珍贵的东西。许多人还认为龙涎香有诸多神奇的功效。从前，当人们发现漂浮在海上或在退潮时被冲上岸的龙涎香时，还以为是海怪吐出来的怪东西。雨果自己也曾在潮间带发现过龙涎香。据他描述，那是一种蜡质的灰色块状物，味道独特，微微发甜。

由于身上的各种宝贝被人类贪婪地觊觎着，抹香鲸一度被大量捕杀直至濒临灭绝。在挪威安岛北角的一个重要渔站——安德内斯镇附近，直到二十世纪七十年代，都有抹香鲸在这一带被大规模地捕杀。在鱼枪手榴弹发明之前，捕鲸者们用巨大的鱼叉直插进鲸鱼体内，然后再用鱼钩钓上来。很多鲸鱼挣脱后，只要重要生命器官没有受损，会带着深埋体内的鱼叉在海里继续游动多年。

    我和雨果的周围一片寂静,只有暗流拍打船侧发出的轻柔、悦耳的声响。海上泛起浅浅的波浪,海面轻舔着翻起的浪花,低洼处和大浅滩的水面波光粼粼。⁴⁷整片海就像是吸附性极强的光片,那么闪亮,仿佛自身也在发光。海的西面涌起了凸面镜似的弧度,看上去像一枚薄皮大馅的饺子。我们静静观望着海天相交处的弧线,还是没有看见那头抹香鲸的踪迹。要是在平日,我们估计没有机会再找到它了。然而,今天毕竟非比寻常。海水如此平静,天气如此晴朗,我们相信只要这个庞然大物重新出现在方圆七公里之内,一定会被我们一眼发现。

    雨果给我讲了二十世纪在当地发生的一起抹香鲸袭击人类的事件。有一家人乘船从罗塔湾出发,前往雷恩镇的教堂,路遇鲸鱼,把他们的小船撕成了碎片。一家人都溺死水中,只有十六岁的女孩幸存了下来,想必是她连衣裙里的气袋让她没有沉底。

    这故事的核心部分是真实的,但是当地的历史学家认为抹香鲸是在进食鲱鱼群的过程中意外撞上了小船。

    然而,一八二〇年,美国楠塔基特岛的捕鲸船"埃塞克斯号"在南太平洋被抹香鲸袭击一事则并非意外。"埃塞克斯号"船体长二十六米,据船员们估测,袭击他们的鲸鱼身长也有二十五米。船上没人见过如此的庞然大物。一开始,那头抹香鲸安静地与捕鲸船的船头保持着一定距离,仿佛注视着捕鲸船。忽然,它一个转身,朝着船头全速冲来,用尽全力在船头撞出了一个大窟窿。甲板上的船员被撞得七荤八素。还没等他们缓过神,鲸鱼再次发动袭击,把船头的另一侧也撞散了架。在这头抹香鲸不懈的攻击下,这艘二百六十二吨的轮船终于沉没了。大副欧文·蔡斯和超过半数的船员逃生成功。他在《"埃塞克斯号"捕鲸船:最惊奇而悲惨的沉船纪实》(1821)一书中对此事有清晰的回溯。

这并非唯一一起记录在案的抹香鲸掀翻巨轮事件,但"埃塞克斯号"的故事最广为人知,这是因为这一事件影响了赫尔曼·梅尔维尔,启发他创作了关于白色抹香鲸莫比·迪克的小说《白鲸》。这部小说的章节安排犹如纪实编年史,还包括很多关于捕鲸和鲸鱼习性的百科全书式的介绍(如"抹香鲸的头部""鲸鱼骨骼的测量""鲸鱼的体型是否会变小",等等)。小说以船员以实玛利[48]的口吻进行讲述,从他的叙述中,读者知道了对船长亚哈而言,这头白色抹香鲸是所有邪恶力量的化身,只有一些敏感而深刻的灵魂才能体会到它们对人类心灵的侵蚀:

自创世之初便存在的无形的邪恶啊,即便是现代基督教也把这世界与天堂相对的那一半划分给魔鬼统治;东方的拜蛇教用他们丑陋的雕像对邪恶顶礼膜拜——然而亚哈船长并不像他们一样向魔鬼妥协和臣服,而是迷狂地把抽象的邪恶转移到了那恐怖可憎的白鲸身上。他定要以自己残缺了的身体去对抗它。所有那致人疯狂、带来痛苦的一切;那拨弄渣滓的一切;那潜藏邪恶的真理;那撕裂筋骨、僵化头脑的一切;那渗透在生活与思想中的对魔鬼的信仰;对于疯狂的亚哈船长来说,所有邪恶,都在莫比·迪克身上找到了有形的、可被攻击的化身。[49]

船长的疯狂传染给了所有人。白鲸成了所有船员的宿敌,每个人都对其恨之入骨。尽管以实玛利自己并没有意识到——因为这是作者梅尔维尔直接告诉读者的——莫比·迪克在船员们的"潜意识中"是"潜伏在生命之海中的巨大恶魔":

在我们所有人灵魂深处都有一个在工作着的地下矿工,从他不断游移的、低沉的挖凿声中,我们如何分辨,他挖掘的矿坑通往何处?有谁没有感到那无法抗拒的手臂的拉力呢?[50]

船员们一心追随亚哈,因为他们在心底感受到了同样一股力量:一种与生俱来的、本能的杀戮天性,这种天性让他们对周遭的世界与同类造成了威胁,也同样会带来自我毁灭。莫比·迪克既是在梅尔维尔的时代几乎被捕鲸人赶尽杀绝的抹香鲸,也象征着人性中最黑暗的那股力量。好比复仇的炽烈欲望、对真理的偏执追求,以及对"天真无邪"的大自然的控制欲。故事中的猎杀者是亚哈船长,而不是抹香鲸。在小说结尾,船长被自己的鱼钩绕住脖子,沉入海底。最终,他以这样的方式永远地和"大白鲸"结合在了一起。

十九世纪七十年代到二十世纪七十年代之间,全球范围内有超过两亿头不同种类的鲸鱼遭到猎杀。短短几十年,韦斯特峡湾当地的鲸鱼数量从曾经的数以千计骤降到寥寥无几。[51] 位于拉尔维克市、滕斯贝格市和桑德尔福德市的挪威企业,首先在北冰洋、澳大利亚、非洲、巴西以及日本沿岸经营了长达五十余年的商业捕鲸。雨果的渔业加工船都是在挪威本地的造船厂制造的,船上高效的鱼油处理熔炉(曾经的鲸油提炼设备)是从南大西洋的南佐治亚岛和南极洲的迪塞普逊岛运送过来的。一九二〇年,单在迪塞普逊一座岛上就有三十六个熔炉,每一个熔炉可以处理高达九千八百升的鲸油。尽管当时蓝鲸已经濒临灭绝,捕鲸船每个季度还是数以千计地将其猎杀,更别提其他种类的鲸鱼了。人们会把孕育中的鲸鱼胚胎从雌性蓝鲸的子宫里剖下来焚烧。时间不是以小时计算的,而是以被捕鲸鱼和生产鱼油的数量计算。在捕鲸站上方,巨大的、咆哮着的熔炉冒出的黑烟和蒸汽像厚重的毯子一样铺天盖地。一头蓝鲸体内的血液含量可达七千五百升,负责剥去鲸鱼皮的工人在捕鲸季的整整四个月里都浸泡在鲸脂、污血和腐肉之中。

死亡和腐烂的恶臭之气无法用语言形容。熔炉和造船厂处理鲸尸的速度跟不上它们腐烂的速度。鲸尸横陈在滩头,直到鲸肉变质发臭,尸体里膨胀的气体让它们一个个肿胀得像齐柏林飞艇。一旦尸体被戳破或自然爆炸,喷发出的恶臭能立刻让人晕厥。捕鲸场周围的河岸成为巨大的鲸鱼坟场,堆满了数以千计正在腐烂的尸体和鲸骨。一些亲历者称,他们这辈子都没有办法摆脱那种味道;几十年后,那恐怖的恶臭仍会滞留在他们的鼻腔里。[52]

鲸鱼可以跨越长距离与同伴进行沟通,但人类不断增加的海上交通让它们之间的交流变得越来越困难。然而和"世界上最孤独的鲸鱼"所面临的困境相比,这些障碍还不算太难逾越。通常,长须鲸的发声频率是二十赫兹,它们也只能听见同样频率的声音。但几年前一些鲸鱼研究者诧异地发现了一头有着特殊残疾的长须鲸:它的发声频率在五十二赫兹左右。这意味着没有其他同类能够听见它的呼唤,它就这样被隔绝在同类的社会之外。也许其他长须鲸认为它是天生的哑巴,或者干脆把它认作其他物种或是不合群的怪胎。这头"世界上最孤独的鲸鱼"独来独往。它的跨洋洄游路线甚至都与同伴们不一样。[53]

雨果还是个孩子时就经常搭乘"科威特伯格Ⅱ号"出海。那是一艘万用渔船,在特定的季节也会用来捕鲸。一次出海归来时,雨果在码头上亲眼看见船员们用泵头取出逆戟鲸的心脏。他记得当时看到血液喷薄如柱,洒满甲板。但他也在怀疑这段回忆的真实性,因为等到"科威特伯格Ⅱ号"从巴伦支海捕到鲸鱼再驶回母港时,鲸鱼应该已经被切割成三十公斤重的大肉块了才对。有没有可能他看到的是一条在韦斯特峡湾被捕上来的鲸鱼呢?无论如何,他都记得鲸鱼体内的血管像电缆一样粗,在它的心脏被切成两半时清晰可见。站在赫尔奈森德港口上的男人们准备好了大肉钩,一把插进鲸肉里,把它们拖进码头上的冷冻仓库。

我们刚刚看到的那头抹香鲸到底去哪儿了?鲱鱼群开始

在周围聚集。海面如此平滑，即便隔得很远也可以清楚地看到水下大规模的鱼群。如果有一张大网的话，我们可以轻轻松松地兜上几吨鲱鱼，当然这需要一艘比刚性充气艇大得多的船。海鸟在鱼群上方盘旋，饱餐一顿之后，它们重得几乎飞不起来了。我能看到一些暴雪鹱（属于鹱科）、鸬鹚、欧绒鸭和一些很常见的海鸥，甚至还有一只北极燕鸥在船边低空飞过。这种鸟每年都要在南极和北极之间完成一次往返。

海浪轻柔呢喃，太阳温暖干燥，空气清新——一切是如此平静。这是一个值得珍藏在记忆中、多年后也愿意回想起来的日子。只有一样东西破坏了这田园牧歌般的气氛——苏格兰高地牛。冲天的臭气从袋子里溢出来，明显是想把整个韦斯特海峡占为己有，恶臭熏得几只朝我们飞来的海鸟在中途掉转了方向，另外的几只动作怪异，好像有那么一会儿真的晕厥过去了一样。已经过了四十五分钟了，难道那头抹香鲸在远处冒了头，然后再次下潜，而我们没看见？

正当我和雨果在讨论挪威俗语"醉得像只海雀"的来源时，忽然听到远处隆隆作响。我们屏息凝神。声音再次传来。

"听上去像巨石滑落。估计是岸上在搞什么爆破。"雨果说，转头望着卡贝尔沃格的方向。

这时，水面再次传来落雷般的声响，让我想到教堂风琴的最低音，但这个声音更加湿润，带着重重的汩汩声。这可不是岸上的爆破声，这是鲸鱼的巨肺呼吸的声音。

"在那儿！"雨果大喊，一手指着北边，一手转动点火钥匙。远处，一簇水柱喷出水面，雨果让充气艇全速前进。几分钟后，我们靠近了抹香鲸。它几乎一动不动，专注地呼吸着。抹香鲸每一次呼气都发出怒吼般的声响，然后喷出一道水柱，像灭火器里喷出来的那样，从额头左侧的喷水口一跃而出。我们还能听见空气被吸进鲸肺里的声音，就像坐在飞驰的汽车里摇下车窗，听到大风呼啸而过一样。在一呼一吸之间还有震耳的隆隆声——这就是"贝希摩斯的呻吟"[54]。

这头抹香鲸前后摆动，向我们展示它褶皱的皮肤。它的个头足有一辆公交车那么大。露出水面的部分已经是充气艇船身的两倍大。我们隐约看到鲸鱼潜在水中的头顶，形状和科拉半岛差不多，它的眼睛在水下深处，我们看不见，但它无疑能看见我们。

在游历了非洲、印度和印度尼西亚之后，我自觉在体验自然和观览野生动物方面有些厌倦了。然而，此时此刻，我坐在小艇上目不转睛地看着这头鲸鱼，惊诧于这个生物的个头和力量。过了好一会儿，我才终于回过神来掏出相机。

雨果把船开得更近了一些，我变得有些紧张。如果鲸鱼受到惊吓，决定用尾巴拍死我们怎么办？那样的话，舷外发动机和螺旋桨还在转动的时候我们就已经被掀飞了。距离岸边还很远,但雨果认为只要我们与鲸鱼的前侧并排就不会有危险。

几乎所有人都听过约拿和鲸鱼的故事。[55] 乔治·奥威尔,在他那篇题为《鲸鱼腹中》的文章里提到了类似的经历,尽管是打比方说的:

历史上的约拿(如果他可以称得上是个历史人物的话)为自己能够逃出鱼腹而感到庆幸。但在无数人的幻想和白日梦里,他们暗地里羡慕着鱼腹中的约拿。种种原因不难理解。鲸鱼的肚子就像个能装下成年人的子宫。你在里面,置身于黑暗之中,被柔软而舒适地包裹着,几米厚的鲸脂将现实世界远远地隔离在外,无论外界发生了什么,你都可以毫不理会。风暴纵使将全世界的战舰一一掀翻,也不能动你分毫。连鲸鱼自己的行动也不能影响到你。它可能正在浪头里打滚,也可能正纵身跃入漆黑的中间海域(根据赫尔曼·梅尔维尔的说法,是水面下一千六百米左右的地方),而你却可以全无知觉。这是唯一一个除了死亡之外,什么都无可比拟的终极自由状态。[56]

大约三分钟之后(虽然感觉像过了一刻钟),抹香鲸准备下潜。它拱起庞大的前身,做了一系列准备动作。我们在三四米开外的地方看着它把鼻子部分向下扎进水里。随后,它的身体缓缓下沉,月牙形的身侧露在水面之上,这一切就近在眼前。很快,它就静静地消失在水下了。

然后,奇怪的事情发生了。我们前方距离抹香鲸潜水处不足二十米的水面泛起了层层涟漪,浪头涌起,看上去像是一块高压电场。鲸鱼朝我们的方向游过来了。我望向雨果,眼神里掩盖不住惊慌。幸好他也早就留意到了。他把手放在油门控制阀上,不慌不忙地让小艇驶离向我们游来的庞然大物。

瞬间,一切恢复平静,整片海域再次变得闪亮而平滑,像一块泛着蓝光的铬。抹香鲸朝着海底深处去了。

至于捕捉格陵兰睡鲨?这次与抹香鲸的惊奇会面让我们的捕鲨之旅都显得平淡无奇了。

8

对格陵兰睡鲨的搜索正式开始了。认真研究了海图之后,我们利用岸上的坐标对所在位置进行了三角测量。这些坐标包括斯卡洛瓦灯塔,小岛靠海处一个锥形的石质灯塔,以及海峡另一侧,海拉达尔冰川尽头的斯泰伯格山。抵达了我们计划进行第一次尝试的地点之后,就准备下饵了。我在装着鱼饵的袋子上个戳了个洞,袋子里装满了肠子、肝脏、软骨、骨头、关节、脂肪、肌腱、苍蝇幼虫和蛆。我呕吐不停。我之前说过雨果已经丧失了呕吐能力,但即便如此,他也躲到了船身的另一头,扶着栏杆俯在船侧,看上去憋得够呛。我们一共装了五袋鱼饵,我把其中四袋从船舷上沿投进海里。每个袋子里都放了石头,会一直沉到海床上。第五个袋子里是一些肉比较多的珍馐部位,我们计划之后直接挂在鱼钩上。

此处,海水至少有上千米深。我在当地的历史资料里读到,渔民们往往会在投下鱼饵之后等上二十四小时,再回来试着吸引格陵兰睡鲨上钩。我们也打算效仿,尽管似乎并没有这个必要。如果周围几米范围内有格陵兰睡鲨出没的话,它在深海嗅到诱饵的气味寻味而来是早晚的事。和其他鲨鱼一样,格陵兰睡鲨的嗅觉也是"环绕立体"式的,能够精确定位气味的来源。即使海里并无风浪,从斯卡洛瓦来的洋流也总是很强劲。我们选择的这个地方,洋流能够像大风一样把内脏诱饵的味道散播开来。至少在我们的设想里是这样的。实际上是否如此就要等到明天一见分晓了。

第一次世界大战期间人们开始恢复捕猎格陵兰睡鲨。贫穷的百姓以鲨鱼肉为食，把鱼肝做成灯油、医用药膏，用在一切用得到的地方。雨果的曾祖父诺曼·约翰和他的几个儿子斯威恩、哈格巴特和斯维尔是当地最先开始处理格陵兰睡鲨鱼油的人。换句话说，雨果身上流着父辈捕鲨人的血。如果有谁能在捕猎格陵兰睡鲨活动停寂五十年后重新将其操持起来的话，雨果无疑是最理想的继承人。

斯卡洛瓦灯塔像块石头一样矗立在小岛之上，我们的刚性充气艇向它驶去，引擎躁动着穿过成群的鲱鱼。它们在船侧跃起，身上泛着闪闪的银光。这片从来不曾安分的海域今天已算平静非常。靠近岸边时，我看到一些几乎难以察觉的浪头拍打着海岸的裸石，无声无息，也不会激起浪花。海水懒洋洋地波动着，像漂浮着的肉冻一样略显黏稠。

在被当地人称作科瓦勒霍格达（鲸鱼高地）的小岛岸边，我和雨果放下普通渔线，打算钓一些小鱼做晚餐。我可以在鱼饵摆动着随竿而下时真切地感觉到水里游过的鱼群。最上面的是鲱鱼，捕食浮游生物。鲱鱼群之下是鳕鱼，它们也以浮游生物为食。在鲱鱼、浮游生物和鳕鱼下面的水层里还有更大的鱼。一条大比目鱼猛地咬住了一只刚刚咬钩的鳕鱼，撕扯下它的皮肉，但可惜的是，它自己没有上我们的钩。

*　　*　　*

进入萨特维尔岛和斯卡松德岛之间的小峡湾后,我们朝斯卡洛瓦驶去。与其说斯卡洛瓦是个独立的岛屿,不如说它是由一座座岛屿构成的群岛。几百年来,因为地理位置和地形上的双重优势,斯卡洛瓦渔村一直是当地捕鱼和捕鲸业的大本营。渔村身处大洋之上,几乎刚好在韦斯特峡湾渔场和捕鲸区域的中心点上。与此同时,斯卡洛瓦还有个安全的天然良港。

目前,斯卡洛瓦的常住人口超过两百人。除了罗弗敦的捕鱼季之外,渔站大多保持关闭,但岛上常年经营着一座养殖三文鱼加工厂。另外,直至今日,所有在春季从韦斯特峡湾捕捞上来的小须鲸仍会被运到斯卡洛瓦艾灵森海鲜公司旗下的现代渔场。

斯卡洛瓦有一个天然港口,进港航道的长度和宽度都十分适合码头作业。在斯卡洛瓦主岛上,房子都建得非常紧凑,让整个社区看上去更加亲密,有着北方地区少见的乡间小镇气息。从传统上来看,如果一个地方地广人稀——比如在峡湾附近——挪威北部的人会把房子建得相距甚远,以便安排进包括田地、牛棚、草场等五脏俱全的小型农场,甚至还要在浅滩造一个泊位。然而,在斯卡洛瓦几乎看不到牧草地,主岛和周围小岛上的民屋都互相依偎着。在这个原始自然的环境里，人们能在群落的陪伴中得到安慰。

这座小岛总是沐浴在从海上直射过来的阳光里，当我们乘着刚性充气艇驶进海湾时，我最先看到的就是阿斯约德渔站。它地处小利斯霍姆岛，三面环海，十分醒目。每年这个时候，太阳二十四小时不间断地照亮渔站，仿佛渔站在随着太阳旋转。

我上一次来到这里时，渔站看上去破旧不堪，像是随时要跌进海里一样。码头和哨站都已经开始腐朽。几十年来无人问津，整个设施几乎瓦解崩溃。

现在，这里闻上去满是新鲜木材和亚麻籽油的味道。整座码头焕然一新。支撑着码头和建筑物的柱子都由山杨木制成，在海水中也不会腐烂。每一栋建筑的房屋外墙都被修缮一新，刷上了白漆，让人们在几公里之外也一眼就能看见。在渔站身后，里耶摩亚岛上黑色的山峰跃出海面。面对如此美景，怪不得克里斯蒂安·克罗格在支起画架时迟疑了。另一位挪威画家拉斯·赫特威曾经因为精神崩溃住进医院，当大夫问他是什么让他发了疯时，赫特威回答说，"在强烈的太阳光下盯着这样的风景太久了"，却"找不到合适的颜色"来如实描绘眼前的景色。[57]

雨果和梅达住在一间两居室里，就位于岛上一栋房子的二楼。这个房子是二十世纪七十年代时由渔站的工人们建造的。除了少数几间类似的房间被用作生活区，楼里的大多数空间都是开放空间，放置着成吨的渔线、渔网、围网和其他用于操作大型渔船和捕鱼卸货站及鱼肝油加工厂所需的器具。在房子的两侧，阁楼的天窗伸出来，每个窗子都有一扇大大的双开门，方便工人直接从天窗装货或卸货。

整个渔站的屋顶、码头和外墙都进行了整修加固。用不了几年时间，内墙也会翻新。雨果计划把渔站改造成餐厅、旅店和给艺术家们的遁世空间。他还想建造一个小型渔船码头，向来访者介绍旧时渔场的运营方式，如果有人愿意买账前来参观的话。梅达和雨果已经把他们在斯泰根的房子做了抵押。迎接他们的将是多年的辛苦工作，而且谁也说不好成功的概率有多大。

斯卡洛瓦不只靠海，它基本上就在海里。即使是阿斯约德渔站也是建在木桩上的，一半属于大地，一半属于海洋。从陆地到渔站的唯一通道就是邻居家的船坞。春潮期间，在低气压系统和西风的影响下，海平面上升，让渔站看上去像漂浮在水上。

"那屋子像是一个海螺壳，随着海水的喘息而涌动。海洋踏着水向陆地走来，日复一日。"[58]

9

傍晚，雨果、梅达和我决定去拜访阿维德·奥尔森——斯卡洛瓦岛最年长的渔民。同斯卡洛瓦的其他居民一样，奥尔森住在一个独栋房子里。他的房子坐落在斯卡洛瓦郊外，他从二十世纪五十年代开始就一直住在那里。他家面积不大，但十分舒适，还有一座精巧的巨石花园。在斯卡洛瓦，任何有荫蔽的地方——无论是山脚下还是悬崖边——都会长出令人惊奇的多样植被，有树木、装饰性灌木，也有草本植物。它们大多源自南方。另外一些，比如枫树和波斯猪草，则是经由伯默尔贸易线路从东方传来的。当时，俄罗斯西北部的伯默尔人和挪威人展开了贸易往来，该贸易路线途经挪威北部海岸，向南直到博德。渔镇里，富裕的船长和鱼贩把这些异域植物的种子进口到挪威境内。二十世纪三十年代，一名水手不远万里从澳大利亚带回了一株百合，直到现在，那株百合还长在某户人家的院子里。我们也许很难想象这样的植物竟能适应严寒的北方，但在像斯卡洛瓦这样位于内海的地方，冰冻的天气往往并不会持续很久。

经过奥尔森的房子时我还注意到一件怪事——他家的窗帘似乎总是拉得严严实实，这在斯卡洛瓦可不常见。但我没有向雨果提起这件事。由于敲门时无人应答，我们只得直接推门而入，再试着敲了敲厨房的门。奥尔森从客厅走出来，跟我们说他刚刚其实听到有人敲门，但他觉得只有南方人才会那么拘礼，又因为他知道我们不是南方人，所以就没觉得是我们来了。

今天是奥尔森的生日，桌上放着他的儿子和儿媳早些时候带来的蛋糕。他马上就满九十岁了，但看起来完全不像。奥尔森仿佛是要特别强调自己的年轻力壮，伸手试图抓住眼前飞过的苍蝇。

奥尔森从少年时代就开始打鱼，直到六十五岁为止，他做了大半辈子的渔民。他常用一条手钓线、一条加长渔线、几十只钩子和一个渔网捕捞鳕鱼、海鲈、阿拉斯加鳕鱼和大比目鱼，但让他最乐此不疲的是捕金枪鱼。一条大个的亚特兰大蓝鳍金枪鱼能让船上每个人都赚上三十挪威克朗。与此相比，一千克质量上乘的挪威北极鳕也不过只能给奥尔森带来二十七欧尔[59]的收入。奥尔森说，人们只食用蓝鳍金枪鱼两腮旁边的肉。

二十年前，因为身体原因，奥尔森不得不结束了自己的捕鱼生涯。一次心脏手术之后,他得了一种罕见的阳光过敏症。也正是出于这个原因,他家的窗户都覆上了黑色薄膜以隔绝紫外线。夏天时,他几乎无法出门,每次出门他敏感的皮肤都会被日光灼伤。

我们此行是来打听格陵兰睡鲨的故事的。对于奥尔森来说,鲨鱼一直是个讨人嫌的存在,它经常会撕咬那些刚刚入网或上钩的大比目鱼。

"它见什么吃什么。如果要捕格陵兰睡鲨,就必须在挖空它的肝脏之后给它的尸体充满气(防止尸体下沉)。如果一头格陵兰睡鲨的尸体重新沉入水里,落在海床上,就会被其他格陵兰睡鲨吃掉。一顿饱餐之后,它们根本就不会再理会鱼钩上的诱饵了。"

我点头表示认同,但并没有跟他说,我们只要能钓到一条格陵兰睡鲨就满足了。

"你们有多少渔线?"

"将近四百米。"

"锁链呢?"

"六米长,拴在渔线底端。"

"用什么做鱼饵?"

"一头正在腐烂的苏格兰高地牛。"

奥尔森赞许地点点头。

他讲话的方式让我想起小时候在韦斯特龙群岛见过的一些年长的男性亲戚。他使用的很多词汇都是只有渔民才会用的、形容海洋的特殊词汇。比如，"转期"一词指在满月或新月七十二小时之后，水流开始变缓的时候。那时天气和风向往往会改变。"落期"一词则指在低潮差时段后，水流开始上涨的时候。当这两种情况发生时，渔民十有八九都会出海，因为这是最适合捕捞的天气。

接下来的几天里，我竭尽所能地去掌握这些古老的词汇。但从我的嘴里说出来就很奇怪，仿佛它们根本不属于我。我也无法完全理解其中的很多微妙之处。最终我还是决定在惹恼雨果之前放弃。

回家的路上，雨果和梅达告诉我，在斯卡洛瓦生活的人有一种补充蛋白质的特殊方法——食用腌制过的鸬鹚腿罐头。还有，如果人们在鱼笼或渔网中捕到海獭，会剥下它们的肉切成条。这些并不是已经不再流行的古老风俗，相反，梅达是从一个小学生那里听来这件事的。她惊讶地问："你们吃水獭？"四个小孩子热情地点头如捣蒜，并夸赞了水獭肉的美味。

回到阿斯约德渔站之后，雨果掏出了一个小盒子。里面装着他的叔叔西格蒙·阿斯约德在第二次世界大战后拍摄的照片，西格蒙从年轻时起就是个业余摄影师。雨果在赫尔奈森德的旧家庭渔站的仓库里发现了这个盒子。里面很多照片都是在捕捞亚特兰大蓝鳍金枪鱼时拍摄的。战后几年，韦斯特峡湾的蓝鳍金枪鱼数量颇丰。从照片里我们可以看到围网里装满了金枪鱼。其中最大的可以达到三米多长，去除内脏后能有近三百公斤重。阿维德·奥尔森告诉我们，在挪威所有海域捕捞上来的鱼类中，这种金枪鱼最为走俏，尤其在意大利和日本市场，可以卖出天价。但这种金枪鱼和挪威渔民所熟悉的金枪鱼十分不同。如果在围网中没有活动空间，这些金枪鱼就会死去。一旦如此，五十或一百吨死鱼将沉入水底，带来的损失不可想象。

蓝鳍金枪鱼是大海中最奇妙的鱼类之一。它的身体仿佛一整块坚实有力的肌肉，光滑的镰刀状尾巴能让它的游动速度达到每小时五十千米。可以在速度上超越它的鱼类屈指可数，只有剑鱼、旗鱼、逆戟鲸、海豚和某些鲨鱼。大多数鱼类都是冷血的，这意味着它们的体温会随着海洋的温度而变化。但金枪鱼和人类一样是温血动物，它的体温是恒定的。

金枪鱼会在热带水域和极地水域间来回迁徙——尽管它们在途中被捕捞或被吃掉的可能性很大。直升机、监控浮标和探测设备全部被应用于金枪鱼捕捞。渔船在海面漂浮作业，船下拴着五十到八十千米长的渔线和几千个鱼钩。来咬钩的海龟、海鸟、鲨鱼和其他各种各样的鱼往往比金枪鱼还要多。

为什么会有大量的蓝鳍金枪鱼一路游来韦斯特峡湾呢？事情要追溯到很久以前腓尼基人的时代，那时的地中海沿岸盛产金枪鱼。这种鱼在意大利被叫作"tonnara"，在西班牙则被叫作"almadraba"。蓝鳍金枪鱼在地中海地区产卵，每年都有数以千计的金枪鱼被捕捞。密集的金枪鱼群被排成迷宫一样的渔网引导到浅水区，并在那里被棒打致死。但是，只要有足够的鱼逃脱并一路游回大西洋，金枪鱼捕捞业就能够得以持续发展。

为了得到安达卢西亚地区人民的拥护，西班牙独裁者弗朗西斯科·佛朗哥[60]建造了不少鱼类加工厂来处理和包装这些金枪鱼，把它们批量做成罐头。新的技术让打鱼捕捞的效率更高，新的大型机动船舰队紧紧尾随着金枪鱼驶入大西洋水域。第二次世界大战使过度捕捞告一段落，金枪鱼的数量得以恢复。战争结束后，比斯开湾[61]仍鱼雷遍布。西班牙和法国的渔民根本不敢在当地捕捞。这也使得蓝鳍金枪鱼的储量得以增加，韦斯特峡湾地区的金枪鱼数量也随之猛增。

然而，短短十年之后，挪威沿岸的金枪鱼消失了，并在其后的几十年间成为濒危物种。直到过去几年，人们才再次在挪威海岸发现它们的身影。日本人愿意为一条优质的金枪鱼支付几百万挪威克朗。但是这些鱼先要活下去，再被养肥，然后宰杀。金枪鱼鱼腹处有一圈口感像黄油一样可口的脂肪。在寿司店，没有什么比这种脂肪更让人垂涎了。我曾经到过捕捞起来的金枪鱼的去处：东京著名的筑地市场。在像飞机库一样大的鱼市里，鱼被一列列地排列着，好像飓风、空难或其他灾难过后一排排无人认领的尸体。

谁知道呢，也许蓝鳍金枪鱼在消失五十年之后会再次回到韦斯特峡湾。现在，雨果每次出海时都会留意寻找金枪鱼的踪迹。许多来自异域的其他物种纷纷在挪威海峡登场，比如翻车鱼、欧洲鲈鱼、罗非鱼和其他一些"访客"。几年前，在斯泰根距离雨果家不远的地方，一个围网里捕到了一条剑鱼。一群帆水母（又被称作海筏或者顺风水手）也曾被冲上罗弗敦的海岸。这种水母在水面上漂浮时扬着小小的帆，很容易被海风推动着跨越重洋，但之前还从没有人在挪威见过它们。

韦斯特峡湾外来物种的增多很有可能和全球气候变暖有关。但不要误会，这种现象并不会让这片水域的生态系统变得更加丰富。随着适应力并不完全的新物种向北移动，挪威海峡的温度会随之升高，这将促使本属于这片水域的原生鱼群逐渐向更北也更冷的水域迁移。

夜里，我睡觉时开着窗。微风轻轻吹拂，阿斯约德渔站之下，海水轻轻拨动石块，那轻柔的汩汩声潜入了我的梦境。在我的家乡韦斯特龙群岛面朝大海的那一侧，人们用一个特殊的词汇来描述在温柔的夏夜，从卧室的窗外传来的海水静静拍打着海岸的声响，那就是"微浪之音"。

10

第二天一早，我们带着几个蟹笼和一条挂了几十个鱼钩的加长渔线准备出海。天气和前一天一样温暖无风，最热的三伏天才刚刚开始（七月二十三日到八月二十三日），但我们已经感到了酷热。海藻从海床上脱落，在海面上漂浮着，随处可见。海洋就是这样自我更新的。

沉在水底的生物尸体也会在这个时候浮出水面。大海将逝者吐出，正如《启示录》20:13节所说。三伏天里食物更容易变质，苍蝇也会越来越多，挥之不去，海水的温度也在此时达到最高。水藻的茂盛生长大量消耗了海床上的养分和氧气，海水中也会出现很多水母。它们四处游动、漂浮，泛着浅浅的黄色,像是挂着流苏的月亮。

我们把蟹笼下到海里,晚上回来取时,里面将会装满面包蟹。但这些蟹能否让人安心食用呢?海水中重金属铬的含量严重超标,卫生局已就此发出警报。在钓上来的蟹里,其中两只的壳上有大片丑陋的黑斑,明显是染上了某种传染病。雨果还告诉我,过去十年里,狼鱼也变得很难钓了。一开始,雨果还以为狼鱼是在冬季的过度捕捞中被驱赶到了更远的海域。但当偶然有狼鱼上钩时,雨果发现很多狼鱼身上长了像癌性病变一样的脓包。最近,狼鱼倒是又有卷土重来之势,至于为什么,还没有人能够解释。

韦斯特峡湾的海面看上去比地球上大多数水域都要更加洁净。海水很深,洋流强劲,每日有大量的水体循环。但这片水域里的重金属含量却比更靠近南方的水域要多得多,也许是因为在全世界范围内,海洋是一片巨大的连动生态系统,这片开放的水域与全球洋流循环息息相关,而全球洋流大多是向北汇入这里的。

最后我们还要放下挂了钓饵的渔线,放线的地点在距离斯卡洛瓦灯塔以南五海里的地方。我用刀划开装着剩余苏格兰高地牛内脏的袋子,雨果已经尽可能远远地躲到了小艇的另一侧。尸体的恶臭从袋子里"呼"地冒出来,弥漫到整个韦斯特峡湾。幸运的话,当我把挂着红色腐肉的牛尾骨挂上闪亮的大鱼钩时,没有格陵兰睡鲨会直接扑上我们的小艇。我不知道这头苏格兰高地牛对自己死后的命运有什么想象,但我敢肯定不会是现在这样。

首先,我们找到与昨天完全相同、准确无误的下饵位置。然后,我顺着船侧将鱼钩下到海里。像兰波说的那样:"破败的船只搁浅在棕色的海湾尽头/巨瘤树上散发出黑色的恶气/被臭虫啃食的巨蟒从树上落下!"[62] 我将锁链和渔线都垂向海底,直到线轴快到尽头才停止,这意味着我们下放的渔线已有二十七米长。线底坠着半米长的锁链,这十分必要,因为鲨鱼咬钩后会翻腾挣扎,鲨鱼的皮又糙又厚,只有锁链才控制得住。如果你用手顺着格陵兰睡鲨游动的方向抚摸它的皮肤,那感觉顺滑且毫无阻力。然而,当你逆着方向抚摸时,就会被割得破皮流血,这是因为鲨鱼的皮肤上布满细小的"皮齿",像刀锋一样尖利。第二次世界大战以前,格陵兰睡鲨被出口到德国,德国人会用鱼皮制作砂纸。

终于,雨果把渔线和我们带来的最大号的浮标紧紧系牢,一起丢进水里。浮标就成了鱼漂,这是我小时候常用的方法。但当时我只会钓一些鲈鱼、鳟鱼或者北极红点鲑——最大的也超不过一斤。鱼漂的大小也不过火柴盒那么大。可以说我们至今用的工具还是原来那一套,只不过为了捕到格陵兰睡鲨，小鱼漂变成了直径一米的大浮标，两厘米长的鱼钩变成了屠宰场才会见到的大肉钩，小虫子也被换成了巨大的野兽尸体。但这些都是必需的，即使是格陵兰睡鲨，也没法把这么大的浮标拽沉，至少不会拽沉超过一秒。

目标：中型格陵兰睡鲨，身长三到五米，体重六百公斤，拉丁语学名 Somniosus microcephalus。鱼嘴圆润，雪茄形身体，鱼鳍相对较小。卵胎生。栖息地在大西洋北部，甚至也见于北极冰盖之下。最喜接近零度的水温，但也能在温水中存活。下潜深度可达一千二百米甚至更深。下颚牙齿如锯条一样细小，上颚牙齿个头更大但锋利程度丝毫不减，咬食猎物时，格陵兰睡鲨的上牙深深嵌入猎物皮肉，同时下牙将其割碎咀嚼。除了锋利的牙齿，格陵兰睡鲨同多数鲨鱼一样，嘴边有吸盘，能够在咀嚼猎物的过程中将其牢牢地粘在嘴边。格陵兰睡鲨的交配过程非常暴力，但好的一面是，它们一百岁之前都没有性生活。

科学家们通过解剖格陵兰睡鲨的胃部得到了很多惊奇的发现。在格陵兰岛，著名的挪威科学家、探险家和政治家弗里乔夫·南森切开了一头自己捕捉到的格陵兰睡鲨的胃部，在里面发现了一整头海豹、八条大个鳕鱼、一条一米多长的舒鳕、一个大比目鱼鱼头和几块鲸脂。这简直不可思议。而且，南森还补充说，在被开膛破肚并置于冰上后，这只"巨大、丑陋的动物"竟仍能存活数日之久。[63]

格陵兰睡鲨的眼睛里生存着一种大约五厘米长的寄生虫，其拉丁语学名叫作 Ommatokoita elongata。它会缓慢地啃食格陵兰睡鲨的角膜直至其失明。格陵兰睡鲨肚子的褶皱里还生活着另外一种像小黄蟹一样的寄生虫。据一些有经验的捕鲨渔民回忆，当鲨鱼被打捞上船时，这些寄生虫会成百上千地从其身上掉落。

格陵兰睡鲨的肉有毒，闻上去有一股尿液的味道。过去，因纽特人会在食物短缺的时候喂鲨鱼肉给狗吃。吃了鲨鱼肉的狗会像喝得酩酊大醉的人一样晕厥，甚至会连续几日瘫痪不起。第一次世界大战期间，挪威北部很多地区面临饥慌，人们走投无路。如果格陵兰睡鲨的鱼肉可以食用，那么，用其解决饥荒绰绰有余。但由于鲨鱼肉中含有神经毒素三甲胺氧化物，食用新鲜或未经妥当处理的鱼肉会使人"醉鲨"。

因食用有毒的鲨鱼肉而进入的迷醉状态很像过度酗酒或过量吸食致幻药物之后的状态。"醉鲨"的人口齿不清，出现幻觉，走路踉跄，如同疯了一样，而且一旦睡去就几乎无法被叫醒。为了消除鱼肉的毒副作用，人们必须以最快的速度切断格陵兰睡鲨的主动脉，让带有毒素的血液流尽。然后，鱼肉要经过烘干和蒸煮，蒸煮时还要多次换水。在冰岛，这种鱼肉会被制成当地人眼中的珍馐美味"冰岛发酵鲨鱼肉"，当然前提是先经过小心细致的处理。想要确保毒素完全被清理，需要反复煮沸、风干，甚至掩埋直至发酵。

综上所述，生活在挪威北部的人们对格陵兰睡鲨的肉质保持着一种合理的怀疑态度也就不足为奇了。对于他们来说，费心费力捕捉格陵兰睡鲨的动力在于它们富含鱼油的肝脏。二十世纪五十年代，挪威是商业捕捞格陵兰睡鲨的先行者，然而到了二十世纪六十年代，市场对鲨鱼的需求逐渐降低了，直到最近才有一定程度的回升。[64]

我们的小艇在韦斯特峡湾洒满阳光的海面上缓缓漂动。昨天，海面泛着闪闪烁烁的亮光，今天则铺满了平静安逸的光芒。现在是海洋脉搏最缓的时候，这种情况只在夏季一连数日的好天气之后才会出现。这也是小潮期，涨潮的最高水位和退潮的最低水位间的差值比平时要小。月亮和太阳的引力朝着相反的方向拉扯海洋，一定程度上中和了彼此的力，就像两个在掰手腕比赛中势均力敌的对手。

今天，我们唯一的任务就是一边观察浮标一边耐心等待。小艇漂浮在韦斯特峡湾，这里的水流即便在无风时也会不停涌动，这让雨果想到了曾经和兄弟乘捕鱼船出海的经历。捕鱼船的名字叫"钟鸣号"，是一艘二十世纪五十年代在纳姆达尔区以平铺法打造的小型渔船。这艘船易积水，吃水量大。海上天气恶劣时，船员们不得不手动用泵把水压出船体。一九八四年捕鱼季的一天，天气寒冷刺骨，雨果兄弟俩在暴雨中出航。渔船的马达忽然故障，无法发动，幸好渔场的另一艘船发现了遇险的他们，把他们拖回了斯沃尔韦尔小镇。

这又让雨果联想到了另一起类似事件。当时他们正乘着"赫尔奈森德号"，运送刚从芬兰北部捕捞的活虾前往斯沃尔韦尔小镇。风暴来临后，货船马上遇到了麻烦。制冷机组发生故障，运送的货物随之发生位移。最终，整艘货船不得不在韦斯特峡湾上熄火，随海水漂浮。船员用了不知道多少桶海水才终于让过热的引擎冷却下来，并重新发动，回到斯卡洛瓦。

雨果的思维总是这样充满跳跃性。一个故事讲累了就会拍一拍下一个故事的肩膀，一个接着一个，接力一样永远不会结束。这些故事总是会越来越离题。有时都把我搞迷糊了，忘了雨果到底为什么要讲这些故事。

无论如何，雨果刚才给我讲的故事又让他想到了莫吕岛，那是斯泰根朝海一侧的众多小岛之一。人们生活在面积不大又与世隔绝的小岛上，雨果对那里一直十分好奇。于是他和兄弟一起，抛锚，下了捕鱼船，换乘一艘被雨果叫作"莱丝卡号"的小型帆船，驶向莫吕岛平坦的沙滩。然而，他们错误地估计了海浪，小型帆船被海浪掀翻。兄弟俩最终双双落入冰冷的海水。他们奋力游上岸，但深冬刺骨的空气和冰冷的海水让他们无法在岸上坚持太久。他们驾驶小型帆船再次起航，然而返回捕鱼船的途中，小型帆船船底的裂缝越来越大，导致海水很快再次灌满了船体。在小型帆船沉船之前，兄弟俩没有抓到船舷上沿，但成功地抱住了船舷的下部。他们抓紧甲板一侧用来出水的小块缝隙。两人精疲力竭，身上厚重的冬季毛衣因为浸了海水而变得仿佛千斤重，他们根本无法将自己拉上船。就像动画里的角色一样，两个人挂在船舷上动弹不得，过了一阵子，好像终于意识到了自己滑稽的处境，兄弟俩放声大笑。然而，两人的力气已经快要用尽，他们必须把精力放在求生的最后一搏上。于是，雨果甘作人梯，帮兄弟上了捕鱼船，之后自己才爬上甲板。

如果当时雨果握紧船舷的手松了，那么很有可能现在就没有人能活着讲出这个故事了。然而，雨果似乎认为整个故事的重点在于——在三月的韦斯特峡湾的水里冻上个把小时也并没有那么无法忍受。

"我们继续在海上待了大半天，甚至都没有换掉湿透的衣服。不过，我不得不承认，寒意会留在耳朵和脖子后面这两个地方，挥之不去。"

有时我会怀疑我的朋友是否真的是半个海洋哺乳动物。

II

在我们身下至少三百米深的海床上到底发生着什么？那头怪物是否正闻嗅着我们那散发着恶臭的诱饵？动物的肉体腐烂时会分泌出油脂，那气味在水下散播的速度想必和着火时冒出的烟雾一样快。如果我们真的能把鲨鱼拽出水面，之后怎么办？想到这里，我不由得既恐惧又期待。

我有朋友曾经在拖网渔船上做船员，他给我讲过他们如何处理被渔网拖上甲板的格陵兰睡鲨。他们会在鱼尾的根部绑上一根渔绳，连同吊杆一同升起来，然后把鲨鱼甩到船侧外沿。接下来，他们会剪断鱼尾，于是格陵兰睡鲨一头栽进水里，扑腾起巨大的水花。和多数鲨鱼一样，格陵兰睡鲨浑身上下没有骨头只有软骨，这让船员们对它的截肢操作可以在瞬间完成。沉入水里时，鲨鱼还是活着的，但过不了一会儿，它就会发现自己有了大麻烦。我们人类如果被切掉胳膊和腿部，再从船上扔进无边无际的大洋里，肯定必死无疑。失去了尾鳍的鲨鱼亦是如此绝望无助。它既不能向前游动，也不能在水中保持平衡。过不了多久,它就会坠入海底。在冰冷刺骨的黑暗之中,迎接它的是被同伴生吞活剥的命运。

雨果告诉我这种处理办法也会被用在姥鲨身上。人们习惯把鲨鱼翻倒,开膛破肚直至鱼肝淌出来。然后,姥鲨会被放回海里,带着没有肝脏的身体继续游动,很快死去。

我的船员朋友还告诉我,他们并不会每次都割下格陵兰睡鲨的尾巴,有的时候他们会把渔船的名字涂在鲨鱼的身侧,算是以这种方式跟下一艘捕到它的渔船打个招呼。不管什么人,只要他们的渔网兜到了这个大家伙,都要把自己渔船的名字漆在鲨鱼的身上,再将其放生。这可比寄明信片复杂得多,但也许算是拖网渔船的伙计们独特的幽默感吧。

"快看!浮标是不是动了!"

那个巨大的鱼漂确实在以不同寻常的节奏上下波动。我们正身处一个鲭鱼群的中间,等待着,距离我们几百米之外的水里肯定有动静。雨果发动引擎,不到六十秒我们就赶到了事发地点。

雨果开始收竿,也就是往回拉渔线,这会儿准没错,有什么大家伙咬饵了。过了一会儿,我接替雨果继续拉渔线,我的速度比他要慢。你尝试过从海里拽上一条体长七米、重七十公斤的格陵兰睡鲨吗?一头死死咬住三百三十五米长的渔线外加半米粗的钢链的大鲨鱼?渔线嵌进了我的手指,疼痛万分。蜇人的水母吸附在渔线上，而我们谁也没有戴手套。

我的两条胳膊都已经没有知觉了，在还剩仅仅四十五米时，渔线上的重量忽然消失了。每个钓过鱼的人都了解这种深深的失望。在百分之一秒的瞬间，所有的希望都被碾碎。前一秒，你还激动不已，信誓旦旦，万分专注，下一秒心情就沉入谷底。尽管渔线已经深深地切进我的皮肤里，但那痛苦远不及渔线上重量消失带来的痛苦。现在，渔线几乎没有任何分量，然而把剩下的渔线拉回来却变得异常艰难。又过了几分钟，紧连着锁链的鱼钩终于升到船下了。我将其拉上来，鱼钩在我们面前晃动着。当我们把鱼钩放下水时，用来做鱼饵的牛尾骨上还挂着红肉，而此时骨头已经被啃得干干净净。几十只橘色的小寄生虫还在啃噬着牛骨。这些看上去像跳蚤一样的小昆虫想必就是生活在格陵兰睡鲨肚子褶皱里的"房客"了。

我们可以清楚地在牛的筋骨上看到鲨鱼锋利的牙齿留下的咬痕。鱼钩是挂在紧邻着骨头的一块肌腱上的，我本以为如果鲨鱼咬了钩，就会一口把整块骨头碾碎。但它没有，所以鱼钩也就没有更结实地钩住格陵兰睡鲨，后者可以轻易地挣脱或是松口。因此，我和雨果现在才会两手空空地坐在这里，相对无言。我向雨果坦承了自己的错误，他只是冲我若有所思地点点头，丝毫没有责怪的意思。

当一开始的失望逐渐缓和，我们决定不把这件事看成一次失败。相反，它证明我们很大程度上是成功的，并不是所有人都能够在第一次捕鲨的尝试中就如此接近成功。现在我们能做的就是重新挂好诱饵，再向海里投一次鱼钩。

在水里，浮桥码头之下，那头怪物正游动着，等待被投喂。几百米之外，靠近海岸的地方，停泊着一艘船。船上，很多年轻人正享受着明媚的天气。女孩子们跳进水里，海水虽然还带着寒意，但已经是一年中温度最高的时候了。如果她们在戏水时知道深深的水下有什么正觊觎着她们，肯定都会立刻蹿回船上。有个女孩穿着一身橙色泳衣，她不知道黄色和橙色是最容易吸引鲨鱼发动攻击的颜色。澳大利亚的潜水者和冲浪者是绝对不会穿戴这种颜色的装备下海的。

那天，再没有鲨鱼咬钩。第二天也没有。第三天夜里，我没有收回鱼饵，转天一早，连浮标带渔线全部不见了。它们好像沉入了海底一样。两个浮标估计都漂远了，被某种看不见的力量拖走了，也许是洋流，也许是格陵兰睡鲨。试图找回这些浮标恐怕只是徒劳，即便给我们无穷无尽的时间和汽油，最终找到它们的概率也近乎于零。

三天后，我们开始返航，一路穿越韦斯特峡湾，放弃了浮标、渔线和锁链。然而行至峡湾中途时，能见度差、浪头又高，我们与它们撞了个正着。全长的渔线和锁链都在。只有鱼钩、铁链和那个将鱼钩和锁链连接起来的"U"形钢铁夹钳不见了。这简直不可思议，用了一对钳子才紧紧扣住的夹钳是不应该松动的，要想让它一下断成两截更是需要神力。但无论如何，这两件事肯定有一件发生了。至少我们是这样说服自己的。但真相是——把放了饵的渔线坠在水里过夜是我们太外行了。当地的渔民也认证了这一点。水下洋流的力量是惊人的，只要有足够的时间，水流能卷走一切。

我们的小艇在韦斯特峡湾划出一道白色的"V"字浪花。偶尔出现在海上的小型彩虹就像一道拱门，诱惑着我们朝它驶去。我们不得不时刻提醒自己，我们可不是在捕捉彩虹。

远处，海天相接的地方忽然间一片模糊，出现了海市蜃楼。几座小岛漂浮在波光粼粼的海面上，看上去越来越近。西边天空的云彩泛着金属镁一样炫目的白色，阳光灼热地为云朵描上金边。雨过天晴，我们还能看见远处几片云彩之下的点点阵雨。虽然太阳把自己藏了起来，但阳光在雨中弥漫，一道道太阳的光晕像是巨大的闪光灯缓慢划过水面。我们仿佛置身于一个纤尘不染，满是镜子的世界里，到处泛着牡蛎壳的颜色和灰蓝色。

12

当我们靠近英格雷雅岛时，大群的大西洋鲭鱼在我们周围徘徊，它们无疑是在捕食浮游生物。我提议捉一些鲭鱼烤着吃，但雨果对此并不感冒，还轻蔑地笑了笑。和很多挪威北方人一样，他讨厌这种鱼，无法忍受它们的腥味。他曾经试过用各种方法烹调鲭鱼，但不管遵照什么菜谱，结果都是一样。直到现在，雨果也没有找到百分之百能让鲭鱼没有异味的秘诀。他告诉我，如果我愿意捉几条扔上烧烤架也无妨，只要他不用在附近闻到味道就可以。

北方人对于鲭鱼的鄙视由来已久。鲭鱼背上长着酷似骷髅的花纹，传说它们会啃食溺水者的尸体。更早之前，还有人相信它们也吃活人。卑尔根的大主教艾里克·彭托皮丹（1698—1764）称鲭鱼为北欧水虎鱼[65]。"像鲨鱼一样，"大主教写道，鲭鱼"喜食新鲜人肉，会猎杀裸身游泳的人。若有人不慎落入鲭鱼群，则很快就会被吞食干净"。为了证实自己的论述，彭托皮丹还记录了一起有关一位水手的"恶劣事件"。也许是艰苦的体力劳动让他大汗淋漓,这位水手在劳库伦港(现在的拉克伦,挪威南部莫斯市以南)下海游泳。忽然间,水手仿佛被看不见的东西拉下水,消失了。几分钟后,他再次浮出水面时,身体"被咬得血肉模糊,鲭鱼群围着他,怎么驱赶都不离开"。如果不是因为水手的朋友们出手相救,彭托皮丹断言,他"毫无疑问"会"痛苦地死去"。[66]

我们在劳维岛和安格岛之间的一块避风水域稍作停泊,先捕上一条小个儿的鳕鱼,再把它抛回水里作为诱饵。奄奄一息的鱼漂浮在水面上,山顶上有个鹰巢,我们坐下来等着看老鹰飞下来抓鱼的好戏。可以看见鹰在远处,但它却没有像往常一样俯冲而下扑向诱饵。一只海鸥从我们的头顶上飞过。它的身体看上去比鳕鱼要小,但还是用力地把鱼整只吞下了。海鸥的肚子鼓胀得让它无法起飞。有时,我们都是这样,贪多嚼不烂。

秋

AUTUMN

13

当我再次坐飞机来到北方的时候,鸟儿们已经开始朝着反方向迁徙了。初秋十月,大地一片祥和寂静。草木凋零,准备好了在霜雪到来之前进入休眠。挪威内陆被一种深沉、黑暗的色调所笼罩。湖面泛白,山谷也即将被白雪覆盖,而在海岸附近和海洋里面则是另外一番景象。那里,随着海水温度逐渐降低,暴风掀起浪头,海洋中的生命苏醒了。螃蟹爬行的速度变快,比目鱼变得更加活跃、肆无忌惮,鳕鱼的肉质变得紧实,贝类的味道尤其鲜美。挪威北部迎来了冬季的捕鱼季。

我和雨果再次从斯泰根前往斯卡洛瓦,穿越韦斯特峡湾。这次海面黑得像墨汁一样,海水也躁动不安。光线变暗,云团低得几乎要触及水面。船行蜿蜒,以船侧或船尾迎接浪头,因此,雨果得以尽可能地驾船冲浪。挪威渔民把这种摇摆行船以避免与顶头浪直面碰撞的方式称为"避浪航行",然而,尽管如此,这仍是一段艰难不适的旅程。

当我们靠近斯卡洛瓦时,韦斯特峡湾向我们展示了它的威力。海水冰冷刺骨,一浪一浪地冲向岸边,拍岸的撞击声被暴雨的噪声所掩盖,雨水落在浪头的白花上。与我们上一次的经历不同,这一次,海洋和天空不再是平静而互相独立的个体。今天,两者在无尽的翻滚和汹涌中融为一体。直到相距几海里时,我们才能依稀看见罗弗敦群山。雨果驾驶着小艇穿过礁石群和小岛,驶入斯卡洛瓦港。

坏天气持续了几天,我们无法出海。我转而帮雨果处理了一些家务活儿。当一个人管理着几千平方米、有着数不清房间的木质建筑时,家务活儿很容易就堆积如山了。

阿斯约德渔站有两栋较大的建筑。主建筑面朝大海,有三层,总占地面积达三千平方米。主建筑的背后是另外一栋差不多大小的建筑,同样也有三层。在它旁边则是一间木工棚屋。主建筑曾经被用作鱼类装卸中心、鳕鱼鱼肝油磨坊、盐厂、渔具储藏间和鱼干加工厂。

三栋建筑紧密相连,几乎与基督教三位一体的教义相似——形成了相互统一但又各自独立的个体。当你身处其中时,几乎无法分辨是何时从一栋建筑穿行到另一栋建筑的。多次出入后,你也许会觉得自己已经了解房子的各个细微之处,但事实完全不是这样。每当我离开主建筑的大走廊漫步开去时，总会发现一些隐秘的房间或阁楼，甚至是一整片之前没到达过的区域。这个渔站好像没有边界，总有一个未被发现的房间藏在某处。整座岛也是同样神秘。每次我在斯卡洛瓦散步时，总会走到一些陌生的地方，惊奇地发现某片新的沙滩，或在某个地势隐蔽的山丘上发现一个被遗弃的德军防空洞。

渔站身后陡峭的山坡上还有另外两座稍小一些的建筑：红房子和白房子。为了帮忙处理一些杂事，我着手整理标杆，这些标杆之前被支在斜坡上，作为晾晒鱼干的架子。与此同时，雨果给红房子做了些木匠活儿。等到红房子装修好，雨果和梅达就打算搬进去住了。他们一点儿也不怀念在空旷、漏风的主建筑里过冬的日子。雨果在红房子里装了隔热系统，且改造得十分认真彻底。除此之外，他也重修了墙壁、屋顶和地板，还准备在房子背后加盖一个小屋做浴室。

雨果已经修好了白房子。那是一栋十九世纪早期的渔夫小屋，比渔站的历史还要悠久。几十年前，在雨果获得阿斯约德渔站的所有权之前，他把白房子从濒临拆毁的命运中解救了出来。现在他为它装上了新的外墙，换上新窗户，加装隔热层和焦油纸屋顶，修建台阶和前廊，并安装了一个老式的柴炉。不管是在一楼还是楼上，都可以从窗户里将海岸的景色一览无余。窗户选用了复古的花色玻璃，给窗外的景色加上了一层朦胧、失真、梦幻般的滤镜，让人感到仿佛身处水下。雨果拆下二楼的旧镶板时，发现墙上糊着一八八七年的报纸。他决定在其表面涂上一层清漆，将其保存了下来。

雨果带着我参观白房子。我没有直言自己有多么欣赏他的改造，而是故意摆出一副满是学究气的建筑检查员的样子。我两只手背在身后，质疑他为什么不采取一些其他的，也许更优秀、更聪明，或者更符合建筑规范的设计方案。雨果花了几分钟才意识到我在跟他开玩笑，之后便打发我去整理报纸了。

鉴于我在阿斯约德渔站能够发挥的实际作用有限，我不想浪费这样一个有趣的杂务活儿。我希望自己最好不要太快做完，因为花在上面的时间越长，我越觉得自己好歹有些用处。

没过一会儿，我再次回到渔站，立刻发现又闯进了一个之前从来没有去过的房间。我在架子上找到了一堆已经泛黄的旧报纸，随手拿起其中一份，倚着窗边读了起来。那是一九六三年九月八日的一份《诺德兰未来报》。报纸头版排得密密麻麻，其中，我看到了这样一条新闻——《挪威海军舰艇高爆榴弹轰炸罗弗敦小镇》。这样的标题立刻引起了我的兴趣，我接着读下去：

周日，海军舰艇在罗弗敦附近进行射击演习，几枚高爆榴弹被误投至莫斯克内斯岛的溪镇。然而，此举奇迹般地没有引起重大伤亡。镇子中心的一间仓库被一枚榴弹击中并爆炸，五米外的一栋居民房里，一家人正在吃晚饭，弹片几乎穿透了这户人家的木质墙壁。有十二到十五枚榴弹从渔村居民的头顶飞过，许多人不得不躲进沟渠寻找掩护，直到"轰炸"结束。四枚榴弹落在镇子里，另有八枚投进了港口处停泊的渔船中间。当仓库爆炸时，三个十岁的女孩正从十五米外的主路上经过。炸飞的弹片波及周围半径五十米区域，所幸三个女孩仅被轻微划伤。附近人家的台灯、书架从墙上掉落，一户人家客厅里的桌子被掀翻。距离爆炸地点三十米的地方，有五辆出租车载着二十名游客碰巧停车观赏景色，但无人被弹片击伤。

这起意外立刻被报告给镇长，索尔沃根岛上广播台的电报员终于与卑尔根驱逐舰取得了联系，在出现人员伤亡之前及时终止了炮击。

现在你见识到挪威海军的"威力"了。他们有那么多荒无人烟的空地可以瞄准，但还是有本事把榴弹投到小小的渔村里。溪镇地处罗弗敦偏远的西部边缘，四周被荒野环绕。这无疑是个意外。如果海军特意瞄准这个小目标，恐怕百分之百射不中。

一九六四年一月二十四日,《诺德兰邮报》也报道了不少充满戏剧性的新闻。在一封名为《扫帚谋杀案》的写给邮报主编的长信中,哈尔夫丹·奥罗指责一名男士用扫帚杀害了一只水獭。"扫帚的质量如此之差,以至于在击打过程中断成了两节,这种劣质的扫帚根本算不上合格的凶器,而且我们不得不问,以这种方式杀死水獭算不算虐待动物。"

在这些分散注意力的东西的帮助下,我花了很长时间才做完整理报纸的工作,虽然这份工作本不该花这么长时间。结束时,我觉得自己大体上算是完成了任务。比起搬运劳作,我花在阅读报纸上的时间更长。虽然我肌肉没有不适,完全可以再做些体力活儿,但毕竟负责分配工作的人是雨果,结果他挠了半天头也想不出该让我干什么,最终只好放过我。否则我就要耽误他的工作了。实话说,我也觉得这样正好。来斯卡洛瓦时我带了一些旧书,这些书专门为感兴趣的人介绍海洋。这会儿,我正在读奥劳斯·马格努斯一五五五年用拉丁语写就的鸿篇巨制《北部人民风情》。

14

每过一日,大海就会变得更加躁动一些。气压计的指数降低了。韦斯特峡湾海浪倾翻,僵冷的风拍打着翻滚的浪尖,把浪花冲碎成成千上万个细密的水滴,飞散在空气中。从远处看,就像是海上升腾起了烟雾。

天空中,黑云低坠,偶尔,云层绽开空隙,清透的阳光流泻在岛上,光束触碰到的一切都变得更加明亮瑰丽。有时,阿斯约德渔站会变成晃眼的白色。另外一些时候,渔站泛着青灰,就像沙滩上搁浅的鲸鱼骨架。

接着,下雨了。大雨扑簌簌,单调沉闷,一时不会停止。

来自西面的阵风带来了降水。全世界大洋、海角、海峡、岛屿和沿岸地区的降水都被特定的风控制着。在韦斯特峡湾,同北半球的大多数海域一样,西风是主导风。对此,科学的解释是,亚速尔群岛的高气压和冰岛的低气压造就了大西洋北部的强烈西风。

在古时候的地图上，风被描绘成长着脸的样子。这种传统很可能来自古典时期，古希腊的众神掌管着各种天气现象，过着十分忙碌的生活。风神埃俄罗斯是海神波塞冬[67]的儿子。鼓起的双颊往往被看成是他最具标志性的特征，他用神力起劲儿地吹着西风。

曾经，几乎所有船只航行都仰仗天气，人们会设想不同的风有着不同的特质甚至性格。一些风狡猾善变，但幸好有人知道如何控制它们。十七世纪中期，法国探险家皮埃尔·马丁·马蒂尼耶作为船长驾着一艘大船向北航行。当船行至罗弗敦以南、北极圈以北，靠近博德的地方时，风逐渐停了，船说什么也无法前进。船长求助于当地的风魔法师，他们被称作"风王子的儿女"，据说既能召唤出风暴，也能召唤出平和的天气，当然前提是要收钱。于是，一位风魔法师被请到船上，他指导着船员们在一块呢绒布上打了三个节，并把这块布挂在船的前桅上。当航行需要风时，只需解开一个节就可以如愿得风。马蒂尼耶对此十分怀疑，但当第一个节被松开时，立刻，一阵清爽的西南风就扬起了船帆，让船得以向北继续行驶。[68]

今天的气象学家们划分出了八种风向：东、南、西、北、东南、西北、东北、西南。而在过去，人们至少有十六种风向的划分。亚瑟·布罗克斯来自塞尼亚岛，这是罗弗敦北部的一个大岛，他记录了当地语言中描述不同风种类的三十多个词汇。[69]

一些描绘风的说法也会涉及地形地貌与风的相互作用。比如，如果有一股强风从南面吹来，人们还会对这阵南风如何塑造当地的地貌很感兴趣。它有可能是一股从陆地吹来的南风，对于当地的北部海岸来讲就是东南风。它也有可能是一种水手很难分辨方向的海风，因为来源于海上。

西南风是在韦斯特峡湾上能遇到的最糟糕的风。

阿斯约德渔站大多数建筑物都没有隔热系统，而是随着风和天气共同呼吸。更神奇的是，所有曾经来到过这里的人与物的气息都以一种奇妙的方式留存在这里。捕鱼作业于二十世纪七十年代早期停止，因此你可能需要一只非常灵敏的鼻子才能闻出数百万条鱼在这些厂房里待过的味道。但这里还有很多其他的遗留痕迹，仿佛这些建筑自己有记忆一样，它们隐秘地、不知不觉地，透露着关于过去的朦胧印迹，就像谣言有时始于梦中一般。

也许这种感觉来源于渔站里那些早已废弃的旧物件。从渔站运营时期起，几乎每一件东西都依然保存在这里。除了那些已经被处理掉的小家什和多年间被盗窃的物品以外，大多数剩下的东西都按照它们在二十世纪八十年代的样子被保留了下来。角落里堆放着几吨重的重型渔网和成捆的绳子。木质的腌缸里仍装满了盐巴，表面的盐晶结成了一层光滑的硬霜，但只需一拳在这个表面捣出一个洞，就可以挖到里面的盐了。现在，阿斯约德一家的盐足够养活十几代人。

许多小房间里，衣架上还挂着工作服，仿佛接班的伙计过一会儿就会推门进来。但实际上，这些衣服是多年前就退役上岸的船员们留下的。彼时还年轻的船员现在已经年迈，或者已经离开了人世。个人用品、厨房用具和运鱼的送货单散落在曾经的生活区。一间旧办公室里，墙上还挂着那时候的货运完成报表。表单上记录着一九六一年前三个月渔站购入的鳕鱼干数量（112,717千克），还记录了产出量、销售量、运送量，等等，表格上还有专门一列用来记录"运往卑尔根的货物"。

渔站所有的产品都有详尽的记录：生鱼、盐渍鱼、鱼干（多种种类）、鱼肝（未处理鱼肝、酒浸鱼肝、水煮鱼肝）、各类鱼油（离心分离的鳕鱼鱼肝油，热榨油、酸性油、工业压榨油以及"其他油"）。接下来是鱼子（生鱼子、加糖盐腌渍的鱼子）、腌渍鱼渣、鱼头，表上最后一样写着：下脚鱼肝油，也就是鱼肝在经过蒸煮处理后剩下的下脚料。

多年来的渔场作业成了这批建筑挥之不去的记忆，从第一颗钉子钉入房屋木板的那一刻，到最后一位房客离开的那一刻都是如此。渔站仿佛一个注满回忆的腌缸。我想象着不同的钟表挂在房子的各处，每一块表上的指针都指着不同的时间，且没有一块标记着现在；它们大多都已经在数十年前停摆了。

二十世纪八十年代，渔站被一对芬兰夫妻买下，那段时期也留下了痕迹。皮艾卡和裴卡两人现在已经回到了芬兰。皮艾卡是个有名的精神科医生，裴卡则是纪录片制作人。在二十世纪七十年代那会儿，裴卡在一些偏远的国家和地区拍摄民族志电影，多年间，他的很多作品逐渐受到圈内人的狂热追捧。这两位受教育程度甚高且颇富教养的芬兰人轻声慢语、言谈审慎，甚至有些少言寡语，至少我几次与他们交谈的时候都是这样。实际上，不管外面多冷，他们讲起话来都好像是在桑拿房里一样——而天寒地冻在斯卡洛瓦算是常态。裴卡对花朵十分感兴趣，在斯卡洛瓦中部靠近哈特维卡的地方，有一处十分温暖潮湿的山谷，长满了鲜花。如果你朝那个方向走去，很难想象除了石块、悬崖和偶然出现的小溪和山涧之外还有什么值得期待。但忽然间，你会惊喜地发现自己已经来到一处林间空地。

皮艾卡和裴卡居住的房间里还摆着大堆芬兰报纸——《首都日报》和《每日晚报》。墙上挂着一张芬兰与瑞典交界处群岛的卫星照片，群岛的芬兰语名字叫作 Sarristomaailma。在芬兰和瑞典之间宽阔的交界地带遍布几千个密密麻麻相互簇拥着的岛屿。一条十九公里宽的海峡引导船舰能够进入波的尼亚湾。

天知道皮艾卡和裴卡为什么会来到斯卡洛瓦。他们在来北方旅行时爱上了这里，偶然间听到了阿斯约德渔站在出售的消息，便将其买下了。那时的他们已经不再年轻。每年夏天，他们都会来这里度过几周的假期。他们只住在某一栋房子里的一间小屋中——像极了那些丧尽财产和头衔，却还坚持要住在自己破败不堪的城堡一隅的没落贵族。虽然他们如此喜爱斯卡洛瓦和阿斯约德渔站，但他们与周遭的环境仍有些格格不入。他们的家人和朋友中肯定有人喜欢潜水（用过的橡胶船现在已经漏了气，停放在渔站外），也许正是这群喜好潜水的朋友说服了这对夫妇，让他们在罗弗敦的一个小岛上买下了一座巨大的渔站。每年夏天，许多芬兰人离开他们绿意盎然的海岸和秀丽的湖泊，带上橡胶潜水服、脚蹼、铅带和渔枪来到斯卡洛瓦潜水。这些装备现在还挂在渔站的衣架上。裴卡和皮艾卡虽然不潜水，但他们却一个猛子扎进了斯卡洛瓦的生活，可惜始终无法真正适应。

最后，他们把阿斯约德渔站又转交回阿斯约德一家手中。如今裴卡和皮艾卡离开斯卡洛瓦很多年了。雨果每次提起他们，都仿佛他们随时都会故地重游一样，但这已经不大可能了。

一天下午，天气太差，我们没有办法出海，雨果和我便在阁楼上消磨时光。阁楼从地板到天花板都堆满了老旧的捕鱼装备。虽然这些设备已经一百多岁了，但却足够建立起一个小型捕鱼站和鱼肝油磨坊。我们还找到了锅炉、压榨机、油缸、分液器、输送管道、磨石、净浮动器和平衡称；带滑轮的起重机、传动机组、绞盘、巨大的木质洗涤容器、电动马达、柄轴长几米的舀鱼抄网、鲱鱼抄网和另外很多由木头和金属制成的神秘工具。有一个房间里放着十几个专门装鱼肝油的橡木桶。其中一些贴着"医用油"的标签，另一些则标着"酸性油"。有几个小桶看上去像是曾经用来装干邑白兰地的酒桶——在几乎所有的海港地区，走私都很常见。比如，围网渔船"赛托号"就因参与走私而臭名昭著，在捕鱼淡季，它也被当作跨大陆贸易的货船，连海关的官员们都认得。

在阁楼上展出的技术设备既过时又前卫。这些设备大多是就地制作完成的，百年间经过很多技工、制桶工人、木工、铁匠、缆索工和当地自学成才、能化腐朽为神奇的天才匠人们的不断完善。但反正对于我来说，这些东西都很令人困惑。我指着一个顶端带着钢闸的小玩意儿百思不得其解。很显然有某些东西应该从一端穿入、另一端穿出。它看上去应该是连接在其他某个机械装置上的零部件。

"那个东西吗？那是鳕鱼刮刀，不用问。"雨果边走边解释道。

"哦，当然了。不用问。那不是专门刮黑线鳕的，是刮鳕鱼的。怪灯太暗我没看出来。"我回答。

雨果看着我笑了。

每当我们发现什么新鲜难懂的玩意儿时，我只能将雨果那副好奇的架势描述成"近身肉搏"。他围着那东西打转，在检查它的形状和功能时两只手忽高忽低地戳来戳去，极力尝试着要从中揪出它的秘密，研究哪里可以插进什么，哪里可以弹出什么，又或者观察有哪些部位可以旋转，然后还要确认应该朝哪个方向转，等等。最后他会提出一个他认可的理论，往往这个理论在我听来也非常合理。

现在，在这个阁楼的角落，我非常满意地在雨果的脸上看到了困惑的神情。他盯着某个金属铸造，装着两个轮子、一个把手和几个钢制凸起的滑轮装置，整个工具有一米五长，几乎高及我们的膝盖。

"给我一周，我能搞明白它是做什么的。"他说。

"给你二十四小时。"我告诉他。

雨果有时候像是个心不在焉的教授，我毫不怀疑，凭借阁楼里储存的这些破烂家伙，雨果一定可以搞出些奇奇怪怪的机械装置。比如一些实用价值还未知的机器，比如以电鳗供电、用格陵兰睡鲨鱼油润滑的发动机。

但是，我们得先捉到这样一头格陵兰睡鲨才行。

15

晚上，我们偶尔会看看电视，每次都只看动物频道。这些频道不间断地播放有关鲸鱼和鲨鱼的节目，而且总是搭配夸张的音乐和一连串吓人的画面，显得十分危险、残忍、可怕！讲到鲨鱼时尤其如此。这些动物几乎都是以一种中世纪式的说教方式被展现出来，人们以道德或非道德的标准来评判它们，仿佛它们能够同人类一样思考。鲸鱼们都很善良，甚至有些中产阶级的风姿，以小家庭、歌唱、游戏和抚养子女为生活的中心，它们的饮食习惯差不多是素食主义，每年穿越世界大洋的迁徙也好似度假旅行一样。

但是，电视里播放的一些片段偶尔也会打破这种对鲸鱼的刻板印象。一个节目讲到，一位女自由潜水员试图向一只领航鲸示好，却被这头鲸鱼咬住脚拉进了九米多深的水下，这对于人类来说已经是很极限的深度了。鲸鱼在水下松口，女潜水员得以回到水面，挣扎着找回呼吸。谁知鲸鱼再次将她拉入水中并久久不放，让她几乎溺水而亡。鲸鱼并没有咬得很深，而是小心翼翼却牢牢不放地控制住了她的脚。它似乎在用这个可怜女人的生命做游戏。在水里上上下下折腾了几次之后，女人的动作变得迟缓，马上就要失去意识。领航鲸感觉到了女人的极限，在她几乎已经丢掉了半条命的时候把她拉上了水面。于是，女人又被这头几乎溺毙她的鲸鱼救了。这头生物自己就扮演了好鲸鱼和坏鲸鱼两个角色。

这个故事的寓意在于，我们认为鲸鱼是智慧生物，但它们并不能自发地理解人类交往中的善意或同理心。它们只管凭天性行事。同所有的智慧生物一样，鲸鱼也时常有反常的，甚至神经质的行为。

四天之后，我起床时感到有些不对劲儿。我在床上又躺了一会儿，琢磨了半天才发现是怎么回事。原来，狂风不再裹挟着暴雨猛砸外墙了，外面现在一片寂静。雨果已经起床，在外面给小艇充气。

"准备好出门去喂鲨鱼了？"我问。

"首先我们得准备些鱼饵，然后才能去喂鲨鱼。"雨果回答。

这次，没有了苏格兰高地牛，我们打算改用鲸脂。在阿斯约德渔站对岸的艾灵森厂房存放着一些鲸脂。我们快速穿越仅有九十米宽的斯卡洛夫凯拉湾，在对岸拿到了一盒鲸脂和一个装着四条大西洋鲑鱼的垃圾袋——全都是免费的。这盒鲸脂足有二十二公斤，是从一条小须鲸的肚子上切下来的。新鲜的鲸脂被迅速冷冻，两天后才从冰箱里取出，上面还有些冰晶。鲸脂外层的皮肤白得像粉笔。整块鲸脂的形状像一架手风琴，只不过它的每条褶皱都是长方形的。鲸脂的表面如此光滑，有弹性，同时也很紧实坚固，看上去像是NASA[70]会十分自豪能创造出来的东西。鲸脂的味道很好闻。某种程度上，它看上去像是一块超大的培根，干净诱人。和处理苏格兰高地牛的尸体相比，处理鲸脂简直就是美梦。日本人将鲸脂视作珍馐，往往直接生吃。我想，用不了多久，我也会把鲸脂煎了，饱餐一顿。

接下来，我们要把鲸脂系紧在鱼钩上，吸引鲨鱼靠近，同时以大西洋鲑作为游动饵。这些鱼在欧洲市场上并不太受欢迎，也有可能染上了养殖三文鱼渔场的很多疾病。然而，对于并不挑剔的格陵兰睡鲨来讲，这些都不成问题。

小艇呼啸着驶出海湾，前往斯卡洛瓦灯塔的另一侧。到了那里，我们要把扎了孔的一袋大西洋鲑投进水里。目前韦斯特峡湾的天气按照渔民的说法是暴风雨过后的平静期。尽管海面几乎无风，但要等大海完全安稳下来还需要一段时间。据我们所知，风暴有可能仍在大海的某处肆虐。

虽然没有特别的期待，我们还是一并放下了诱饵线，也就是长三百三十五米的渔线和长六米的锁链，链底的鱼钩上挂着一大块厚厚的鲸脂。我们知道今天鲨鱼靠近的机会并不大，因为那袋大西洋鲑游动饵的味道仍需足够的时间才能扩散。但试一试总是没错的，而且我们也需要一个在韦斯特峡湾接着消磨几小时的理由。

正下着雨，但绵绵的落雨在大海之上和我们眼前都更像是一种温柔的抚慰。海水几乎静止，在油亮光滑的海面上能清晰地分辨出每一滴雨水滴落的痕迹。这样的天气条件下，只消用双眼仔细地观察海洋，就可以将海上发生的一切尽收眼底。

我们在斯沃尔韦尔镇停了一会儿，在那里买了报纸和一份盒装红酒，还在一家咖啡店吃了些三明治。之后，我们按原路返回，在斯卡洛瓦灯塔脚下继续坚守。和预想的一样，浮标没有什么变化。雨已经停了。大海平静得如同一片小小的内陆湖泊。我们坐下读报纸、闲聊，接着向靠近岸边的弗雷萨河驶去，也许可以在那里钓上几只大比目鱼，或至少几条鳕鱼或明太鱼。途中，我们见识到了一个神奇的现象——在安安静静的大海中间，大约一百五十二米开外的地方，一朵巨浪正在腾起。这个浪很快就达到了几米高并朝我们袭来。我们从容不迫地后退了一段距离。如果有潜水衣和冲浪板的话，或许还可以冲个浪。好吧，我们可能不行，但技术更高的人是可以做到的。过了一会儿，同样的事再次发生。巨浪从远离岸边的平静海面卷起。我看着雨果，我们二人在这片水域度过了这么多天，但还从来没见识过这种奇景。

"水下一定有鱼群在活动，加上洋流强度大，使得海水高速向上涌了起来。"雨果解释说。

太阳出来了。整片海洋被雨水冲刷得晶莹剔透，均匀地闪烁着一层珠灰色的光芒。除了几条小明太鱼外，我们一无所获，随后我们把这几条小鱼也放回了海里，再次回到钓大鱼的位置，满心希望看到鱼标浮动。

关于格陵兰睡鲨如何能够捕捉到比它速度敏捷得多的鱼类和动物，雨果又想出了一个新的理论。这个理论主要依托于这种鲨鱼的生理特征。

"格陵兰睡鲨的加速度主要来源于头部和下颌，而非来自躯干。"他说,"平时,格陵兰睡鲨在水里闲游,一副人畜无害的样子。一旦有猎物近前,它就伸出自己的下颌。鲨鱼的下颌不像人类那样是咬合固定的。它更像是可以活动的铁轨、轨道或是枪的尾栓。"

在某个电视频道的动物节目里,雨果看到的内容刚好能佐证这一理论。视频里,一名潜水教练正在接近一条在浅层热带水域里游动的小鲨鱼。潜水教练异常自信,对眼下的事态胸有成竹,决定借机向游客们炫耀一下自己的本事。摄像机将一切记录了下来,潜水员缓慢地靠近那条看上去不会伤人的鲨鱼,直到与其正面对视。就在潜水员想要为鲨鱼献上一吻时,鲨鱼突然袭击,咬掉了这个可怜人的嘴巴和半张脸颊。整件事以迅雷不及掩耳之势发生,只有用慢动作回放才能分辨出到底发生了什么。袭击之后,鲨鱼沿着礁石向远方游去,留下忽然需要大型整容手术的潜水员和为其进行紧急包扎的游客们。

"格陵兰睡鲨的下颌和这种鲨鱼一模一样。"雨果接着说。

雨果的新理论不无道理,但也并不能解释所有谜团。比如,大西洋鲑接近格陵兰睡鲨的理由是什么?格陵兰睡鲨又是怎么捉到大型狼鱼、明太鱼和黑线鳕这些游动速度更快的鱼类的呢?

"格陵兰睡鲨的身体是雪茄形的,尾巴的力量可以和大白鲨一较高低。举个例子，它的尾鳍有力到可以刺透鲸鱼的尸体。它有快速游动所需的一切能力和条件。"雨果总结道。

几小时过去了。但我们两人毫无怨言，我也没什么别的地方想去。峡湾的风光并非平铺在眼前，而是从四面八方将我围绕起来。我无须像上班赶路一样匆忙将景色抛在身后。身处斯卡洛瓦灯塔附近的洋流之中，我体会到一种强烈的当下之感。在这里，平日里在我们身边交汇更新的信息流都变得无比遥远。

我半倚着船首，抬头望天。现在我们已经随水流漂远，距离浮标大概有三百多米，但它们还在视线范围之内。只有几朵小浪从外海卷来。

白昼渐短，再过几周挪威就要迎来黑暗的日子了。在北边和东边的天空，几颗星星微弱地闪烁着；在我们头顶那片无垠的海洋中缓慢地移动。我只能瞥见几个星座的轮廓。但北极星已经明晃晃了，它发出的光那么明亮，以至于我和雨果一开始把它错认成了飞机、气象球或是其他的什么不明飞行物。北极星看上去就像是在一些宗教文学中被夸张地刻画出来的伯利恒之星[71]。这颗星为两位乘舟的智者指明了前往安全港口的航线。

为了得到更好的视野，我掏出了手机。我下载了一个应用程序，它能借助摄像头和内置GPS系统识别出头顶上的几百个星座，如果你感兴趣，还可以观察另一个半球所对应的星空。

所有的文明，甚至史前文明，都在繁星闪烁的苍穹中看到了各种图案，并以各自神话传说中的神明和造物为它们命名。我们现在沿用的星座名字来源于古希腊人，他们为已发现的星座编织了复杂的神话故事（当然了，没有人真的"发现"了星座，因为星座纯粹是人类想象之物）。比如，猎户座并不是在昴宿星团里追逐着七个处女的巨人。古希腊人也并不真的将神话信以为真。对于他们来说，天空是他们投射自身创造力的画布。

观星是一项科学活动，至少从一定程度上来讲是这样的，因为总结规律是科学研究的基础。对于渔民来讲，最基本的科学素养不仅是理解海洋、气候、天空，还要记下其中复杂的规律，并融会贯通。人只有通过长时间、系统地观察——动用大脑内部的技能——才能逐渐掌握这种本领。

历书的发明为渔民们提供了一个制胜武器，因为所有洋流以及海洋中的生命都格外容易受到月亮盈缺的影响。月盈之时，海水涨潮，峡湾中的水量增大，洋流的流量也变大。这些会随即影响鱼群的游动。比如，满月时，渔民们都知道要去特定地点捕捞鲱鱼。如果他们没能及时赶到这个地点，鱼群就会游走，直到下一个满月才会回来。

过去，渔民们还没有GPS、声呐、回声探测器、手机等设备，也没有可靠的天气预报，因此最富经验的船长和渔民的地位就如同现在饱受尊敬的科学家一样——至少在当地同行之中如此。

不幸的是，在过去的几十年里，那些描绘自然的微妙变化的丰富词汇已经逐渐被人们遗忘。随着这些词汇的消失，关于生态系统复杂性的知识也渐渐失传。我们对于多样的地形地貌的认识减少了，也不再像曾经那样予之以意义，自然之于我们不再那么珍贵。这也让我们为了短期利益而毁灭自然变得更加轻易。

过不了多久，雨果和我就要收回渔线，打道回斯卡洛瓦了。但现在，我们俩谁也不愿提起这件事。我们正在享受寂静，思绪已经脱离了泊船的锁链，随着水流漂远。星空在上，大海在下。星云泛起涟漪，大海闪烁醉人。

从外太空回望地球，墨西哥湾酷似银河。而从地球望去，银河又酷似墨西哥湾。两者都仿佛巨大的旋涡，炽烈而混乱。在科幻小说里，宇宙飞船看起来并不像飞机，反而更像船只。它们时常撞上星云、离子风暴、飓风或是冰山。船长站在舰桥上远望甲板之外的世界,眉头因为忧虑而紧锁。他们能否穿越风暴?如果宇宙飞船遭受了极为严重的破坏,船员将不得不降下救生艇或准备救援仓。甚至,外太空的怪物也像极了那些只有在深海里才能见到的生物。

如今,科学家们忙于设计新型宇宙探测器。旧模型的问题在于很容易耗尽电力。新模型将安装更高的桅杆和更大面积的太阳能翼板。它们穿行于太空之中,让人想起老式大篷车或风帆完备的帆船。

我的口袋里有一枚滑溜溜的石子,我起身拿它打了个水漂。在挪威,人们把这种石头叫作比目鱼石。还是个孩子时,我们会比赛看谁水漂打得次数最多。如果石头太轻或者太平,就会在空中旋转而后直接坠入水底。反之,如果石块太重或太圆,就很难控制它打水漂的力度。当然,扔石子的技术也算是一个重要因素。我把石块抛进水中,它在水面上跳了五下。这算不上好成绩。石头打在平静的水面或淡水湖里效果最好,在那种条件下,你可以让它跳上二十次或更多。

环形的水纹一个接着一个被水波的中心眼吸收,我们的眼睛同样是圆形的,同样浸泡在一层浅浅的盐水里。人眼是先进而精密的视觉器官,这种精尖"技术"可是经过了数百万年，由在水下也能视物的物种那里进化得来的。人类肉眼只能看见光谱上有限的内容。很多光波和光线，例如伽马射线、X光射线和紫外线，对于人眼来说都是不可见的。如果我们能看到这些，世界将是另外一副样子。我们只能用上天给我们的眼睛去看，而它们也没有让人失望。人类裸眼可以观察到近处细小的粉色浮游生物，也可以看到几光年之外的星体——它们很有可能在几千年前就已经燃烧殆尽了。很多人拥有彩色的虹膜，如果你仔细观察，这些虹膜也如同星云一般色彩斑斓，仿佛是个微缩的银河系，或者从太空观察到的水流缱绻的大洋。它们也同样深不可测，能够被无限次放大，如同那些越来越精密的天文望远镜，让我们不断看向太空的更深处。

希腊人相信地球被名为俄刻阿诺斯的世界海洋环绕，这片世界海洋是所有淡水的源泉。牛头鱼尾的海神俄刻阿诺斯[72]控制着天体的运动，使它们在地平线上起起落落。对于希腊来讲，大多数地平线也是海平面。泰坦之战[73]之后，战败者被投进俄刻阿诺斯海，并被诅咒永世漂流不得靠岸。

在早期希腊神话中，俄刻阿诺斯是一位天神。几百年后，古希腊人在探索大西洋、印度洋和北海时发现了新的世界图景，俄刻阿诺斯就变成了海神。他是地球上所有海洋的人格象征，长着蟹钳做成的犄角，还经常带着一只桨、一张渔网和一条大蛇。

"水与冥想永不分离。"赫尔曼·梅尔维尔这样写道。轻柔的浪头不停地拍打着小艇的一侧，将我们摇进半梦半醒之中。

这些水是从哪里来的？大部分来自在地球初生时期与其发生碰撞的彗星，这些彗星来自寒冷、遥远的太阳系尽头，那时太阳和其他天体还没有完全成形，彗星也还是冰晶的形态。

那时的太空中仍有很多岩石、灰尘和冰晶混杂的"脏雪球"在跑来跑去。它们是形成了太阳系的物质的残留物。新生的太阳系仍在飘荡、碰撞、塌缩、熔化和蒸发，在持续了数十亿年的原子版"诸神黄昏"[74]中始终如此，直到宇宙亚原子神灵的愤怒稍稍缓和。渐渐地，太阳系或多或少地稳定下来，大大小小的行星落入轨道。一些行星还利用星体内部排出的蒸气和气体形成了自己的大气层。

四十多亿年前，海洋尚未形成，被流动的岩浆之海覆盖的地球频繁遭到外太空物质的轰炸。有一次碰撞尤为激烈，以至于地球的一大块土地被炸开，还被甩了出去。一些被撞出的碎片开始绕着地球旋转，其中一块成了我们熟知的月球。大约五亿年前，地球自转的速度比今天快得多，且月球与地球的距离也比今天更近。那时的一天有二十一小时，一年有四百一十七天。几乎在同一时间，地球上已经产生了足够的氧气能够使火焰燃烧。这可比耶稣的诞生早了整整五亿年。

数十亿年过去了，地球上进化出了复杂的生命网络，然而，有时人类的行为还是非常原始。比如，雨果和我买了二十八米长的坚固绳索和许多鲨鱼钩，把大块鲸脂当作诱饵投进海里，想要去捕捉一条对我们来说并没有什么实际用处的大鱼。同时，作为一个物种，我们也能将宇宙探测器发射到遥远的外太空。

太空探测器"罗塞塔号"花了十年的时间才飞行至离地球五十六万公里远的宇宙空间。在那里，它遇到了彗星67P。这颗卫星的形状酷似一只橡皮鸭，以每小时九千六百五十六公里的速度在太空中飞驰。"罗塞塔号"发射出的小型登陆器"菲莱号"在彗星上着陆。这一着陆的目的在于将彗星的水质分析发送回地球，因为很多世界顶尖科学家都在为一个问题而困惑，那就是地球上的水究竟有多少来自太空。一种理论认为，地球在形成后不久丢失了自己的原始大气。分隔我们与太空的气层消失了。但是充满水和其他粒子的彗星撞击了地球，从而形成了新的大气。[75]

遗憾的是,"菲莱号"的降落角度使它的太阳能电池无法再充电,所幸一些数据得以在电池耗尽之前被传送回地球。数月后,在二〇一五年的六月,探测器重新启动,简短地向地球传输了信息。

雨果戴着耳机听广播。看得出来他也很享受当下的状态,并不急于收拾东西返回斯卡洛瓦。我朝他挥手,当他摘下耳机时,我问他知不知道为什么宇宙中有水。他微笑着摇了摇头,又戴上了耳机,多半以为我在开玩笑。

其实,想要确凿地回答这个问题并不难。水存在于世界的唯一原因是氢原子与氧原子的结合。氧原子的原子核外部轨道上有六个负电荷电子不停旋转。但这一轨道上还有两个电子的空位,恰好有一个完美的合作伙伴能够提供它们,这就是氢原子。氢和氧形成共价键并结合成 H_2O,也就是水分子。

氢键使多个水分子以松散的方式结合,每个分子不断地与其他分子进行链接,在这种舞蹈中,舞伴每秒钟要换数十亿次。

这些分子以令人耳晕目眩的速度互相结合,形成不停更新的变体,仿佛字母通过不同的组合形成新的单词,然后组成句子,甚至整本书。如果把水分子看成字母,那么海洋可以说是包含了用已知或未知的所有语言书写的所有书籍。在海洋中，还存在着其他形式的语言和字母，比如 RNA 和 DNA。在这些分子中，基因在螺旋结构的波浪和涌动中连接又断开，最终决定了结果是花朵、鱼类、海星、萤火虫，还是人类。

一股轻柔的风从浩瀚的海洋图书馆上吹来。我们头顶的阳光经过云层的过滤，光线折射进水中，其变化仿佛不规则动词的变位。

外太空有大量的水存在。但在太阳系中，液态水大概只存在于我们的星球上。[76] 地球和太阳保持着最适宜的距离。如果我们在太阳系的边缘，地球上所有的水将会变成冰晶或者蒸气，像彗星扫把形状的尾巴一样，向着远离太阳的方向飞去。

地球足够大，因此其引力能够使大气保持稳定，尽管这并不是给定条件。而且，地球周围一定范围内没有引力强大的巨大行星，如果地球附近存在这些行星，它们将使潮水的每次涨落都成为覆盖整个星球的百米巨浪，就像电影《星际穿越》中那样。海王星上，严峻的气候形态占了上风。时速超过一千九百公里的刺骨寒风不间歇地扫过行星平滑的白色表面。那里的平均气温约为零下一百八十摄氏度。因为地球与太阳的距离刚刚好,我们的水大部分是液态的。没有这些条件,水要么是冰,要么是蒸气,要么就根本不存在,我们所熟知的生活也就无法存在。

我们从小艇上看到东部山边深蓝色的天际线上出现了越来越多的星星。星系和行星光滑地穿行在太空之中,奔向更远处,爆炸永远不会终结。它们的速度不会减慢。不,实际上它们在加速,尽管天体物理学家还不知道为什么。加速的动因在于被他们称为"暗能量"的东西,但这个说法仅仅是用来代替无法解释之物的一个代码,而宇宙中的大部分能量都是无法解释的。无论出于何种原因,与我们相距遥远的行星正在加快自己的速度。这意味着,在数百万光年以外的某处,宇宙已经拉下了幕布。帘幕之外的一切都沉浸在黑暗之中,落在恒星之海的深处,永远无法被地球上的人知晓。

天色已晚,皓月当空。如果我们不知道应该看向哪里,就根本找不到浮标。我只能勉强分辨出来。它们仍在刚才的位置晃动,以每小时几海里的速度移动。雨果似乎深深沉浸在了他的广播节目中,又或者正陷入沉思。我无意提出打道回府的建议。

月光需要一秒多到达地球,阳光则需要八分钟。我发现，天文学家有点像考古学家或是地质学家，他们在不断找寻光的化石。其实，当下无事发生，我们眼前所见的一切都发生在往昔。我们总是稍稍落在后面。即使在交往互动中，甚至在自己的头脑中，我们也总是落后百万分之一秒。

我们的银河系是亿万星系中的一个，它的直径达十万光年。哈勃望远镜观测到的最遥远的星系看上去是个深红色的斑块，它有个平淡无奇的名字——UDFj-39546284。来自这个星系的光要历经数十亿年才能抵达地球。而数十亿年前，整个星系可能已经熄灭消亡了。

我们几乎无法想象如此宏大的时间和距离。我们生来适应地球上的生活，被树木、车辆、书桌、山脉、岩石、船只等物体环绕；与猎物、捕食者和他人相互依存。这些事物都可以被我们观察和认知，它们的表面也许光滑，也许粗糙，也许柔软，也许坚硬；更重要的区别是，它们也许友好，也许咄咄逼人。总的来说，我们天生要与近在咫尺的事物打交道，而不是浩渺的宇宙，甚至不是广袤的海洋。我们总把海洋想象成无穷无尽的，然而，它在整个宇宙中甚至连一滴水滴也算不上。

然而，海洋的的确确经常占据我们的思想。也许，同宇宙一样，我们的意识也在扩大。

如果你以思考海洋的方式去思考行星和宇宙，一个问题将会经常闪现：那里是否也有生命存在？

既然世界上有亿万颗行星，而且宇宙很有可能没有穷尽，我们在宇宙中找到生命形态的可能性岂不是应当很高？即使我们划掉百分之九十九点九缺乏维持高级生命形式所需特质的行星，剩下的还有数千亿颗。[77]科学家们似乎一致认同一点——不管在哪里，生命的存在极有可能依赖于水。这是一个化学问题。如果我们假设宇宙中所有生命的基本组成物质是一样的，那么水和碳不管在什么地方都将成为生命的起源。水不一定包含生命，但没有水，就没有生命。这就是为什么天体物理学家们在研究火星和其他行星时并没有在寻找生命体，而是在寻找水。但大多数情况下，他们只发现了冰和蒸气，有时是数量惊人的冰和蒸气。二〇一一年，NASA 的两组研究队发现了一个距离地球一百二十亿光年的类星体周围环绕着大量蒸气。据估计，这些气态水的总质量比地球上所有水加起来的一百四十万亿倍还多。

在过去几年里，宾夕法尼亚州立大学系外行星及宜居世界中心的科学家们致力于在数十万个星系中寻找高级生命。目标是寻找数量异常的中波红外线，所依据的理论是高度进化的文明必将使用会产生大量热能的能源。到目前为止，他们还没有突破性的发现。

二〇一五年夏天，NASA的科学家宣布在我们的太阳系之外发现了一颗迄今为止与地球最相似的行星。它很有可能具备适宜人类生存的条件。[78]但它的太阳释放出的能量比我们的太阳要多得多，温度也就比我们更高，所以这颗行星很有可能只是一块被大气包裹的岩石荒漠，就像我们的星球有一天也会变成的那样。当下的地球不仅幸运地拥有稳定的大气层，还被赐予了大量的液态水和营养丰富的可耕种土壤，仅这些土壤就可以养活数十亿人口和动物。

电影《星球大战》中，有一幕是来自不同星系的奇特多彩的酒徒们在酒吧会聚一堂，或交际或打架，非常有趣。但即使有数亿万个星系，人类仍可能是整个宇宙中唯一会去酒吧喝酒的生物。虽然我很愿意去怀疑这一点。

环绕地球的深海山脉中有许多火山口，它们又被称作"烟囱"。一九七七年，科学家们发现这些火山口里充满了生命。一种含硫的沸腾液体从中涌出，由于压强较高，其温度可达四百摄氏度。没人想到有生命可以在这种环境下生存。然而，的确有一些小型生物得以在此旺盛地生长与存活，而一些大型物种则生活在附近八十摄氏度的水中。

海底没有光线，因此也没有植物。能量通过化学反应产生。有毒物质被细菌分解，成为其他物种的营养供给。在海底，生命不是通过光合作用，而是通过化合作用维持的。一些科学家猜想，地球上的生命就始于这些深海"烟囱"周围。其他人则认为生命起源于遥远的星辰深处。

　　雨果摘下耳机，环顾四周，将我们带离了恍惚的状态。我带了一瓶威士忌，专门为特殊场合准备。此刻没有什么值得庆祝的具体理由，却使这个时刻更显特别，所以我打开了瓶子。雨果不喜欢烈酒，但我们刚好还有盒装葡萄酒。我喝了一大口威士忌。一股热乎劲儿从我的胃里像墨西哥湾暖流一样蔓延到身体的最北端和最南端。我们的小艇并没有酩酊大醉，却也有些微醺。雨果再一次环顾四周，仿佛刚刚意识到天色已晚。大海如红酒般浓醇黑暗，星星的光亮仿佛穿过镂空的灯罩般闪烁着。

　　雨果决定给我讲个故事，关于他和叔叔阿奈在赫尔奈森德穿越韦斯特峡湾的经历。人们都说阿奈是个大嗓门儿的男人。他擅长唠唠叨叨地咒骂和叫嚷，在热闹场合，比如庆祝五月十七日宪法日，或者青少年在当地乡镇大厅聚会的时候，他的叫嚷总会成为现场的主旋律。当时十四岁的雨果走进了船舱驾驶室背后的小房间，那里存放着回音探测仪和收音机。桌子上放着一个打开的笔记本和海图。阿奈叔叔写了一首诗，雨果一直记到现在，"在苍穹的星群之下 / 今晚我站在此处感受 / 面朝我的轮舵"。

正当斯卡洛瓦灯塔的灯光亮起时,雨果说:"我们得把渔线拉上来往回走了。马上天就要全黑了。"

灯塔之光穿透黑暗,将我们捕捉于那电光火石的一瞬间。然后,它向前扫射,光线直达大海远处。

所有我们能想到的徒劳之举中,此刻的缥缈最得其所。

16

在鱼饵有动静之前,钓鱼毫无趣味。而等待的时间越长,扣人心弦之感亦会随之减弱。我和雨果每天都出门,在海上从早待到晚。日子过了一天又一天,能钓到大鱼的希望似乎越来越渺茫。偶尔,我们会拉起鱼钩,确保鲸脂还在。鲸脂上没有咬痕,只有一些海底的寄生生物附着在上面。格陵兰睡鲨是不是不喜欢养殖鲑鱼?还是其他一些清道夫,比如七鳃鳗,先一步抢食了诱饵?要知道七鳃鳗只需要几小时就可以把一条比目鱼吃干净。如果渔民将比目鱼诱饵挂在钓线上太长时间,再次拉上来时就只能看到内脏被掏空之后的鱼皮。还是说，鲸鱼的鲸脂太过干净无味，所以鲨鱼没有注意到呢？

每次出海，我们总能看见斯卡洛瓦灯塔坚挺而高耸地矗立在那里。每次出航和返航的路上我们都会经过它。第三天时，我开始感觉那座灯塔疯狂的眼睛盯上了我们。

我们本打算上岸近距离欣赏一下这座灯塔，但由于海峡的水流形势，实在是说起来容易做起来难。把这样的小艇泊在码头并不是那么简单的事。

斯卡洛瓦灯塔始建于一九二二年。头几十年里，有两家人一起住在这里。这大概是个好主意，众所周知，有时候长时间的孤独会使灯塔管理员精神错乱。许多人无法适应这种与世隔绝的生活。也许是为了保护灯塔管理员的精神健康，挪威灯塔协会推出了一个移动图书馆，在一座又一座灯塔间传递。其中一些书最后成了我的个人收藏，包括几卷《冰岛传奇故事》。当我打开其中一本，看到封面内部灯塔协会的标志时，就会想到它曾经在所有挪威灯塔之间被传阅的往事。那时的灯塔是有人看守的。我想象着灯塔管理员在黑暗的冬季，坐在房间里阅读《冰岛传奇故事》，暴风雨猛烈地敲打着窗玻璃，灯塔里的生活充满了渴望与梦想。

雾气一定是一种额外的负担，因为雾天时，灯塔不得不通过鸣响警笛来提示船只它们的位置。从一九五九年起，人们启用了被称为"超级台风"的发射器。它发出的深沉、悲壮的信号能隔着几公里的距离直入你的骨髓。

战争期间，德军占领了斯卡洛瓦渔站，据说一位名叫库尔特的士兵在灯塔里上吊了。斯卡洛瓦的人们从来没有忘记这个故事，尽管它可能只是一个传说。

最近人们一直在谈论一场刚发生不久的悲剧。前一阵，勒斯特渡轮驶入灯塔和斯卡洛瓦岛之间的海域。船员们试图测量跨越海湾的高压电缆的长度，然而有人做出了致命的错误计算。一名水手站在渡船的桅杆顶部，试图用钓竿来测量高压电缆的埋铺高度。钓竿碰上电缆，水手立刻死于穿越身体的两万伏电压。

其他的国家有教堂、清真寺、宫殿等宏伟建筑。斯卡洛瓦灯塔建在一片汪洋之中的小岛上，毗邻一座稍大一些的岛屿，看起来仿佛是被整块空运过来的一样。又或者像是直接从地里面长出来的，宛如石头制成的植物，每年都长得更高一些，直到达到它想要的高度。

实际上，建造灯塔的过程远没有这么轻松，而是需要投入很多人力成本的。灯塔本身和两处看塔人的居住区都是如此，他们在这个小岛上建了不只一座，而是两座大房子。建筑材料是被船只一个石块一个石块、一个木板一个木板地运上岸的，还要克服常常出现的暴风雨和汹涌的暗流。所有这些都是由海员、建筑工人和工程师们协力完成的。

灯塔之眼的反射镜和透镜是多项科学技术的结合。最开始，人们对灯塔的要求只有一个：必须能从远处看见，这意味着它必须很高。这种功能要求促使人类建造出了最平衡、最直立的建筑结构。灯塔的位置——在暴露的海角、悬崖、小岛和峡湾口处的小岛上——更给它加上了欢欣和活力的光环。仿佛创造它们的文明可以用光明冲破黑暗，能够征服自然。它们从海上看起来最漂亮。

当地流传着两首斯卡洛瓦歌谣。其中一首是关于灯塔的，讲的是在海上遥看灯塔的景象，"你是否见过／比斯卡洛瓦灯塔更壮丽的景色／它熠熠生辉宛如一道闪电"。

一七九〇年到一九四〇年间，苏格兰海岸沿线建起了九十七座灯塔，这些灯塔全部是由一个家族负责建造的——史蒂文森家族。曾写出《金银岛》《化身博士》等经典文学作品的著名作家罗伯特·路易斯·史蒂文森，本来应该按照家族传统成为一名灯塔建筑师。然而，他却以作家的身份功成名就，闻名世界，但也被视作家族中的害群之马。罗伯特与他几乎所有的男性亲属都不同——特别是他的曾祖父、父亲、叔叔和兄弟,他没有参与任何灯塔的计划、设计和建造。史蒂文森家族的灯塔常常建在涨潮时才会被淹没的礁石之上,北海和大西洋在这些地方相互碰撞,水流泛着泡沫,猛烈的浪头几乎可以冲走一切。

在斯卡洛瓦灯塔建立之前,斯高岛靠近斯卡洛瓦入口的地方矗立着一座捕鱼灯塔,存在了将近七十年。这座位于斯高岛的古老灯塔是挪威北部的第一座灯塔。灯塔的煤油灯每年只有一月一日到四月十四日,也就是在冬季和罗弗敦捕鱼季期间才会点亮。

苏格兰有史蒂文森家族。在挪威,我们有莫克家族,他们来自南默勒岛沃尔达的达尔峡湾,行事低调。一八二五年,奥勒·伽梅森·莫克在伦德建造了个人的第一座灯塔。一八五六年,当老斯卡洛瓦灯塔建成时,他的儿子马丁·莫克·洛维克(1835—1924)已经在斯卡洛瓦当工头了。

莫克家族四代都是灯塔建造者。不同于苏格兰的史蒂文森家族,莫克家族并没有极富创新精神的建筑师或设计师。夏天时,莫克家的人会监督施工队竖起灯塔和导航标,建造海港并修筑公路。到了冬天,他们则去捕鱼。早期的灯塔都是些相对矮小的木制或石制建筑,后期的灯塔则更加纤细,高耸入云，而且是铁铸的。马丁·莫克·洛维克的儿子奥勒·马丁建造了挪威境内最高的灯塔——弗尔岛上的斯莱特灵根灯塔。[79]

斯卡洛瓦灯塔最有名的管理员是埃灵·卡尔森（1819—1900），他也是著名的发明家和北极海上的商船船长。他的父亲是领航员，他从小随父亲出海。三岁时，正是隆冬时节，卡尔森被父亲带上了一艘从特罗姆瑟行至特隆海姆的小船。[80] 一八六三年，他成了第一个环斯匹茨卑尔根群岛航行的人。在接下来的几年里，卡尔森在远东地区的喀拉海[81] 附近发现了更多的岛屿，并在那里结交了游牧民族萨莫耶德人[82]。一八七一年，在新地岛的东北部，他发现了荷兰航海家和北极探险家威廉·巴伦支留下的营地。巴伦支曾在一五九六年发现了熊岛和斯匹茨卑尔根。卡尔森将珍贵的地图、书籍和成箱的设备连同其他物件一同带回了挪威，以一万零八百挪威克朗的价钱卖给了一个英国人。这在当时可是一笔巨款。接下来的一年，卡尔森加入了尤利乌斯·冯·佩尔和卡尔·韦普雷赫特的极地考察队，担任冰区引航员和鱼镖手，考察的目的是开拓通往亚洲的东北航道。

这次远征是由二元帝国奥匈帝国赞助的。在第一个冬天，"特格特霍夫将军号"陷入冰封，船体开始慢慢分裂，被扭成碎片。船员们忍受着饥饿、坏血病、肺结核、疯狂、内斗和死亡的折磨。两个冬天过去了,他们放弃了大船能够从冰封中脱离并重获自由的希望,拖着三艘小船穿越冰面,希望能够到达公海。这期间,即使是头脑最清醒的卡尔森也无法保持淡定。经过三个月非人的炼狱,他们将船拖向漂流冰,最终在新地岛外遇上了一群乘坐纵帆船的俄罗斯鲑鱼渔民。俄罗斯人把这群绝望而疲惫的人带到了挪威最东北端的瓦尔德市。

奥地利小说家克里斯多夫·兰斯梅在历史小说《令人战栗的冰封与黑暗》里叙述了这次探险,相关内容参阅了奥地利参与者的日记和回忆录。当他们的船在冰上冻结时,尤利乌斯·冯·佩尔正乘着狗拉雪橇在北部进行短途探险。他在此次探险中发现了法兰士约瑟夫地群岛,一个由北冰洋、巴伦支海和喀拉海上一百一十九座岛屿组成的群岛。但当他回到奥地利时,没有人相信他的发现。他用画笔记录了那里冰冷荒凉的景致,但他的作品并不受欢迎,一九一五年,冯·佩尔去世,生前穷困潦倒,孤身一人。

至于埃灵·卡尔森,兰斯梅写道:"这位大半生都在北极海域度过的老人,每每被邀请到政府宴会上时总是带着白色的假发。在那些他尤其敬重的烈士的纪念日期间,他会把奥拉夫勋章别在毛皮大衣的领子上(但是当极光宛如闪烁的波浪和绚烂的面纱在天空闪耀时,埃灵·卡尔森会把身上所有的金属物件都摘下,包括皮带扣,以防止任何东西打破极光流动的和谐,并确保天上的火光不会射向自己)。"[83]

卡尔森凭借努力获得了奥匈帝国的勋章。在他的同代人、极地历史学家甘纳·伊萨森为其撰写的小传中是这样描写他的:"个人生活中,他不是一个快乐的人,他的两个儿子都境遇悲惨。那些与卡尔森同行过的人称其为'一名熟练的海员和猎手'。当他手头有工作时,什么事对他来说都不合心意。而其他时候,他是一个好相处的人,甚至常常被形容为和蔼可亲。"[84]

一八七九年,卡尔森被任命看守斯卡洛瓦灯塔,并在那儿一待就是十五年。卡尔森一定是个名副其实的硬汉。然而,他也有自负虚荣的一面,有着十分虔诚的宗教信仰,甚至有些迷信。他经常戴金耳环,北极光出现时除外。

在灯塔驻地,每当暴风雨肆虐时,卡尔森会坐在煤油灯熏出的油气里,凝视着海边斯卡洛瓦的入口。无疑,他有足够的时间反思他的一生。他经历了很多事情,也见识了很多别人不曾见过的地方。对他而言,北极附近的冰川和岛屿不是空白的画布,而是充满生机的土地,有着独特的地方特色,而且地球上几乎没有人比卡尔森更了解它们。

目光灼灼地盯着我们的并不是卡尔森设计的老灯塔,而是一九二二年在萨特维尔岛上建造的"新"斯卡洛瓦灯塔。同许多那时建造的灯塔一样,斯卡洛瓦灯塔也被涂成了锈红色,装饰着两条宽宽的白色条纹。在我看来,整个建筑看起来像一位穿着毛衣的瘦削又严肃的人。

新的斯卡洛瓦灯塔是一九二〇年由卡尔·威格设计的。他出生在马格罗伊岛上一个古老的挪威渔村——耶斯维尔村。马格罗伊岛远在靠近北冰洋的芬马克郡,距离北角[85]直线距离只有十六公里左右。卡尔的父亲在莱尔波伦经商,那里距离波桑厄尔峡湾并不远。设计斯卡洛瓦灯塔时,刚刚被灯塔协会聘用的威格只有二十五岁,当然更有经验的设计师和工程师肯定给过威格指导和意见。负责实际施工的是一个来自沃尔德的团队,负责人名叫克里斯蒂安·E.福尔科斯塔德[86]。来自达尔峡湾另一边的福尔科斯塔德一家与莫克家族颇具相似之处,他们也祖祖辈辈在海岸上建造灯塔。夏天时,几乎达尔峡湾的每个农场都会派人到北方去加入施工队。

特隆海姆技术学院的入学记录显示,一九一〇年到一九一五年间参加考试的约二百五十名工程师里,威格成绩倒数。换句话说,是一位芬马克的后进生设计了斯卡洛瓦灯塔。[87] 我本人来自芬马克郡的一个被原住民萨米人[88]称为Ákkolagnjárga的地方,根据一些资料显示,这个词的意思是"格陵兰睡鲨岬"。即使是那些搞学术研究的萨米人也无法告诉我这个名字是怎么来的。据我所知，从事航海的萨米人并没有去追逐过格陵兰睡鲨。再说，有什么可追逐的呢？这种鲨鱼既没有可食用的鱼肉，又生活在数百米深的水底，并且不可能以小船捕捉。整件事根本没有意义。

我们以每小时六海里的速度经过灯塔，如同翻搅的宇宙旋涡中的两个小黑点。斯卡洛瓦灯塔之眼凝视着我们。每当走得太远，看不到浮标的时候，雨果就会启动马达往回开一些。但是，大多数时候，我们两人就坐在船上，半梦半醒，偶尔聊聊天，或者静静漂浮在思绪与想象的波浪之中。我们谁也没有质疑这项自愿承担的任务。相反，我们确知格陵兰睡鲨就在脚下游动，也相信自己能将它钓上水面。

海豹和海豚将脑袋伸出海面。也许它们已经开始认得我们了，正在好奇我们在做什么。我们属于陆地，它们属于海洋。当它们在浅水地带活动或望向岸边时，看到的一定是对于它们来说既危险又陌生的事物。

这些天，大海向我们展示出一张灰蓝色、异常空白的脸。海水光滑苍白，几乎是懒洋洋的，秋天的感觉清爽又干净。在韦斯特峡湾两岸，最高的山峰已经积了雪。罗弗敦群山有着刀削斧砍一般的轮廓，但倾斜的山坡却被勾勒得十分柔和，没有强烈的对比和阴影。西南边的天空，云朵边界清晰，云层间可见细腻精致的线条，让人想起大理石。"没有东西能同大海一般宽广，同大海一般耐心。"[89]

大多数时候我和雨果会聊一聊当下正在发生的事情，但当我们只是在等待，一切都很平静时，谈话内容有时会转向奇怪的方向。一天下午，我讲起中世纪到十九世纪期间，动物会因为触犯了人类的法律而被送上法庭。狗、老鼠、牛，甚至千足虫因为各种理由被控告和囚禁，这些理由的范围可从谋杀到有碍风化。人们为它们任命辩护律师，传唤证人，当时的每一条法律程序都要走一遍。麻雀被指控在教堂礼拜期间叫声太响。攻击幼童的猪被判了死刑。在法国，人们给一头猪穿上西装，把它带上绞刑架绞死。一七五〇年，一头驴全靠一位牧师替它一贯的品行端正作证，才得以在一场意外伤害的控告中被判无罪。今天的我们很难理解当时人们的这种行为。当时的人害怕混乱和秩序的崩塌，相信大自然也受道德规律的支配。

雨果问我听没听说过大象托普西的故事。我的回答是没有。

"一九〇三年，大象托普西在纽约一座游乐园里杀死了两名动物管理员，然后在付费观众面前被公开处决了。"雨果告诉我。在短暂的、用以加强戏剧性效果的停顿后，雨果补充道，"人们给大象穿了铜制的大凉鞋，然后向它的身体接通七千伏的交流电。最初的计划是把大象用起重机吊起来，但这个方案因为一些实际操作上的困难被放弃了。处刑仅仅是为了公园的公关，整个过程还被托马斯·爱迪生的电影公司拍摄记录了下来。电影的名字就叫作《电击大象》。"

17

　　初秋，暴风雨向斯卡洛瓦袭来，风平浪静的好时光就要结束了。我们把小艇和浮船坞牢牢地捆绑在一起，整个过程不能有丝毫马虎，剩下的就是等待暴风雨的造访。风从西南面直接刮进海湾。就连渡轮和双体船也要停止运行。糟糕的天气让我彻夜难眠。

　　冬夜，漆黑的峡湾里，海上的幽灵在破碎的船上吟唱。渔站之下，海水拍打着礁石和码头的底柱。海风刮过每一个角落，整个建筑伴随着暴风雨的节奏呜咽。有什么东西，好像是整个房顶，正剧烈地震动，声音很像在小木屋里听到的远处的电锯声。紧闭着的推拉门在轨道上嘎嘎作响，刺耳的回声回荡在渔站的每个房间。建筑里到处是这样那样的裂纹、缺口和小孔，海风一股股地钻进来，四处流窜。

整个建筑被各种声音充满，仿佛一座充斥唱诗班的歌声或风琴声的大教堂。所有的响动最终融合成层次丰富的咆哮。在海湾远处，那低沉的隆隆声背后，可以听出码头下清亮、不规则的海水飞溅声。整个渔站正在延展，仿佛一艘木船被从停泊的木桩上扯下，吱吱作响。

我躺在床上，聆听着这一切。在屋外的咆哮声中，我注意到了另一个声音，它距离我更近，声音不大，也不像管弦乐；它一定来自房子内的某处。什么东西或者什么人在阁楼上发出像是抽泣的声音。有一只鸟进来了？我试着入睡，但哀怨的哭泣声并没有停止。有一刻声音消失了，我以为也许是自己的脑袋出了问题。过了一会儿，哭泣又开始了。这下我真的应该上去检查一下了，但阁楼面积不小且容易绊倒，既没有电也没有灯。我感觉快要冻死了，从包里掏出一件毛衣穿上，考虑上楼看看，但后来还是爬回床上，睡着了。

浪尖泛着躁动不安的泡沫从我身上冲过。我梦见自己站在陡峭的悬崖之下，面前是无垠的大海，浪头剧烈翻滚，海啸马上就要来了。巨浪卷起一道墙，把海床上的东西带了上来：腐烂的沉船、鲸鱼的尸体和各种零碎残骸。被海藻和塑料缠绕着的章鱼像复仇女神一样使劲挥舞着触手。我看到巨大的鹭管鱼和浮肿黏滑的深海生物，以及只有在旧书中才能看到的野兽和怪物……所有的东西都在朝我扑来。我被困在大海和悬崖峭壁之间，无处可逃。随后，就在海啸要将我席卷时，我醒了过来。幸运的是，这不过是一个梦。当我还在梦中的时候，就猜到了这是个梦。

但事情还是有些不太对劲儿，我又一次听到阁楼上传来无言的抽泣声。这次，我穿上裤子，燃起一支蜡烛，朝楼上走去。穿堂风太大，把我的蜡烛吹熄了。我在楼梯上停下脚步，重新把蜡烛点燃。站在那里时，我确信自己听到的是一个女人抽泣的声音，声音就来自阁楼的尽头。整个房子算上我只有三个人，而雨果和梅达正在我隔壁的房间里睡觉。深更半夜，他们两个谁也不会来阁楼上的。绝对不会，根本没人会上阁楼，更不会上来哭。

长久以来，我们在阿斯约德渔站的生活非常孤独，几乎和乘船远航无异。如果梅达和雨果正在等待什么其他客人的话，他们早就会告诉我了，而且无论如何也不该有什么客人大半夜出现在阁楼上。即使是私闯进来的陌生人（如果岛上还有这种人的话），也很难找到上来这里的路。通往阁楼的楼梯隐藏在这栋夜里伸手不见五指的大房子的二层。确实，这房子里的门不常上锁，但如果有人悄悄进来想要藏身，有三十多个其他的房间可供选择。这个阁楼，他们想找到也难。

肯定是飞来了一只受伤的鸟，或者是只水獭？不，水獭会偷偷潜进一楼偷吃晒干的鳕鱼，这样如果有人过来，它可以立刻潜回水里。要么是一只白鼬？穿越一个又一个房间，从一层楼蹿到另一层楼，撤退的选择越来越少，这种行为对于白鼬来说也很冒险。嗯，应该是鸟类。但听上去却不像。鸟只会扑腾翅膀，而不会像一个愁怨的女人般呜咽。

我在阁楼上注意到的第一件事就是这里的地板又湿又滑，好像有什么黏糊糊的东西在上面爬过。声音越来越清晰，我百分百确定这要么是个孩子要么是个女人。我敢说是个女人，因为现在她的声音听上去越发蛊惑。忧郁的沉吟仿佛从海上而来，又被淹没在风里。但这并不是风或者海的声音。当我走进阁楼时，我和这声音之间不再有墙的阻隔。只有烛光发出微弱的光芒，我得小心不要被围网绊倒或在生锈的桶箍上割伤自己。

塞壬女妖的歌声曾让海员们搁浅。喀耳刻[90]把奥德修斯的船员变成了猪。在阁楼的角落我看到了一个身影。我并不害怕，因为直觉告诉我，不管是什么东西在那里，它都不会，也不能伤害到我。这身影很朦胧。我小心翼翼地靠近，想弄清楚它到底是什么。我看到长长的、漂亮的头发和有乳房的赤裸上身，但下半身……是一条鱼尾，这是……

接着我醒了，身体被汗水浸湿，仿佛刚从海里出来一样。

第二天早上我睁开眼,感觉好像大病了一场。雨果说他在夜里隔着墙听到了我的喊声。我告诉他当时我正被梦里黑色的大浪席卷。然后他说他还听到了我起床四处走动的声音。对此,我跟他说,我什么也记不得了。

18

今天的天气阻止了我们出海,格陵兰睡鲨得以在韦斯特峡湾逍遥,不用担心平日里总悬在它头顶的刚性充气艇里两个雄心壮志的男人的威胁。

暴风雨继续的第二天(尽管暴风似乎已经削减成了持续的劲风),我沿着斯卡洛瓦的悬崖和海岸线散步。大海是一片泛灰的青铜色,巨浪翻起白色的泡沫。海水从前一天夜里开始就一直翻滚搅动。在面朝大海的海角上,我发现了很多被风暴冲刷上岸的鳕鱼。一定是水流将这些鱼从海底卷到了海面,然后又抛上了海滩。它们到这里的时间应该还不长,否则肯定已经被野生水獭、水貂、狐狸、乌鸦、海鸥或者海鹰吃掉了。没走多远,我又发现了一条胀满了气的海豹尸体。

奥克尼群岛上流传着"海豹人"的传说，据说，他们能够像海豹一样在海里游泳。在陆地上，他们看上去和普通人没什么区别，唯一的特殊之处是五官特别好看，这让年轻女性尤其容易中他们的陷阱。在挪威北部，人们过去会害怕"溺亡者"，也就是大海的鬼魂，他与海豹人十分不同。据说"溺亡者"是一位淹死在海里的渔夫的亡魂，他双眼猩红，毫无生气，穿一件老式皮背心，脑袋是一团海藻。他乘着破烂的帆船现身时，总是喜欢拉住活人的船只。如果他冲你不停地叫喊，千万不要回答。任何人见到"溺亡者"就意味着死亡。即使你没有亲眼看见，他也没有立刻把你拖下水底，还是会带来死亡。夜里，他会去停泊在港口上的船上捣乱，破坏设备。如果桨叶被转向前面，那么坐在船前侧的人可就要遭殃了。[91]

雨果这辈子认识很多年长的渔民，他们说起"溺亡者"都言之凿凿。对于他们来说，"溺亡者"的故事不只是民间传说或神话，而是更加真实的存在。但如果你直接问他们，他们又不会承认自己相信"溺亡者"的存在，因为他们知道这听起来很蠢。但对于他们来说，他从未真正消失。

走到海滩尽头时，我必须爬过一堆岩石。岩石的另一侧是一段新的海岸线。这里被冲刷得干干净净，看不到一丝海藻或绿叶。大海卷走了一切。海滩的一边有一艘旧船，船轨已经生锈，一半浸在水里。当我还是个孩子的时候，常看见人们在倾斜的岩石和海岸上铺设船轨。它们能使船只在船坞或斜面船台上上下移动。但在我的儿时想象里，这些铁轨是为了让火车开进海底而建造的，从火车的水密舱室里可以看到幻想中的奇异之景。

我穿过岩石，继续向小岛的更西边走去，沿途呼啸的暴风雨变得越来越强。空中黑云变幻，低低地压在海面和岛屿上，发出钹和低音鼓一齐敲击的声响。有一次，我曾经深陷飓风中，这种声音我永远不会忘记。一般的暴风不过咆哮而过，而在飓风中，所有调门很高的熟悉声响似乎一齐消失了，只剩下一种深沉、黑暗又极具穿透力的声音，仿佛宇宙之魂正在以其冷酷的愤怒彰显自我。

现在，空气里有一种咸咸的、清新却略微腐烂的气味，让人想起闷热潮湿的夜晚，在窗户紧闭的卧室里两具相互交缠的身体。海水从石块间窄小的裂缝涌上岸，撞上山脚时会像间歇喷泉一样溅起。每道水流都会顺路卷起几块悬崖上的碎石，把它们带回海里。也许有一天，它们会在某个遥远的海岸形成一个新的海滩。

风从海浪的浪角上裹挟起细小的水滴，再把它们像没有重力的雨一样吹向陆地。海浪拍打在礁石上，破碎成雾。水分子在海洋上起舞，以新的方式溶解、蒸发、冷却和结合。打在我脸上的水滴曾经到过墨西哥湾、比斯开湾，经过白令海峡，又环绕过好望角很多次。也许，数千年间，它们已经到过世界上大大小小所有海洋。它们曾化作雨水冲刷过干涸的土地；在那里被动物、人类和植物收集，只为一次又一次地挥发、发散或流淌回大海。数十亿年间，水分子就这样走遍了地球的每个角落。

海水撞向悬崖和礁石，撞击声如雷鸣，伴着尖锐的嘶嘶声。风吹散云层，但太阳迟迟不露面。地平线的颜色已经饱和，光线仿佛从灰绿色的水面发出，直射向海岸。忽然间，我有一种海洋将蔓延到我脚下的恐惧。不，这不可能。我不过是被一种非理性的恐惧冲昏了头，才觉得大海真的会那样做。尽管我为自己的愚蠢大笑出声，但我还是爬上了一块更大的礁石，甚至海鸥也飞到更高的地方躲了起来。

海洋是一切的起源。这史前的浪花在我们的血液中翻滚，就像隐蔽在汪洋之边的洞穴里细流涌溅的回声。若在暴风雨肆虐之时站上海岸，就能感觉到大海仿佛想要把我们带回海里。远在地平线的海浪一路缓慢涌来，逐渐成形，似乎一开始就胸怀明确的目的和手段。风也为它助力，让其一路保持完美的动作和节奏。其他的浪头跟着推搡,为它欢呼,给它让路。快接近陆地时,它加快速度,蓄力一跃。

在岸上,一对刚刚陷入热恋的恋人正沿着沙滩散步。或是一对来自捷克的忧郁夫妇,一个拿着新相机的当地业余摄影师,或者一群好奇的青少年,因为在家里无所事事跑出来玩,还没意识到自己正面临着生命危险。这些人都离开了他们安全、温暖的房子、舒适的小屋和酒店房间,来用自己的身体感受暴风雨的猛烈。

他们沿着海边散步,身子微微打着颤,尽管隔着安全距离,但仍算得上是在享受户外的自然之力。也许看到这波涛汹涌的大海能让他们意识到地球的古老。他们将留意到风在无尽的海面上吹拂起皱纹般的波浪,泡沫如同白发,海声隆隆,所有这些给了大海一张史前的古老面庞。

过去,人们把那些巨浪叫作马鬃浪,因为浪峰冲向沙滩时的样子让他们想起马的鬃毛。现在,岸上的旁观者看到一个巨浪,甚至没有意识到大海有产生如此事物的能力。巨浪向海岸袭来,它拱起背,张大嘴,伸出试探的舌头,越来越高,越来越高,远远超过其他波浪,越过前滩和陡峭的斜坡。这个浪头无可比拟。它推挤过巨岩、礁石和峭壁形成的屏障,又向前延伸了许多米,淌过许多只属于陆地的东西。如同章鱼的触角一样,海浪从海里忽地伸出来,瞄准有人站立的地方，完全不顾后果。

尽管冲上岸的海水还不及膝盖深，但强劲的水流还是能把人们掀倒在地。如果不是因为瞬间发生了这样的事，这些人本可以安稳地站在那里，海水五十年都不会沾湿他们的脚。他们本可以和普通人一样留在家里，日复一日地继续平常的生活，却偏偏一时兴起来到了这里。

海浪将人们推倒在地。这个刺激的经历本可以成为大家第二天茶余饭后的逸事谈资，然而，海水必将在重回大海的途中卷走一切。人们握不住湿滑的岩石，双手惊慌地扑腾着想要找到能抓牢的东西，他们被藤壶刮伤流血，除了水藻和沙子，什么也抓不住。暗潮太猛烈。人们的眼里带着突如其来的困惑，在眼神相遇的十分之一秒里，他们怀疑这一切都是对方的一个恶作剧，然后才意识到事情的严重性。震惊和恐惧一齐如白色的闪电将他们穿透。他们的大脑在多个维度里体验着这一瞬间。时间冻结了。肾上腺素迸发，警报系统启动。本来为了促进食欲而在恶劣天气里到沙滩漫步，没想到变成了他们在人生舞台的简短谢幕。帘幕拉开，生命的故事在脑内舞台上绽开，这并不是一场闹剧，而是一次彩色的被按下了快进键的人生闪回。

大海卷起舌头，舔着嘴唇，合上了嘴。岸上只留下几个很快就消失了的白色泡沫。落进海里的人们像在洗衣机里一样翻滚着,彻底失去方向。也许他们会撞上礁石,在淹死之前陷入昏迷,或被拖进更深、更远的水域。他们的尸体也许永远不会被发现,就这样永远消失不见。这类事故在每年的冬季和秋季,风暴席卷海岸时都会发生。

傍晚,海水在西面轰鸣。大片黑云遮住了斯卡洛瓦上空的月亮。熄灯之后,岛上伸手不见五指。无尽的夜晚随着风暴袭来,侵入所有事物和每一个人。

19

到了早上,风暴平息了一些,然而我们所在的小浮岛仍漂浮在湍急的大海中。根据天气预报,我们至少还要等上几天才能再次出海。于是我留在室内,边读书边做笔记,雨果则在他的红房子里做木工活儿。所幸,雨果的进度很快,现在已经可以在房间里一边听收音机一边工作了。他戴着耳机,这个耳机总是被他拿起后乱丢在最离奇的地方,他总得花时间记起把它放在了哪儿。

糟糕的天气让我有机会读一读带过来的书。我拿出一本白色封面的大部头，这本书在近五百年前首先以拉丁文出版。作家奥劳斯·马格努斯在书中描写了很多当时在海里，尤其是在挪威和冰岛沿岸发现的奇珍异兽。他把自己描绘的怪物画在了地图上，而我恰好十分熟悉那张地图。那就是奥劳斯·马格努斯一五三九年出版的《海洋地图》[92]。

奥劳斯·马格努斯是生活在瑞典林雪平镇的奥拉夫·芒松的拉丁语姓名。他是一位天主教主教，在瑞典改信路德宗[93]之后被迫流亡，他先去了格但斯克市，其后又到了罗马。在罗马，他绘制了《海洋地图》，并创作了关于北欧人民的长篇史诗。该书于一五五五年在教皇尤利乌斯三世的赞助下出版，共二十二册，七百七十八个章节。我的瑞典版是一卷本，超过一千一百页，每页都密密麻麻的。这本书当之无愧是一个丰饶的宝库。奥劳斯·马格努斯是一位杰出的人文学者，他十分博学，能将各个学科融会贯通，尤其常从古代经典中旁征博引。

为了与他那个时代的传统保持一致，这本书的完整标题对书的内容做了很多阐释：《北部人民风情，其社会关系和环境，其习惯，其宗教习俗与迷信，其技能与职业，社会风俗与生活方式，其战争，其建筑与工具，矿山和采石场，以及几乎所有北方动物及其奇特个性——一部内容丰富的作品，涉及知识面广博，本地及异域事物皆附有部分插图，极具娱乐性，旨在让读者阅读后心情愉悦》。[94]

奥劳斯·马格努斯的这部作品十分重要，在接下来的几个世纪里，它被翻译成英语、德语、荷兰语和意大利语。马格努斯的目标是收集他能找到的有关北方的一切信息。在书的第二部分中，他描述了"由于水元素的变化而形成的壮观奇景，特别是在与挪威北部及该地区的数个岛屿相接的无尽海洋中"。在本节中，作者谈到了冰岛的火山，他认为，溺亡者和暴毙者的魂魄和影子会在那里徘徊。这些灵魂能化身成人类的样子，人们无法将它们和生者区分开来，但在遇到人时它们会拒绝与人握手。奥劳斯·马格努斯记述的诸多事物中还包括海滩石窟发出的恐怖声响、鱼干的恶臭、冰的奇特性质、格陵兰因纽特人的皮划艇、法罗群岛神秘的悬崖、深邃的挪威海岸线，以及瑞典北部的河流。

奥劳斯·马格努斯的部分作品可以看作对他最为著名的《海洋地图》中详细描述的奇幻生物，尤其是那些海怪的补充说明。现在，人们对马格努斯的地图大加称赞，然而在一五八〇年前后，所有已知的副本都消失了。直到一八八六年，才在德国慕尼黑的国家图书馆发现了一个副本。一九六二年，又在瑞典乌普萨拉市的一个大学图书馆发现了另一个副本。试想，如果这个宝藏永远丢失了，该是多么令人心痛啊。

奥劳斯·马格努斯在斯堪的纳维亚半岛及其他地区的陆地和海洋上进行了漫长的旅行，同时展开广泛的研究。虽然他写了很多关于挪威海岸的文章，但我们无法确认他是否真的亲自到访过挪威。无论如何，他的作品是百科全书式的，其中的许多描述是基于渔民和海员的故事。另外，在更大程度上也是基于古代众多为人所知和不为人所知的权威人士关于各种海洋现象和海洋生命的记录。在他们眼中，海洋拥有"神圣而永恒的繁殖力"。

与当时的其他学者一样，奥劳斯·马格努斯也相信所有陆地上发现的动物在海洋中都有对应物，植物也一样。所有在陆地上发现的物种，包括款冬，在海里都有类似的变体。

海洋拥有各种各样鸟类、植物和动物的变体——从狮子到老鹰，再到猪、树木、狼、蚱蜢、犬类、燕子，等等。这是一份很长的名单。一些动物因为呼吸着南风而变得体型庞大，另外的一些则因为吸入北风而变得肥胖。

除此之外，海里面还有许多只属于海洋而在其他地方看不到的神秘生物。

《海洋地图》里还描绘了斯堪的纳维亚半岛的森林、山脉、城镇、居民和动物，更有丹麦、苏格兰、法罗群岛、奥克尼群岛、设得兰群岛以及冰岛的陆地板块图。奥克尼群岛陆地上动物的生活被赋予了童话般的品质。据说，有一种树木结出的果实能够孵化出小鸭子。[95]

但是，令奥劳斯·马格努斯的《海洋地图》闻名于世的，是它对北方国家之间的水域中各种海怪极其逼真的描绘。海洋区域集中在"地图"的北部和西部，装饰有很多野兽的插图，这些怪物一个比一个令人瞠目结舌。它们有的有着猩红发亮的可怖双眼，下颚长着尖尖的獠牙。有的可以一口吞掉整艘船只，邪恶可怖。有的仅凭它们的个头就可以置人于死地。在书里，奥劳斯·马格努斯还详细写道，有时不知情的海员可能会把海锚抛在海怪的背上，以为已经登上了陆地，并在那里点火造饭。当然，烧火的热度会烫醒这些大鱼。大鱼潜入水中时，它背上的人们也会随之被拖进大海深处。

《海洋地图》还描绘了海洋独角兽、巨型飞鱼、长角海牛、海犀牛、像公牛一样大的海马、有毒的海兔、海鼠和一种水螅虫。这种水螅虫有十只爪子，它只需用其中一只就可以把一名成年男性从船里捉出来，带给它等在海床上的族群。

在奥劳斯·马格努斯的时代，海员的生活并不是一帆风顺的。当时，有机会看到马格努斯的海图，或者接受过足够的教育、能够读懂拉丁文的海员们肯定都被吓坏了。他们已经熟知许多海洋里的危险，但是，博学的奥劳斯·马格努斯令人称奇的怪物目录比他们从港口最恶劣的跳蚤酒馆里听来的任何传言都更耸人听闻。如果海员们因此开始偏向岸上的工作，那也是完全可以理解的。

假如你是一名海员，在法罗群岛周围的海域遇到了地图里描述的鹅嘴鲸，那该怎么办呢？这种巨型怪兽长着猫头鹰似的脸和一张丑陋弯曲的鸟嘴。它会用背鳍在船底戳出一个大洞，然后通过这个洞吞食船员。

那么多毛的海猪呢？它看起来像一只巨型猪，身体两侧各长着四只龙脚和两只眼睛，还有一只眼睛长在靠近肚脐的位置。有时，海猪会和它的"伴侣"海牛一同出现。它们单个就已经很难对付了，同时出现时更会互相唆使，无恶不作。这两种袭击者是你可能遇到的最可怕的对手之一。

奥劳斯·马格努斯写道，人们一五三七年在北海发现了一只海猪。这引发了罗马教廷关于其出现之征兆的研究。罗马的有识之士认定海猪的出现肯定不是好兆头，教皇委员会最终得出结论，认为该动物象征着对真理的歪曲——这不是指关于海猪的那些传说，而是指海猪本身，特别是它奇怪的外貌。

该书还包括许多为海员提出的实用建议。例如，奥劳斯·马格努斯写道,战争号角能够驱赶一些怪物,比如喷水怪鱼,也就是抹香鲸。抹香鲸能喷出大量的水,最糟的情况下能击沉最坚固的船只。鲸鱼受不了战争号角的折磨,会"逃"回无底深渊。作为这一论点的论据,奥劳斯·马格努斯引用了古希腊和罗马的地理和自然历史学者,比如斯特拉波[96]和大普林尼[97]的观点。马格努斯还建议水手们朝怪物投掷大桶或大盆,这样能让海怪们开始嬉戏并放弃攻击。如果这也不管用的话,可以用弹射器或者大炮向它们射击,巨大的爆炸声也能驱赶海怪。

船只也有可能遭到海鸟的袭击,有一种鸬鹚会成群落在桅杆和船帆上直至大船沉没。遇到这种情况,船员们应该点燃火把。顺便说一下,并不是所有危险的鱼个头都很大。鮣鱼只有十五厘米长。它的希腊语名字叫 echeneis,拉丁语名字叫 remora,当地人则把它叫作"粘船鱼"。鱼如其名,这种鱼会紧紧粘在船身上,让其无法动弹。无论是狂风还是暴雨,都不能让船移动分毫,就好像船已经在水里扎了根。奥劳斯·马格努斯是从塞维利亚的主教圣依西多禄(约公元560—636)那里获得这一信息的。然而,米兰的奥略留斯·安布罗斯,也就是英语世界里人们熟悉的圣安布罗斯[98](约公元337—397),也曾提及这种现象,并将"粘船鱼"称为"恶劣又可悲的海洋动物"。[99]

奥劳斯·马格努斯是个相当博学的人。他的作品展示了北部生活的诸多风貌，许多记述都非常详尽和准确。然而，马格努斯的思维方式与当今的我们不同；他以一种不同的方式划分了世界。比如，他作品的第二十卷第八节的标题是"部分鱼类的敌对与和谐关系"。在这一部分，与在其他部分一样，奥劳斯·马格努斯认为鱼类不仅有意识而且有自由意志、道德感，甚至文化。一些鱼类生活得非常和谐自然，比如长须鲸；另外一些则高度社会化，群居在规模庞大的鱼群里。但是即使是鲱鱼群，或者其他群居鱼类，都有一名特殊个体来作为首领，和人类一样。

奥劳斯·马格努斯还写道，在鱼类世界里也有独行侠。对于一些鱼类来说，由于天生就与其他鱼类敌对，因此"根本没有找到同伴的可能"。格陵兰睡鲨绝对属于这一类型。

奥劳斯·马格努斯阅读了所有典籍中的权威记述，并毫不迟疑地加以引用。比如，按照圣安布罗斯的观点，所有动物，无论生活在陆地还是海洋，都有至少一个特征是值得人类学习模仿的。在书中的一些章节，比如"关于鱼类和人类的美好对比"中，[100]奥劳斯·马格努斯介绍了部分鱼类伟大的父母之爱。因为鱼类完全不为物质和金钱所累，也就没有对利益无情的贪欲。约拿在大鱼腹中的故事不正说明了海洋中的信仰最为虔诚吗？人类驱逐了约拿，但大鱼却接纳了他。奥劳斯·马格努斯的读者们意识到，约拿的故事暗示着基督的死而复生。用奥劳斯·马格努斯的话说，耶稣不仅拯救了地球，也拯救了海洋。

在这部史诗般的作品中，对雨果和我花了大把时间乘着橡皮艇、为了捕捉格陵兰睡鲨而在其中漂浮的水域进行了尤其戏剧化的描述。奥劳斯·马格努斯写道："沿着挪威海岸，或在其周围的海域里，让人叫不出名字的奇妙鱼类比比皆是。然而它们都被认作鲸鱼。它们身上的野性一目了然，总是能立刻令见到它们的人毛骨悚然。它们长相骇人，块状的头部布满尖刺和凸起，被好像连根拔起的树根一样的长角环绕……天黑时，渔民们隔着大老远就能看到它们发光的眼睛，在海浪中间如同炽热的火焰。"[101] 这种生物还长着一头好似鹅毛的毛发，让人想起悬浮着的胡须。奥劳斯·马格努斯还写到，与身体的其他部分相比，这种鱼的头部很小，但它们却能无比轻松地掀翻和弄沉满载精壮水手的巨型船只。

让我和雨果尤其感兴趣的是书中关于鲨鱼的部分，一些人也管鲨鱼叫海狗，虽然在挪威没人这样叫，在这里它们被称作 håfisk（格陵兰睡鲨的挪威名字是 håkjerring）。在题为"关于某些鱼的可憎和另一些鱼的可爱"一章中，[102] 奥劳斯·马格努斯直接评论了他在海图中描绘的一个场景。这个场景刻画的是在斯塔万格市西南海域，一头鲨鱼袭击了人类。但一条善良的鱼，确切地说是一条鳐鱼，救了这个人一命。奥劳斯·马格努斯解释说，鲨鱼会集体进攻，而且凶猛异常，会利用它们的体重将人类拖到水底，在那里吞食人类身体柔软的部分。但半路杀出的鳐鱼制止了这种"虐待"。鳐鱼愤怒地攻击了鲨鱼，使这位受害者有机会逃离，或者，如果他已经死了，则使他的尸体得以随着大海的"自我清洁"而浮上水面。

鲨鱼天生恶毒，它们潜伏在船底等待着袭击人类。它们会攻击人类的鼻子、脚趾、手指和生殖器，尤其执着于人体显得苍白的部分。也许这是第一份关于鲨鱼袭击人类的非常不可靠的描述，这种描述能否为雨果对于同一问题的猜测提供微弱的支持呢？

奥劳斯·马格努斯在书中引用了学识过人的艾尔伯图斯·麦格努斯，也就是大阿尔伯特[103]（约公元1195—1280）的观点，他声称海豚总是会将溺水或不幸淹死的人类带回岸边，前提是这些人生前不曾食用过海豚肉。早在公元前五世纪，古希腊历史学家希罗多德就讲过诗人和音乐家阿里翁的故事。阿里翁被一个说要带他回家的人扔下了船，因为他想偷阿里翁赢得的奖金。凶手允许阿里翁实现最后一个愿望：唱一首歌。而就是用这首歌，阿里翁召唤来了海豚，把他安全护送到岸边。

也许奥劳斯·马格努斯曾在意大利见过著名的大理石雕塑"海豚男孩"，由与马格努斯同时代的洛伦泽托创作（今天该雕塑被保存在圣彼得堡的冬宫）。它展现的是一个裸体男孩，张开双臂在一头海豚的背上安睡。海豚只比男孩大一点点，神情坚定。和作为旁观者的我们一样，海豚也知道自己是善良的化身，它必须保护脆弱的人类幼童。

奥劳斯·马格努斯的理论是，由于挪威海岸附近的海洋深不可测，导致新老怪物最常在这里被发现。尽管海里危机重重，但挪威北部的渔民们仍旧勇敢地冒险至远方海域，常常在那里遇到最凶猛可怕的怪兽。

离我和雨果选作捕捞地点的海域不远，罗弗敦的正南边，就是最令人叹为观止的神奇生物的栖息处。据说，那里有一条巨大的红色海蛇，至少五米长。在马格努斯的海图上，它盘绕着一艘大船，血盆大口叼着一个人。[104]

在接下来的几个世纪，奥劳斯·马格努斯对于海蛇的描写传播得越来越广。从一七五二年由卑尔根主教艾里克·彭托皮丹撰写的《挪威自然史》中就可以看出端倪。这本书中，作者谈及了一系列深海怪兽。证明它们存在的证据是压倒性的，其中包括重要的目击者记录，目击者多是来自挪威北部的渔民。[105]彭托皮丹不禁得出结论：这种怪物确实存在，就像埃塞俄比亚和其他一些非洲国家的大蛇一样。有报道称，这些蛇大到可以缠绕象腿让大象跌倒，并最终将其吞食。

奥劳斯·马格努斯还写到了北欧神话中的海怪——巨型章鱼克拉肯，据说它们生活在挪威海岸。冰岛人将它们称作"hafgufa"。奥劳斯·马格努斯引用了一位可靠的证人，尼达罗斯（今特隆海姆）主教艾里克·沃克多夫的证词。沃克多夫在写给教宗利奥十世的《我主纪年一五二〇年》中提到了这种怪物。两百年后，主教彭托皮丹的描写同样十分浮夸。他声称，克拉肯能生长至一千九百米。它的犄角像船的桅杆一样大，会通过一种特殊的气味将鱼引入它的嘴里。当它下潜时，会产生巨大的向下的吸力。根据彭托皮丹的说法，克拉肯也被称作"巨蟹"或者"巨耙"，并且"毫无疑问"是世界上最大的海怪。[106]

中世纪时，人们认为格陵兰岛附近生活着男性和女性美人鱼。[107]五百年过去了，如果我们相信彭托皮丹的说法的话，那么，它们似乎迁移到了挪威附近。卑尔根主教援引了几位在丹麦和挪威的外海见到过这种生物的目击者的可靠证词。

其中一份证词来自名叫安德烈亚斯·布赛厄斯的丹麦市长,在他之前有三位海员也声称见过人鱼。这些证词引起了轰动并带动了一次官方调查。据称,这只人鱼看上去年纪不小,但肩膀宽阔且十分强壮。他的头很小,眼窝深陷,头发齐耳且略有卷曲。他体型精瘦,五官犀利,胡须很短,明显修剪过。他的身体自腰部以下像鱼一样光滑。二十年前,目击者彼得·冈纳森看到了一条长发飘飘的美人鱼,但也许更为重要的是她惊人的巨大乳房。[108]

以前,罗弗敦也流传着与奥劳斯·马格努斯和彭托皮丹提到的相似的人鱼目击事件。人鱼长着人类的躯干和鱼类的下半身,当地人称之为"鱼人"。它们往往比"溺亡者"个头小很多,实际上最小的不足十厘米。[109]

彭托皮丹的自然历史著作中充满了挪威动物、鸟类、昆虫和鱼类的铜版画插图,这些插图绘画技艺精湛且非常写实。其中有两张描绘了一条大海蛇弄沉一条大船的过程。彭托皮丹是一位严谨的理性主义者,因此他的著作非常符合启蒙时代的精神,他希望能将迷信、神话、童话与事实区分开来。一方面,没人能够否认海洋中充满了非比寻常的奇妙事物;另一方面,彭托皮丹也无意表现得过于天真和轻信。作为故事来源的船长和渔民们有可能误解或夸大了他们的所见所闻，证词也有可能经过了他人的歪曲。

例如，彭托皮丹对一则关于人鱼的古老北欧传奇持怀疑态度。这一传说讲到，人鱼被挪威西海岸霍达兰郡的一些渔民俘虏了一周，还给约莱夫国王唱了一首不怎么动听的民谣。彭托皮丹也不相信自称为"伊斯布兰特"的美人鱼的故事，据说她与丹麦萨姆索岛上一位喝醉的渔民进行过一次长谈。但即使彭托皮丹认为关于人鱼和美人鱼的证词难免有夸张和矫饰的成分，但他也确实相信它们的存在——就像他相信奥劳斯·马格努斯描述的海马、海牛、海狼、海猪、海狗和其他生物都存在一样。

《海洋地图》更像是一次奥劳斯·马格努斯和其信息提供者们——包括古希腊罗马学者和挪威北部渔民——按照自己所见描绘现实的尝试。尽管我们也并没有排除一种可能性——这些挪威渔民为了取笑博学的主教和他蹩脚的随行翻译，有意夸张了他们的故事。但并非每次都如此。

伟大的地图测绘者们，比如德国制图员塞巴斯丁·缪斯特（1488—1552）和比利时的亚伯拉罕·奥特柳斯（1527—1598），都热情地描绘过海洋里的奇珍异兽。人称"格陵兰岛最初传教者"的汉斯·艾吉提（1686—1758），也记录过一些海怪目击事件，其精彩程度不输《海洋地图》中的描绘。

在一七〇七年到一七一八年之间，艾吉提担任挪威沃甘自治区的教会牧师，辖区包含斯卡洛瓦。

一八九二年，荷兰动物和昆虫学家安东·C.奥德曼斯出版了一本关于挪威海蛇的重要专著，书中他列举了超过三百处提及这种怪兽的书面来源。奥劳斯·马格努斯是推动海蛇研究热潮的第一人，但对于海蛇的信仰，到十九世纪后半叶依旧十分兴盛。奥德曼斯在他那部极为详尽的著作里，明确揭示了许多目击者的说法不过是谎言和欺骗。这位荷兰人的作品从科学层面为这种怪物的存在敲下了死亡之锤。但即使是奥德曼斯，也没有彻底否认魔幻事物的存在，他也为神秘动物学做出了自己的贡献。在他看来，许多目击者实际上是将海蛇和长得酷似巨大海狮的生物混淆了（他将其命名为 Megophias megophias），而后者也是一种传说中的生物。[110]

在奥劳斯·马格努斯、艾里克·彭托皮丹和汉斯·艾吉提生活的年代，人们对于鲸鱼和其他深海生物都知之甚少，那时，甚至连能够为陆地生物确立分类原则的现代科学体系都还没有出现。其实，很多被今天的自然科学识别出来的生命形式，比奥劳斯·马格努斯所描绘的更加不可思议。

奥劳斯·马格努斯的书中提到了一种"水螅虫"，他称它们为"多脚生物"。这种生物有二点四米长的吸盘，其中四条腿比其他腿更长（当然了，章鱼也有两条比其他六条长得多的触手）。这些"水螅虫"的背上还长着很多"管道"，海水顺着这些管道流进流出。它们没有血液，生活在海床上的洞里，能够根据周围的环境改变颜色。[111]

如果我们将其与今天科学家们所了解的乌贼或者章鱼进行比较，会发现这种描述很符合实际。例如，吸血乌贼（或者"地狱乌贼"）在深海遭到攻击时会怎么做呢？在一片漆黑中用喷墨汁来抵御攻击者显然不是什么良方，但吸血乌贼另有妙招。它会咬掉自己八条触手中的一条，这条触手会顺水漂走，并发出微微闪烁的蓝光。这将转移攻击者的注意力，并为吸血乌贼赢得逃跑的机会。这种乌贼能够生活在水下一千五百米的深处，就其眼睛与身体的体重比例来看，它拥有动物王国里个头最大的眼睛。在一般情况下，它的眼睛是浅蓝色的，但这种章鱼能够在不到一秒的时间内让眼睛变得血红，并因此得名"吸血乌贼"，看起来就像是低成本恐怖电影里的惊悚特效。

奥劳斯·马格努斯还写到了贪婪的 håfisk，也就是鲨鱼。据说，在紧急情况下，鲨鱼会吃掉自己身体的一部分。部分头足纲动物在需要食物时会吃掉自己的一条触手。当然，这条触手会再长回来。也许最令人称奇的是，许多乌贼和章鱼能够喷射出同自己身体形状相同的墨汁云——而且在某些情况下，墨水中还有闪烁的发光粒子。对于我们来说，拥有同样超能力的人类也并不陌生，他们存在于漫画和电影里，我们管他们叫"超级英雄"。

二〇〇五年，人们在印度尼西亚发现了一种头足类动物，它们能够用墨汁伪装成比目鱼、海蛇或者任何出现在它面前的动物。大多数乌贼和章鱼可以瞬间变换身上的颜色和花纹，以便与周围的环境融为一体。在深海中游动的乌贼更是能躲避来自上下层水域的巡视。

它们的触手能够像弹丸一样以人眼难以捕捉的速度射出。每条触手都有一个又长又重的吸盘，吸盘上有化学感受器，能充当味蕾。触手上细网状的神经纤维，使其非常敏感。

一些头足纲动物游动的速度能够高达每小时三点二千米。它们的血液是蓝色的，有三颗心脏，每一条触手里都有一个大脑，还有很多与人类相同的神经细胞，但我们还不知道它们是否睡觉。毫无疑问的是，它们很聪明，且很快就能够学会识别符号。[112] 并且，它们的个头可以长得十分巨大。

到目前为止，可用于研究的大王酸浆鱿标本只有两个。大王酸浆鱿是体重最大的乌贼，只生活在北冰洋及其附近的深海里，然而，我们对它们的了解并不比奥劳斯·马格努斯那个时代的人更多。马格努斯习惯夸大海怪的体格和攻击性。头足纲动物一般不会比船只更大，但实际上，它们身上的特性却比奥劳斯·马格努斯描述的还要神奇。另外，有足够的记录表明，海豚确实经常对溺水之人出手相救。

20

四天后，恶劣的天气逐渐缓和。我放下书本，起身离开我在阿斯约德渔站的临时自习室。风暴过后的世界洗尽铅华，略显潮湿，泛着近乎透明的灰色。所有的风景和建筑都仿佛失去了轮廓，海面沉闷又无精打采，好像在经历了几天的蹂躏之后已经疲惫不堪。我在码头上观察发现，即使是鱼儿也游动缓慢，也许是因为没有更好的事情可做。

在令人沮丧的灰色薄雾之下，海水涌动着进出韦斯特峡湾。潮水从南至北涌来，波浪成卷，每天两次经过斯卡洛瓦灯塔。海面随着涨潮的海水升起时，水流滑入峡湾，而大西洋中强大的洋流则继续向北冰洋方向前进。现在这个时候，我们本来可以出海，但我不得不启程回奥斯陆。

雨果和我已经开始计划冬季的捕鱼之旅了。我们得从斯泰根的养猪场搞几头仔猪死胎或者残疾的小猪仔来做诱饵。然后，我们要去继续捕捉格陵兰睡鲨。道别时，我们这样说定。我好像在他的眼中看到了一丝迟疑。

　　应该没有。那可能是我想象出来的。我们仍然能感觉到梅尔维尔提到的那种"无法抗拒的拉力"。我们灵魂深处的矿工会不知疲倦地坚持下去，目前为止的失败经历只会让我们越挫越勇。我们的决心仿佛一个不停转动的螺旋桨，发出深沉的嗡嗡旋转声。两个男人坐在小艇里，永远不确定他们将在海上遭遇什么或能从深渊中捞出什么。在融化的星河和带电的满月之下，拍岸的碎浪和潮水像歇斯底里的牛群一样扑向小岛，灯塔疯狂的眼睛始终盯着我们。

冬

WINTER

21

三月初,我再次动身前往北方。和以往一样,我被大海亘古的承诺所诱惑——一个关于冒险和捕捉一只在内陆做梦才能见到的鲨鱼的承诺。我从柏林取道奥斯陆,再到博德,随后乘坐双体渡船向北到达斯卡洛瓦。在布兰松德村和赫尔奈森德村,烟囱里冒着阵阵白烟,弥散在成霜的北极空气里。

天气异常寒冷。沿海地区的冬天往往潮湿而凛冽,即便如此,这样的低温也很少见。墨西哥湾暖流每天向欧洲输送的热量相当于全世界十年煤炭消耗总量所产出的热量。罗弗敦的位置比格陵兰岛的首府努克还要更偏北一些,但罗弗敦每年的平均温度比努克高出将近十度。如果没有墨西哥湾暖流,挪威海岸将是一片连绵不断的冰川,只有在短暂的极地之夏才会融化破裂。

在渡轮上,我买了当地的报纸,一篇报道说海水涨潮卷走了一百多只野生绵羊。天寒地冻,羊群在柏罗亚岛的海滩逗留。羊毛表面结了冰碴,潮水涌来,滩前的岩石被淹没,羊群惊慌失措。它们根本没有幸存的机会，一百零四只羊就这样离我们而去，只有三只侥幸逃脱活了下来，没人知道它们到底在岩石上干什么。

雨果折腾了一宿。昨天他用碱液打理了地板，但偏逢斯卡洛瓦少见的低温天气。温度只有零下十五摄氏度，水管冻住了。为了把地板上的碱液冲洗干净，雨果不得不从海里挑盐水来。这弄坏了他的指甲，它们有的断裂，有的部分被腐蚀。雨果还感冒了。

然而，雨果仍然保持着平日里积极的态度。我向他询问渔站修缮的进度。他跟我说他准备在阿斯约德渔站修建画廊、餐厅、酒吧和旅馆的宏大计划遇到了一些融资问题。目前重修工程停滞不前，但他看上去并没有为此忧心忡忡。我又关心了一下他的胃。他翻了个白眼，带我到渔站转了一圈，向我展示了他和梅达在我离开的这段时间里完成的各项工作。

红房子的室内装修进展得不错，整个渔站的内部也做了很多修饰。我首先留意到的是，他们竟然设法清理了鱼干仓库、渔具储藏室和主建筑的一楼。所有老旧的围网、木桶、工具、材料和设备等都不见了。雨果在它们原来的位置上用渔箱搭了一个吧台，渔箱上还印着从瓦尔德到奥勒松的渔船码头和一些公司的名称。一周之后，阿斯约德渔站要举办一个大型派对。

冬天,雨果和梅达大部分时间都在斯泰根度过。在那里,雨果完成了几幅大型油画。其中有一幅宽七米,即将在博德宏伟的新文化中心兼图书馆展出。另有几幅未完成的作品,画的是格陵兰睡鲨。这种行踪不定的庞然巨兽已经影响了我们生活的方方面面,甚至可能让雨果变成一个具象画家。

还有暴风雨:飓风"欧雷"席卷斯卡洛瓦,把码头上的一个小棚掀翻,吹进了海里。飓风还卷起了足以盖过阿斯约德渔站的大浪。海水的高度大涨,他们不得不拆掉渔站的部分地板让水涌进来。否则,浪头会强行穿过地板,造成更大的损害,甚至可能抬起整个建筑物。如果渔站没有经过翻新,仍然危悬于腐朽摇晃的底柱上的话,它恐怕无法经受这样的极端天气。

寒暄完,我追问他:"那么,还有别的吗?你还利用你宝贵的时间做了什么其他事情?"

"这还不够吗?!"

这下我无法再假装严肃了,一下子笑出声来。

"那你怎么样?"他问。

"哦,你知道的。大城市的喧嚣。脏乎乎的雪、拿铁咖啡、鱼条、烤肉、违规停车罚单,还有生活压力。"我告诉他。

雨果大笑起来。他并不反感大城市,只要他不用长期定居在那里就可以了。理论上讲,他倒是可以把船停泊在奥斯陆时髦的阿克尔码头,但无论我怎样尝试也想象不出这个画面。

我们转而讨论起眼下更为迫切的问题。我们俩都在新闻上读到了有人在安德内斯沿岸捕到了一条个头创纪录的格陵兰睡鲨的新闻,捕鲨地点就在北面不远的地方,位于西北部的峡湾之中。一个丹麦人捉到了一条重八百八十公斤的庞然大物——用一根鱼竿。还有一个瑞典人拉上来一头重五百六十公斤的格陵兰睡鲨——在一艘皮艇上!他告诉媒体,捉到一头格陵兰睡鲨是他从小到大的梦想。

"那有什么稀奇的?"雨果问。

"好吧,当那个丹麦人终于成功将鲨鱼拉出水面时,他哭了起来,并把整件事比作一次宗教体验。他特意带了潜水服、水下相机、一艘协调船,甚至还有一架直升机来拍摄记录捕捉过程。这有点儿可悲,你不觉得吗?"

雨果只是哼了一声。我们都不想浪费太多时间在一个恰好是个鲨鱼迷的丹麦有钱人身上。实际上,我们很快谈起了别的。在斯塔万格市的一个深海峡湾里,另有一条重约一千一百公斤的格陵兰睡鲨被捕捞。根据照片及我们对格陵兰睡鲨身体构造的了解，雨果和我对这则消息持怀疑态度。我们也不能理解说这种夸张的假话和吹嘘意义何在，尤其考虑到在像我们这样有经验的人眼里，识破这样的谎言轻而易举。

从发布在互联网上的视频来看，那只格陵兰睡鲨行动迟缓，几乎处于昏迷状态。我认为，这是因为鲨鱼被太快拉出水面，血液中瞬间充满了氮气泡，让鲨鱼也得了潜函病。[113] 雨果则对这个解释表示强烈质疑。他觉得这两个捉到"斯塔万格鲨鱼"的家伙根本不知道他们在做什么，其中一个甚至还跳进水里与鲨鱼并肩游泳。"如果格陵兰睡鲨忽然发了脾气，你我都知道这种可能性很大，这个家伙就会遇到他这辈子最大也是最后一个惊喜了。"雨果说。

雨果之前看过一部电影，电影里，一群格陵兰睡鲨在海底对着大块鲸尸狼吞虎咽。它们持续不断地撞击尸骨，有点像鳄鱼会做的那样，翻动巨大的尸体，直到鲸脂松动。我补充了一则关于潜伏在古巴沿岸水域的雪茄达摩鲨的趣闻。它们可以从底部突然袭击海豚、鲸鱼或鲨鱼，一口咬住它们的脂肪，然后开始旋转。几十年来，海洋生物学家一直在好奇，到底是什么造成了鲸肉上的圆形对称伤口，直到终于有人用摄像机捕捉到了掠食者的身影。

雨果又在网上发现了格陵兰睡鲨可能食人的新信息。一八五六年,有人在加拿大东北海岸的庞德因莱特附近,在一条鲨鱼的胃里发现了一条人腿。当然,这条腿可能属于溺水的渔夫,或是小船上的乘客或船员,也有可能属于自杀者,甚至是谋杀的受害者——实际上,任何解释都是有可能的,只不过无法验证而已。因纽特传说里还有格陵兰睡鲨会袭击皮艇的说法。这并不是什么安慰人心的消息。

格陵兰睡鲨与人类的一次传奇相遇发生在二〇〇三年格陵兰岛东部的库米特地区。冰岛拖网渔船"红胡子埃里克号"的船员身着油毡站在浅水中,水里满是鱼胆和血污。船长名叫西格尔·佩特森,他因无所畏惧而得到了"冰人"的绰号。佩特森扑进水里,徒手捉住格陵兰睡鲨,将它拖到了前滩,在那儿用一把开膛刀将其当场宰杀。"冰人"声称他这样做的原因是害怕鲨鱼袭击他的船员。这个事件或许应该被归为人类袭鲨鱼事件,而非相反。[114]

无论如何,我们至少知道格陵兰睡鲨并不挑食,只要机会出现,它们完全有吃人的能力。

夜晚降临,空气变得冰凉清澈,一切似乎都在扩张。正如我祖父常常说的,冰面看上去像涂了一层薄薄的"面粉"。天空是深蓝色的。西面的地平线之上,山顶附近的天空逐渐变成黄色、红色和紫色。在最高的山峰上,来自太阳的光隐约可见,好似远处火焰的反射。

除此之外,到处都是蓝色的光,甚至连雪看上去也是蓝色的。

雨果的画作中经常出现这种强烈又柔和的冬季光晕。他是一位擅长描绘"黑暗"季节里微妙光线的抽象画家。他从周围的环境中汲取了大量灵感,将其变幻成既难以辨认,又仿佛极其熟悉的事物,在不同的观看者眼中各不相同。

我们的晚餐是香煎北极鳕舌佐胡萝卜碎、特级酸奶油,以及雨果特调的自制咖喱。现在正是罗弗敦地区盛产北极鳕的季节。有的鱼舌像鱼饼一样大,这些鳕鱼的体重可以达到三十公斤。雨果住在斯沃尔韦尔小镇的祖母有一道独家鳕鱼舌菜谱:白酱煮鱼舌。然而这个秘方并没有得到雨果的垂青,直到今天雨果也没能摆脱祖母的水煮鱼舌留下的创伤记忆。但是,煎鱼舌的话,雨果每周倒是可以吃好几次。

晚餐时,我们讨论了当下正值罗弗敦捕鱼季,斯卡洛瓦周围的水域鱼类储备丰富。在塞尼亚岛和西奥伦岛周围,从南面的巴伦支海而来的北极鳕洄游至此产卵。当地渔民上报的捕鱼量创下了纪录。数目庞大的鱼群包围了罗弗敦角,现在的斯卡洛瓦大概是全世界最适合钓鱼的地方。一点儿也不夸张。

北极鳕简直是在排着队产卵。与之相对,渔船们也排成长队,将捕到的鱼送到位于海湾另一侧的艾灵森渔船码头。小渔船里满载着北极鳕。当这些船在斯卡洛瓦靠岸时,船舷上沿基本触不到水。成千上万的北极鳕被挖空内脏挂在晾鱼架上,大量的鳕鱼肝脏从艾灵森码头一路漂过阿斯约德渔站。雨果用一张细腻的渔网捕上了一桶鱼肝,他要用这些油脂来制作涂料。

过去,每逢罗弗敦捕鱼季,海湾里都挤满了渔船、鱼饵船、盐船和货船。斯卡洛瓦在这几个月里会从渔村变为繁忙的城镇,人口翻了一番。然而,从二十世纪七十年代开始,因为种种原因,越来越多的渔站关掉了。一方面,捕鱼的利润在下降,但之前也常有收成不佳的时候,却没有到关闭渔站的地步。渔业一直受自然的影响而波动起伏。二十世纪七十年代曾经有一段非常糟糕的鳕鱼捕捞季。那些年间发生了之后被人们称为"海豹入侵"的事件。海豹确实捕食了很大一部分鱼群,然而我们不能将责任全推到它们身上,真正的罪魁祸首在我们中间。

鲱鱼、比目鱼和玫瑰鱼也曾经被过度捕捞,工厂的拖网渔船更是将巴伦支海的鳕鱼群捕捞殆尽。之后,不仅仅是拖网渔船,所有渔船的捕鱼配额都被大幅削减。惨淡的收成让一九八〇年成了尤其困难的一年。那些依靠渔业谋生的人损失惨重。当局也无能为力，只能为了避免鱼类储备彻底枯竭而更多地削减配额，纽芬兰就是一个例子。短短几年时间，挪威北部的多数沿海地区就都笼罩在一片愁云惨雾之中。

阿斯约德一家一直占据着海上的有利位置，但很快这种优势就变成了劣势。说来奇怪，渔业的前景并不在海里，而是在陆地上。为了生存，渔站需要便利的公路——而这在斯卡洛瓦根本不可能，这座大海上的孤岛距离最近的岛屿——奥斯特法岛也有大约十公里远。

在很长一段时间里，挪威政府希望将小本渔民转型成农民或工人。对奥斯陆南部的权力中心而言，沿海渔民成了不受欢迎的个体，他们的收入不可靠，精神状况十有八九也不稳定。一九三七年，埃温·贝格拉夫主教成了这一传统偏见的主要鼓吹者，他写作支持旨在让挪威北部渔民拥有"更加健全的心灵"的行动计划，并声称这个过程将要历经几代人[115]。然而直到今天，那些常住斯卡洛瓦的渔民也几乎无一人离开。

仿佛时代精神本身正在与斯卡洛瓦作对。在曾经几乎所有的交通都要依赖沿海船只的时代，斯卡洛瓦的地位举足轻重。从远古时代开始，航道就是挪威的高速公路。然而，全国道路网改变了这一点，紧邻海洋通路的古老岛屿群落迎来了末日。位置更加便捷的新交通运输中心被修建起来，它们位于遥远的内陆，通常在长长的峡湾深处的荒凉之地，以前这些地方只有屈指可数的几座房屋。

奥斯陆的战略和规划专家以现代化的名义重新规划了北部的发展。而无论海洋还是陆地，现代化体现在渔业中，就是工业化。一千年来依靠季节和自然变化的沿海捕鱼业忽然间被视作国家的负担：它们跟不上时代，缺乏挪威中部钢铁工业和工厂的规模效益。在这些产业里，轮班工作制让工厂得以二十四小时运转。那些捍卫小渔船和传统作业方式的人被取笑为"浪漫主义者"。然而，现代化主义者们推行的拖网渔船和工业化同样是一种浪漫的想象。一些城镇，包括特罗姆瑟、哈默弗斯特和博茨菲尤尔，都建起了新型鱼肉加工厂。但这些大型又昂贵的建筑实际上仍依赖于拖网渔船出海带回的大量收获，在海里的鱼群消失之后，它们很快就变得毫无用处。

在抵达斯卡洛瓦几周前，我去了西芬马克传奇的洛普海盆。那里的渔民们从奥斯福博德冰川中取冰，这些冰川最终融入尤克勒峡湾。该市政府的盾徽图案是金色背景下的一只鸬鹚。他们的座右铭是"充满机遇的海洋"。

过去，在洛帕自治区，每隔一个海角就有一座渔船码头，那个时候鱼群储备还相当充足，但现在，整个城市都看不见一个渔船码头。洛帕的居民数千年来靠捕鱼为生，现如今，他们很大程度上已经失去了收获丰富海洋资源的权利，因为捕鱼配额成了他们负担不起的昂贵商品，是投资商投机的对象。当地人很少或根本分享不到在他们自己的地盘上获得的利润。

上一次雨果在巴塞罗那时，在鱼市里看到了很多种鳕鱼，还有以最新奇的方式储存的鳕鱼舌。但所有这些鱼都来自冰岛。

我们也决定捕捞一些鳕鱼。雨果的刚性充气艇已经被安置在岸上过冬了，不过充气橡皮艇其实并不是非常适合捕鱼。捕捞时得用到很多钩子，一个鱼钩放置不当就能让小艇漏气。于是，我们打算请出雨果四米长的塑料小船。但从秋天开始，这艘船一直停放在岸上。另外一个相当大的问题是，船体有一处漏气。船上专门容纳空气以产生浮力的管道积满了雨水，雨水又很不幸地遵守了物理定律，冻得结结实实。

"现在这条船不在最佳状态。"雨果说。我没说话，心里想着这艘船对于航行在罗弗敦海域来讲太小了。而且现在它的浮力在最小值，这确实不够理想。现在，户外温度远低于冰点，水上的温度也不过高于冰点几度而已，虽然冰迟早会融化，但我们至少得等上几天。尽管如此，鉴于当下海里鳕鱼储备如此丰富，我们还是决定在天气好且海面平静的时候尝试一下。

"如果这艘船不适航，我们就上岸。"

我点点头，看着窗外，没有说一句话。

我们把船搁在水里，回到房间准备过夜。

22

第二天一早，我被手机铃声叫醒。电话是一位老先生打来的，两个月前，我在挪威北部大城市特罗姆瑟的一家古书店里遇到了他。当时他正在帮店主照看店铺。我碰巧提到对格陵兰睡鲨很感兴趣，正打算和一个朋友一起去钓一条。当时我和这位先生并没有交换电话号码，但他不知怎的还是找到了我，现在给我打来电话分享一些建议。原来，二十世纪五十年代时，他的兄弟们曾在北冰洋捕捞格陵兰睡鲨。他告诉我的妙招是："用一个细网袋，就像装橘子用的那种网袋，装上一些烂掉的鲱鱼，再把鱼钩穿在上面。"他还让我许诺一旦抓到东西就打电话给他，最后祝福我好运。

雨果不愿意别人知道我们的计划。他觉得,如果我们最后捉不到鲨鱼,就会被人家在背后笑话。他也许说得对。但当九百六十五公里以外的陌生人打电话来询问进展如何时,很难说我们的行动还算什么顶级机密。

屋外,斯卡洛瓦铺满了粉雪。冰晶在苍白的阳光下闪闪发亮,让我们的视神经也跟着振动。落雪这样均匀地散落在岛上是很难得的,雪往往会被风吹走,或在经过低气压区域时融化在雨里。

景色如画,仿佛明信片一样,充满童真的气息。当孩子们涂鸦临摹这个世界时,他们常常会用鲜艳的色彩和简单的锯齿线条描绘山峰。也许他们会胡乱画上些青草,涂抹出一片蔚蓝的海洋,最后再添上几栋老式小屋——眼前的罗弗敦就是这样的。也许,就在同一时刻,挪威正有个孩子在不经意间描绘出了此时此地的风景。

我们乘着塑料小船出发,从斯卡洛瓦的背面离开。在里斯曼岛和斯卡洛瓦群岛最大的岛屿之间有一条狭长的海峡,海水从其两侧汇入海湾。我们准备了一瓶水,两条巧克力能量棒,两条手执钓线,以及最新一期的《罗弗敦邮报》。据报道,昨天有人在附近的雷纳渔村钓上来一条重达四十四公斤的"咖啡鳕"。"咖啡鳕"是当地人对在产卵季节收获的超过三十公斤的鳕鱼的特别称呼。从二十世纪七十年代起,《罗弗敦邮报》就会奖励钓到这种个头鳕鱼的人一公斤咖啡。今天的报纸上还登了一条关于年度鳕鱼游行的新闻,游行上,斯卡洛瓦的孩子们会装扮成"北极鳕"走上街头。

到达海滨之前,我们就察觉到今天的大海并不平静,但也算不上凶神恶煞。我们的小船吃水特别深,理由显而易见。幸运的是,海面不是太凶险,光是拍岸的巨浪还不至于对我们沉重疲惫的小船造成太大威胁。当然,情况可能会有变化,且海面变化的速度可比我们返回港口所需的时间要快得多。

这艘船简直可以用来做冰柜。船体的储冰量可以做两千多杯鸡尾酒或四千多杯加冰威士忌。要是现在能来上两杯最好不过了,这样我就能停止担心这艘结了冰的船能否招架得住罗弗敦的外海了。

海鸥一声不吭,积雪荧白闪烁,连太阳都仿佛冒着寒气。我昨天刚刚从大城市过来,周围一片令人眩晕的明净和宽广的地平线使我的灵魂焕然一新。然而,今天的大海也让我感到一丝不安。那一片银白而绵延的水流之下潜伏着什么?我感觉自己正凝视着一颗玻璃眼珠。

雨果在远处的韦斯特峡湾发现了几艘小型商业渔船,他把船朝它们的方向驶去。这些船装备了回声发射器,船下一定聚集了充足的北极鳕。我觉得这个计划不错,尤其是这样一来就有人在危急时刻搭救我们了。

船"突突"地前进了十五分钟,三十马力的舷外发动机把我们带到了捕鱼区。顺便提一句,我刚才可能忘了讲,这个舷外发动机的大小和重量都超过了小船的限载量,导致整艘船的重心从一开始就偏了。

我们驻扎在距离其他渔船有一定距离的地方,但是能清楚地看到渔网和渔线捞上大个、健壮的北极鳕。现在,我们能做的就是放低手执钓线,钓线上挂着色彩斑斓的橡胶条,虽然这样并不能很好地隐藏起鱼钩,但至少能用。北极鳕在大约水下四十米的地方活动,一旦鱼钩达到这个深度,鳕鱼开始咬钩,我们就把它们拉上来。

北极鳕是因为温度原因才出现在这个特定深度的。它们喜欢待在深层的温暖海水与靠近水面的寒冷海水相交的地方。挪威科学家耶奥格·奥西安·萨尔斯是第一个发现这一点的人。

一八六四年,萨尔斯前往罗弗敦,研究北极鳕的生物特征。他将斯卡洛瓦作为大本营,乘船环绕韦斯特峡湾,为他划船的应该都是岛上居民。斯卡洛瓦有一个隐蔽的小公园,经常被误以为是附近人家的草坪。在这里,你可以找到一座纪念碑。一九六六年,海洋研究所和挪威渔业部的科学家们为纪念萨尔斯而在此立碑。石头上的刻字写着,在斯卡洛瓦,萨尔斯已经"阐明了鳕鱼最重要的生物特征"。

在产卵季节某些特定的时候,北极鳕很少进食。渔民们管这种行为叫"闲荡",这时他们会使用渔网而不是鱼钩来捕鱼。但今天水下的鱼并没有在闲荡。我们钓到的最大的北极鳕有十四到二十公斤重,其中一只将近三十公斤。它们有的吞下了整个鱼钩,但大多数只是被鱼钩勾住了嘴唇、眼睛或是身侧。我们不得不将它们水平拉起来,为了将它们拖上水面着实花费了不少力气。

一个很难忽略的事实是,我们的船舷和海面之间的距离非常不理想,而且越来越近。那些商业渔船上的船员都为我们捏了一把汗,他们瞥见刚刚还在浪尖上的我们转眼就被淹没在浪谷里。他们中有人冲我们大喊着挥手,我们也挥手回应。也许他们认为我们是在求救,但其实并不是。至少以我们的标准来看还没有。我们正一心一意地打捞着水下成群徘徊的北极鳕。

这种情况下,只有一小部分人才会收拾家伙,返程上岸。尽管我们的船很小,没有浮力,而且马上还要添上几百公斤的额外重量,但我们并不是那些人。

     ＊ ＊ ＊

连续几天，雌性北极鳕和雄性北极鳕会紧靠在一起游动，雄性北极鳕会在移动中侧着身体。雄性和雌性鳕鱼分别释放出鱼白和鱼子，然后用它们的尾巴将二者混合起来以使卵子受精。

我们钓上来的北极鳕身体里胀满了鱼子和鱼白，也就是说，产卵很快就要开始了。一旦它们开始产卵，几百万亿（不是十亿）鳕鱼卵会漂浮在罗弗敦海盆。当然，并不是所有鱼卵都会受精，而且很有可能出现各种意外。产卵初期，鳕鱼幼子靠自己的卵黄存活。四处漂流的受精卵有可能会被其他生物破坏或吞食。几周之后，受精卵孵化，大多数受精卵将经历同样的命运。幸存者捕捉浮游生物为食——从浮游植物开始，然后是浮游动物和磷虾。当细小透明的小鱼长到四周大时，就会离开上层水域。从那以后，它们将尝试在水底生存，与此同时顺着墨西哥湾暖流向巴伦支海北移。

北极鳕生命的第一年是最危险的。那之后，鳕鱼就很少面临生存威胁了。[116] 七岁大时，鳕鱼已经准备好踏上返回罗弗敦产卵的长途旅行了。在一条雌性北极鳕所产的数百万亿颗卵子中，至少得有两个个体存活下来，才能使鳕鱼储备保持可持续性。没人能确切说明为什么今年好像成了黄金时期——我们的脚下有上亿条北极鳕在游来游去。

众所周知,全世界鳕鱼储备最丰富的产卵地在罗弗敦群岛和韦斯特龙群岛。但这片海域对于同在冬季产卵的大比目鱼和春季产卵的鲱鱼也非常重要。此外这里还有大量的玫瑰鱼、狭鳕、黑线鳕、狼鱼和鮟鱇鱼群。另外,罗弗敦地区同挪威其他的近海地区一样,还栖息着数以百万计的海鸟。但在很多因素的影响下,如今这一数字已经下降到了十分惊人的程度。多种海鸟赖以为生的鱼类——比如玉筋鱼、毛鳞鱼、蓝鳕鱼和挪威长臀鳕——都成了过度捕捞的对象。它们不仅会成为人类的食物,也是养殖三文鱼的饲料。

你可能会惊讶地发现鳕鱼和石油巨头们都喜欢同一个东西:浮游生物。鳕鱼以大海中新鲜的浮游生物为食,而石油公司们则喜欢它们将在两亿年后转化而成的黏稠的黑色燃料。挪威的新产业依靠这种石油,一如曾经依赖鳕鱼、鳕鱼油和鲱鱼油。过去,渔民们会在水面上泼油来冲破海浪,以营救沉船上的海员。今天的商业拖网渔船则把鱼投进大海。有一件事是肯定的:世界上最大的鱼类产卵水域正受到石油的威胁。一旦发生井喷,罗弗敦群山可能成为超长天然拦油索,将泄漏的石油封闭在它的海滩内,却杀死从海鸟到浮游生物的一切活物。只需一丁点儿石油就可以摧毁鱼卵。

如果坦桑尼亚开始在塞伦盖蒂草原开垦石油，整个世界都会发起抗议，挪威大概会冲在前线。我们视其为一种野蛮行为，也许还会捐赠十亿克朗来阻止其发生。挪威已经花费了数十亿美元来挽救巴西、厄瓜多尔、印度尼西亚以及其他一些热带国家的雨林。但挪威自己也有同样珍贵的地区，一片水下的塞伦盖蒂。这里有无与伦比的生命力和闻名于世的壮美景观。尽管已经跻身世界最富有国家之列，挪威却仍想在这里开采石油。

梅尔维尔的地下矿工仍不懈地工作着。

当我们边在水中晃荡边钓北极鳕时，我告诉雨果，二十世纪六十年代，苏联海洋生物学家提出了一种理论，认为抹香鲸巨大的发声器可以被当作武器，比如"超声波投影仪"或者"声音激光器"。高度集中且能精准定位目标的声波使得鲸鱼能够让章鱼或其他猎物瘫痪。美国科学家已经跟进了这项研究，希望能将其运用于军事。

和格陵兰睡鲨一样，抹香鲸能够捕猎比它速度快得多的动物（章鱼的时速可以达到每小时四十八公里），而且它经常在完全黑暗的深海中捕猎。然而，直到最近仍没有人得以目睹抹香鲸的行动过程。临近新千年，丹麦鲸鱼研究员在韦斯特龙群岛中的挪威小岛阿诺瓦上对这一理论进行了调研。

研究员利用先进的水听器发现抹香鲸发出的咔嗒声很集中，并极有可能是对某一特定目标发出的信号。[117]

在全世界的海洋被螺旋桨和机器噪声填满之前，鲸鱼可以在彼此相隔九百六十五公里的情况下听到对方的声音。

过去的几年里，为了找到潜在的石油，安德内斯、韦斯特龙群岛、罗弗敦群岛以及很多北部地区经历了多次地震勘测。这些勘测也被称为"地震爆破"，该过程会向海洋发射冲击波。地震爆破为鲭鱼群赶走了小须鲸、领航鲸、逆戟鲸等捕食者。安岛上的现役渔民认为这就是鲭鱼在韦斯特峡湾乃至整片海域泛滥的原因。

沿海渔民、环保人士和鲸鱼研究人员担心冲击波可能伤害或杀死鲸鱼，鱼卵们也极有可能在劫难逃。他们指出，在爆破地点附近的鲸鱼行为反常，这可能是因为它们的耳朵因冲击波受损了。对于鲸鱼来讲，冲击波听起来肯定像地毯式的声呐轰炸一样。毕竟，声音要在海里传播必须穿透海床上的层峦叠嶂。[118]

雨果摇了摇头，仿佛在说他已经见过太多，并不为此感到惊讶。他曾在新闻上看到，一次地震勘测期间，二十六头领航鲸的尸体被冲上特伦德拉格北部维克纳自治区的海岸。

我恰好想到了最近读到的一些东西。二十世纪五十年代，美国科学家哈利·韦克斯勒博士提出了一个想法：如果北极不再有冰块，整个地球——或者至少美国——都可以从中获益。全球运输将更加便捷，北极的天然资源将更容易获取。韦克斯勒还提议在极地冰帽下引爆氢弹。他估测大约仅需十枚十兆吨左右的氢弹即可。这将产生足够的热气，将整个北极覆盖在厚厚的一层罩子之下。这样冰盖就不会再反射太阳光，热量将被储存——当时温室效应已经是众所周知的概念——其余的冰也就会随之融化。

雨果看着我，好像我在讲笑话一样。

23

我们已经掌握了节奏，又从水里拖上一条活蹦乱跳的大个鳕鱼。我们用棍子把它一下打晕，然后将它抬上小船，再迅速地一刀插进鱼腹，老一辈人将之称为"一刀封喉"。

罗弗敦海上挤满了渔船。被打捞上来的鳕鱼已经在多年间游过了数千公里的海域，现在它们的当务之急是产卵，但被我们捉到的鳕鱼在即将抵达终点线之前被阻止了。咬钩的鱼也许并不知道到底发生了什么，但它们确实感到紧张。当一条鱼发现自己忽然被钩住，然后被无形的力量拖向上方的光亮处，肯定受到了相当大的惊吓。它们被强行从鱼群中分离（其他鱼会注意到同伴的消失吗？），从海里四十到六十米的深度一路被拽到水面。当然这些鱼会全力挣扎，甚至有可能成功挣脱（它会感到放松吗？）。但大多数还是会迎来当头一棒，被拉上船舷，加入已经遭受了同样厄运的同伴。它们能否生理性或直觉性地预感到死亡即将到来？还是说只有进化得更先进的动物才有这种意识？

我们钓上一条又一条鱼。每钓到一条鱼我们都同样兴奋，这就是问题所在。我们船下游动的北极鳕数量很多，这也意味着更多的北极鳕将塞满我们的小船。

雨果告诉我，以前人们会把不能用来制作鱼子酱的北极鳕富含蛋白质的鱼子和鱼白喂给牛群。他还说日本人和一些罗弗敦居民会把鱼白直接当作鸡尾酒或者开胃酒喝掉，他们称其为"krøll"。雨果被自己的故事惹得反胃，但当然了，他没办法呕吐。

大海时时刻刻进行着自我更新。一切都闪闪发光。同往常一样，海上的一切都在运动之中。当我们开始捕鱼时，浪头的律动安稳平静，仿佛一只沉睡巨兽的呼吸。现在海浪时高时低，起起伏伏，越发粗鲁。我们将船尾面向大海，浪尖漫过船舷，落入船内。情况正在发生变化。黑云在开放水域上方盘旋。这是一种奇怪的景象，因为在其他地方，阳光穿过云层的遮盖，垂直的光柱倾泻而下，随着天气系统的变化时隐时现，像动画片或歌剧舞台的布景一样。

我不知道雨果是否注意到了这点。就我而言，多年来我和雨果多次一同出海，但这是我第一次感到如此不安。我们之前常乘的刚性充气艇是不会沉没的，至少不会完全沉没。即便所有的浮筒都被刺破，船体都多少能继续漂浮在水上，而这艘小船则完全不同。

一般来说，雨果在海上就像在家里一样自在，他对这一片水域了如指掌，曾经在海上一些最绝望的情况下幸存。正是因为他"总能化险为夷"，我才会觉得他可能变得有些鲁莽。只需要一个例外就可以打破这个"总能化险为夷"的模式。我忽然想到，每一个我们讲过的故事其实都是化险为夷的故事，这意味着故事的主人公还活着，可以把故事讲出来。这一次有可能是结局变糟的一次吗？这会成为一个别人不愿意提起的故事吗？

在挪威神话中，深海女神叫作"澜"（写作 Rån 或 Ran，意为掠夺者）。她的渔网能够捉住——不，是偷走——溺水的船员。澜是埃吉尔的妻子。埃吉尔是风神和火神的兄弟，头戴海草编成的花环，统治着全世界的海洋。他们有九个女儿，代表着海上的九种波浪，并以此为名。根据古斯堪的纳维亚诗人的说法，在海上失事的船只会消失在埃吉尔的口中，船员则被澜带到她的深海王国。无论是风平浪静的大海，还是暴风骤雨的大海，一律在埃吉尔的统治之下。他用光明之神巴德尔的鲜血酿造生之蜜酒，他的酒杯永远不会干涸。维京人把埃吉尔看作繁荣的象征。这不仅是因为他拥有无限的蜜酒，也不仅是因为他和澜住在金色的宫殿里；而是因为这些豪奢之物实际上是另外一些东西的有形体现——那就是海洋里不可估量的无尽财富。

过去，老船员们会把我们现在乘坐的船叫作"漂浮的棺材"。至少现在我们身上穿了浮力衣，这多少能管一点儿用，但也只是在一定程度上。我无意间向雨果询问了我们的着装问题，他强调说，我们这一身实在算不上是救生衣。他边说边往嘴里塞了一块烘焙巧克力。每次乘船出海，雨果都要带着烘焙巧克力和榛子。它们作为紧急食物是出海的必备之物。那次糟糕的胃部手术给雨果留下的另一个后遗症就是他有时会体能耗尽，全身乏力，连站起来的力气都没有。这种情况只发生过几次，但总是在最倒霉的当口。上一次，他在英格雷雅自家屋后的林子里打野兔，最后是爬着回到家的。雨果手脚并用地把自己拖过草地，挨到前廊，步枪则被他拖在身后。他浑身是汗,一句话也说不出来,幸好梅达意识到他需要吃东西。厨房里有一盘鲱鱼,不到十分钟,雨果已经就着烟熏鲱鱼吃下了八片面包。

有时救生服也不管用。几年前,一名男子的尸体漂进了斯沃尔韦尔港。人们发现他是一名来自梅尔比镇的渔民,已经被登记失踪有一段时间了。穿救生衣可以让人多活很长一段时间,但同时也要考虑到季节因素和救生衣之外的穿着。我想知道当这名男子发现渔船开始下沉并决定穿上救生衣时他在想些什么。他可能以为一切都会好的,然而事实并非如此。据推测,那时他的手指很快冻僵了,让他无法拉起最后两厘米的拉链,海水灌进救生衣,他命中注定难逃一死。

生死之间往往只有一线之隔。几乎与以上这起事件同时,一名六十六岁的渔民在海上遭遇了发动机故障。船锚抓了空,水流将船径直推向礁石。这位老渔夫只穿了普通的衣服和一件救生夹克。但在落水之前,他想方设法用手机拨打SOS求救电话,把自己的大概位置告诉了紧急接线员。他的船已经十分接近礁石,马上就要被撞得粉碎。强风大作。当时的温度只有零下十摄氏度,四周一片漆黑,渔夫不得不把自己扔进冰冷的水中。在几次被海浪冲撞之后,他终于设法爬上并紧紧抱住了一块光溜的小礁石。二十分钟之后,一架海王救援直升机从博德的三三〇中队飞来。借助聚光灯,救援队得以找到遇难的渔民。他们用升降篮放下一名救援人员营救了他。那时,渔夫的手指已经完全失去知觉,他身体的其他部位也正在逐渐麻木。

就在我抵达斯卡洛瓦前一周,一位老人溺亡于岛东部的入口附近,他的游船在附近盘旋,空荡荡的。他本来是出海钓鱼的,但不知为何从船上跌进了水里。

捕鱼毫无疑问是挪威最危险的职业。无人知晓在罗弗敦捕鱼季到底有多少渔民溺死水中。罗弗敦捕鱼季历史悠久,早在约公元八七二年到九三〇年,国王金发哈拉尔[119]统治挪威之前,捕鱼业就已经开始运营了。举个例子,据报道,一八四九年,一场暴风雨突然袭来,导致一天之内有五百多名渔民溺亡。在任意一次捕鱼季,都有数千人面临着失去父亲、丈夫的命运,而在那个年代,这意味着失去家里重要的经济支柱。

结合罗弗敦渔业监督局一八八七年到一八九六年的官方记录来看,我们发现有二百四十名渔民因"沉船事故"溺水身亡。根据记录,渔船沉没的主要原因是被水淹没或被大浪倾覆。[120] 这是个原始的方程式——几乎是数学公式——超载的船只 + 巨浪 + 冷水 = 溺亡。

我开始出声思索。"这么多年来到底有多少渔民在罗弗敦捕鱼季丧命。五千个?两万个?"

雨果思考了几秒才回答。

"谁知道呢——也许他们在水里挣扎时，格陵兰睡鲨忽然出现把其中几个吃掉了也说不定。"

我的视线搜索着海面。只要还有别的船在周围，我们就是安全的，我提醒自己。

"你怎么看？我们钓到的鱼应该足够了，不是吗？"雨果问我。

北极鳕已经装满了半条船。我们每次挪动位置都要跨过一群鳕鱼。

"你确定吗？"我一边讽刺地问他，一边往外舀船里的海水和鱼血，手里拿着雨果特别为此准备的旧颜料桶。

"我们把饵线拉上来吧。"雨果说。

我看了一眼手机，马上就要没电了，但也许还能再撑一小时。我刚刚摘掉手套给鱼放血，现在我的手指又黏又冷。即使现在的温度还赶不上前几日零下十五摄氏度那般寒冷，但也十分冻人了。我的手机就像肥皂一样从我手中滑落，掉进一片污血里。这和掉进七米多的水里没什么区别。雨果检查了下他的手机，还有一点儿剩余电量。

毫无疑问，现在的浪头比我们刚出海时要高很多。透明、像水晶一样剔透的天空开始变换样貌。雨果朝开阔的海域望去，视线停留在地平线上。那里，一层帘幕仿佛已被推开，厚厚的如同雪茄点燃后产生的烟雾朝我们所在的方向蔓延而来。雨果启动舷外发动机，朝斯卡洛瓦驶去。

"要下雪了。"雨果说。马达在加速时发出呜咽声。船只超载太多，我感觉我们几乎在原地不动。

几分钟后，又湿又重的雪花簌簌而下。我们远在峡湾内部，风雪交加，人们把这种天气叫作"暴风雪"。

熟悉可靠的目标——斯卡洛瓦及其周围的岛屿——瞬间模糊了。现在斯卡洛瓦灯塔也帮不上什么忙。整个世界变成了单色调。暴风雪让天空变暗，周围的一切好像束口袋一样将我们的船包裹了起来。

"情况不太好。"雨果以他古怪的、轻描淡写的说话方式讲道，尤其强调了最后三个字。他在几乎什么都看不见的天色里像盲人一样驾驶着小船。他知道，即使我们偏离了航向，也要行驶上好一阵子才能撞上那些致命的礁石和浅滩。在斯卡洛瓦的背面，也就是我们的目的地，有一处被珊瑚礁包围的险滩，这类地方被叫作"靴子海"，因为这里的海水很浅。

有一段时间，可见度下降为零。我们瞥见了一座岛屿。但这是哪个岛？它看上去好像在移动，每次瞥过去都发现它在变换形状和位置。我以为在远处看到了里耶摩亚岛和它的山峰，但或许那是斯卡洛瓦的顶峰？现在，在同一个方向，我好像看到了一个小岛，但完全无法辨认出来。整个世界处在不间断的变化之中，视野被扭曲，我们仿佛正透过一扇旧玻璃向外看。如果勋伯格[121]的音乐被转化为图像，可能与当下的场景十分相似。

我们的船像是马上就要折断的冰封树枝一样被压得很沉。人最终都会死去，但那些消失在海上的人才是真正突然地、永远地消失了。他们仿佛沉入了大海，成了大海的一部分。很久以前，我的一个朋友，或者说是个熟人，在将拖网放入深海时不慎把脚缠进了网里。他的尸体至今未能找到。那是三十年前的事了，但我现在还是会想到他。我的高祖父在海上遇难，这可不是我希望继承的家族传统。

深沉、咸腥而又黑暗的大海向我们涌来，冰冷而无情。大海无牵无挂，孑然一身。这就是大海每日的常态。它不需要我们做任何事情，不理会我们的希冀和恐惧——也丝毫不在乎我们如何描述它。大海那黑暗的重力是一种人类难以与之抗衡的力量。我们自大的祖先将挖空的树干放进水里，制造出一叶扁舟，划进慵懒的波涛之中，然而他们不小心开出太远，直到水流开始变得比他们的手臂和船桨更加有力。或许，像我们一样，他们也被风暴惊得措手不及。当他们意识到大海果真既没有情感也没有记忆时，想必也感受到了同样的寒意。所有被海洋吞没的东西都将永远消失，它们成为鱼、蟹、环节虫的食物，被七鳃鳗、八目鳗、扁虫、环状蠕虫和其他深水寄生虫啃噬，被永恒无常的一切淹没和拥抱。

上帝想要惩罚约拿的时候，他派出一条大"鱼"来吞噬他。海水从四面八方将他包围起来时，约拿大声呼喊。在鲸鱼腹中，水已经涨到了他的脖颈，海藻环绕着他的脑袋。但主只是想给约拿一个强有力的教训，所以他让鲸鱼把约拿从死亡之地载了出来，将其吐在了地上。恐惧将约拿变成了忠于上帝的信徒。即使是伊斯兰教也为此而尊重鲸鱼。《古兰经》中说，吞掉约拿的鲸鱼是将要进入天堂的十种动物之一。[122]

这次真的糟了！过去，渔民时常陷入这种境况，我这样安慰自己。而且他们的船很可能并不比我们的更大或者更适航。他们用帆，但却总能化险为夷；因为他们技艺高超又顽强坚韧。不过，等等——实际结果并不是这样！不，几乎每个捕鱼季都有数以百计的渔民溺死在海里，就在每一年的同一时间和地区。斯卡洛瓦有一首当地民谣，唱的是大海如何慷慨地将百宝箱敞开：

但顷刻间，它变得怒不可遏
要把给予过的东西逐一收回，还要索取利息。

哦，是的，剩下的可能仅仅是

曾经小船的碎片。

大海能给予，也能掠夺，

船员们留在了长满海藻的湿坟里。[123]

我战战兢兢地看向雨果。他看起来却并不担心。话说回来，我什么时候见他在海上害怕过？至少现在他没有戴着耳机。如果急流与海浪叠加并合并成一个双倍大的巨浪该怎么办？渔民们管这种浪叫作"白浪"。

船舱底部堆满了北极鳕，它们的鳃——雨果管它叫"toknan"——还在动。鱼在水里游动时会发出特殊的声响，比如鳕鱼会发出咕噜声或者一系列低沉的声音，让人想起莫尔斯电码。我们不能理解它们的语言，但这些垂死的北极鳕似乎正在告诉我些什么。

我们脚下的深渊里，海水在海底沙滩和光滑的礁石之上不耐烦地搅动着，就连海星也必须紧紧地抓牢海床。手指状的海藻随波摇曳，像强风中乱舞的高草。大比目鱼泰然自若，镇定地游向更深的水域，滑入海底的沙滩，就像窝进一件睡袍一样。鳕鱼、狭鳕、黑线鳕、鲱鱼和鲭鱼鱼群尝试在不安分的海藻丛中保持平衡。半盲的格陵兰睡鲨躺在黑漆漆的深水中，几乎对水面上发生的事情浑然不知。

雨果降低了船速并让我留意瞭望。如果我们无法看清航线，船就会被水流裹挟着向前，那就麻烦了。在这片水域中行船需要当心很多浅滩和礁石，但我们基本无法确定自己的位置。雨果当然也留意到了这一点。他眼中的大海和我眼中的完全是两回事，他更擅长从短暂的瞬间解读出信息。虽然他也看不清陆地，但海洋对于他并不是浑然一体、毫无区别、无可识别特征的。海上的每个位置都像陆地上的一处地标——一个地点——一样，具有独特的水流、特殊的海底地貌、各不相同的浅水区域和其他重要特征。但你需要技巧，以及一定的能见度，才能分辨出来。

我们两个人都没有说太多话，但每隔一段时间雨果会问我在想些什么。我们刚刚瞥见的是里耶摩亚岛吗？陆地和海洋似乎正在变换位置。雨果不过是表面上问问我而已，这种情况下他最相信自己的判断。我也相信他，因为我已经彻底迷失方向了。我能做的就是在看见什么东西时喊一声。雪下得最大时，雪花让我根本睁不开眼。透过眼睛眯起的缝隙，我甚至看不到我们前面的几条船有多长。雪是一道咄咄逼人的围墙，擦除了周围一切的轮廓。我最大的恐惧不在于撞上陆地，而是怕我们撞不上。因为现在风已经吹起来了，海浪也在涨高。我一直惊异于大风控制海面的速度之快。

我们的塑料小船看上去比之前更小了，而大海看起来则更加浩渺。小船、雨果和我都极其清醒,醉了的是大海本身。我曾多少次靠在船的栏杆上向下俯瞰深渊?现在深渊正在凝视着我。斯卡洛瓦有一首歌谣里有几句歌词专门描述了这种感觉,"暴风骤雨与波涛汹涌的大海可以碾压一切 / 人不过是一粒种子"。

仅此一次,雨果没有准备任何绳索或锚,这些东西都在刚性充气艇里。我问雨果油桶里是否还有足够的汽油,他皱了下眉,检查了一下,然后点了点头。他变得异常安静,高度警惕且神情坚定,仿佛收到了一封匿名威胁信,正在评估是否该认真对待它。

我坐在船头,被浪花溅得浑身湿透,于是决定向船的横梁中部移动。然而,我的移动改变了船上的平衡。雨果总是坐在船的后侧,手握着超大的舷外马达的油门。就在我开始移动时,一个大浪打来,鱼篓滑向船的后方,海水泼溅过船尾。雨果一只脚蹬在一个渔箱上,用尽全力将它踢开,然后全身扑了上去。这么多重量集中在错误的地方,我们的船很有可能被水溢满,瞬间沉没。

我蜷缩着身子回到之前的位子,不敢再次离开。

现在还是年初,天色很快就会完全黑下来。黑云压境,云层覆盖了整片天空,周围已经十分昏暗了。大风和夜色仿佛执行同一个任务的两位盟友,一齐降临到我们的头顶,伴随着岛屿入口处那汹涌的蓝黑色海水和水下浅滩。厚湿的雪花开始冻结。降雪的云层温度肯定正在骤降。

划呀划呀划小船,轻摇船桨顺流下……[124] 我们的小船像一匹旋转木马一样上下跳跃。下沉的海水中有一种纯净,它的垂直涌动将我们一路拉向海洋深处。这种纯净在我们眼前,在我们头顶,在我们内心,更在我们脚下,在那海洋黑暗的底部,奇妙生物生活着的地方。

突然,空中帘幕开启,仿佛被拉向了一边。那首歌谣接下来是怎么唱的来着?"然后,穿过云层,一缕曙光 / 带着欢乐和希望照亮了斯卡洛瓦。"我们获得了理想的可见度。被白雪覆盖的岛屿和它黑色锯齿状的花岗岩石峰出现在距离我们几公里远的港口方向。雨果立刻就确认了方位。小船已经漂得比想象中更远,主要是因为风和洋流都来自目的地的方向。如果再拖一小时,我们无疑会漂到距离斯卡洛瓦很远的亨宁斯韦尔周围的陌生海域,或者比那更西的地方。

现在一切恢复正常。船行渐缓,我们一边吃着巧克力一边大口喝水,没有讲话,此刻并不需要言语。二十分钟后,我们从与离开时相反的方向抵达了斯卡洛瓦港,小船里装满了北极鳕,但并不需要将鱼抛出船外也能保持漂浮。回到岸上，我们谁也没有把这次旅行当作什么戏剧性的事件来讲。也许事实也正是如此。安全上岸之后，它就成了一次我不愿回想起的旅程。

24

从罗弗敦海结束捕捞，接下来要做的不仅是停船靠岸、收工了事，还有整整一半的工作要做。现在我们需要着手打理渔获。我们在码头上搭了一个切割台，很快鱼内脏就在空中飞舞起来。雨果用敏捷的日本刀法割下鱼舌。

为了制作优质的鳕鱼干——挪威语称其为"rotskjær-inger"——必须取下鳕鱼的脊椎骨，这样就可以拿一根杆子穿过鱼尾将之挂起，去骨的鱼片在杆子两侧垂下。这种蝴蝶式的处理方法十分耗时，但效果极佳。有人会把清理干净的鱼整条挂起，但这种做法有可能导致鱼腹收缩，影响风干过程。奥劳斯·马格努斯曾说过，即使是在他那个年代，蝴蝶式鳕鱼干也是最上等的，被用于烹制最美味的菜肴。[125]

雨果负责切割鳕鱼，我的工作则是在鱼尾底部系一根线，保证鱼不会因为自身的重量而掉落。此外还得把肝脏、鱼子和鱼舌一并处理好。我们把鱼子放进盆里，在上面撒上一层盐巴。鱼子不能太"gotten"，这是挪威语里的说法，意指在马上就要产卵的阶段，鱼子太软，脂肪太多。幸运的是这次只有少许这样的鱼子。随着鱼子逐渐干燥，盐分将液体析出，之后雨果会将鱼子进行烟熏，制成鱼子酱。我们也会给一些北极鳕肉做盐渍处理，然后把它们晾干做成咸鳕鱼干。

我们将肝脏放进一个大塑料桶里。在接下来的几周甚至几个月里，肝脏将进行分解，纯鳕鱼肝油会浮至表面。之后，我们要把它与油漆混合，用于粉刷阿斯约德渔站墙壁上需要补色的地方。留在桶底的是废油，一种无甚用处的油性物质，腐烂之后的味道尤其难闻。我们会将其用作诱饵去捕捉格陵兰睡鲨。雨果告诉我，过去他们常把这种废油和调色纸压缩在一起，缠绕在管道上，以防止管道在冬天冻结。这种材料能产生一种热能气体。

鳕鱼肝油非常适合制作涂料，但格陵兰睡鲨的鱼油制成的涂料才是一等品。在罗弗敦，至今还有许多房屋是在五十多年前用这种涂料制成的油漆涂刷的。颜料涂层会变得非常坚固，根本不可能刮掉，而且非常光滑，不会有其他颜料附着在上面。如果你想更换建筑物的颜色，就得把整个外墙墙板换掉。他们应该用格陵兰睡鲨的鱼油来给太空飞船上色，尽管恶臭会弥漫整个太空,也许会给我们的星球带来坏名声。

当我们忙于这一切时,我碰巧想到了今天在《罗弗敦邮报》上读到的文章。这一天是三月二十五日,也被称为"盛酒日"。这个名字的由来尚不明确。有一种观点认为,这个时节大约正是第一次出海的船员刚刚挣到钱请同组的船员喝酒的日子;还有一种理论认为,这一传统可以追溯到挪威还在信仰天主教的时期,而且可能与"天使报喜宴"有关,这一事件是大天使加百列向圣母玛利亚宣告她将受圣灵感孕的标志。我们不知道酒精是怎么掺和进来的,但正如人们常说的那样,上帝的行事方式神秘莫测。无论如何,我想起我在楼上自己的房间里存了一瓶威士忌,是我在奥克尼群岛上买的,因为他们说这是在苏格兰造的最好的"麦盐"威士忌[126]。

梅达刚刚从海里游泳回来,头发上还挂着冰柱。她也一辈子生活在渔业文化之中,见到我们时她赞许地点了点头。我们四周到处都是盛着鱼子、鱼肝和鱼舌的水盆和水桶。伴随着啪的一声响,闪着光的、冰凉的北极鳕被挂在了晾鱼架子上。白昼的光线正从我们身旁逐渐消退。等时候到了,一些鱼干会变成碱渍鱼——一种用碱液处理过的干熏鳕鱼——和商店里贩卖的那种廉价货不同。用三等鱼干制成的碱渍鱼遇水会分解,而我们的则会保持坚挺。

干燥过程总是避免不了一些偶然因素,鱼干的质量取决于天气情况。不能在严寒中晾晒太久，因为这样它们会裂开，变成挪威人称之为"霜化鱼"的东西。过多阳光直射也不好，因为鱼有可能被烤焦。幸运的是，罗弗敦捕鱼季刚好与一年中两个月的最佳干燥时间相同。如果北极鳕抵达罗弗敦的时间推迟，气温就会变得太过温暖，鱼干会被昆虫、霉菌和细菌破坏。如果是在初冬，较低的温度又会妨碍干燥过程，鱼可能会因霜冻侵蚀而发酵。近年来罗弗敦能够生产鱼干是天时地利人和的幸运所致。不仅鱼群刚好来到这个特定的地点，在好的年份鱼群数量够多，而且一年中的这个时间段对于干燥过程来说也是非常理想的。

对于已经被挂起来等着晾干的北极鳕，我们希望能有温和的温度和略显湿润的微风，以及充足的光线，但不要热气——只需高于冰点几度就好——这样鳕鱼才能以适宜的速度晒干、成熟。一点儿雨水无伤大雅，但连续而大量的降水有可能带来麻烦。一些专业人士喜欢在晾鱼时使其背朝西南，这样雨水就不会渗入鱼腹。空气也不能太过干燥，温暖、凝滞的空气会导致鱼干的质量下降。幸好，斯卡洛瓦很少受这种天气的困扰。

如果干燥过程顺利，我们最终会得到我能想到的保存时间最久，最有嚼劲，味道最好，最富含蛋白质的食物。鳕鱼是一种低脂鱼，做成鱼干之后能够将所有营养以浓缩的形式加以保留。多年来，鳕鱼一直是挪威最有价值的出口产品。据《埃吉尔传》记载，托洛夫·科维勒杜勒森[127]早在公元八七五年就开始将罗弗敦鱼干出口至英格兰。斯卡洛瓦以北的奥斯特法岛上有一个叫沃格的集市城镇，据最古老的可证实史料显示，那里是第一批鱼干出口的地方。

当鱼干分拣员为出口市场对鱼干进行质量评估时，他们会逐个考量许多因素：颜色、气味、长度、厚度、紧实度和外观都很重要。鱼身上有没有鱼钩的痕迹？有没有血线或血斑？也许因为清理不当，肝脏的污渍留在了颈部或腹部？鱼有没有被鸟啄？还有，鱼身上当然也不能有霉斑和霉菌的痕迹。自从一四四四年，皇家颁布法令强制必须进行鱼干分拣，几个世纪以来，分拣员们开发出了一套自己的语言。十八世纪中叶，卑尔根是汉萨同盟[128]的加盟城市，其发展主要建立在鱼干的生产和销售上。关于卑尔根的资料证实了鱼干的消费之盛。有很多特殊词汇专门用来描述不同的鱼干品质。

今天，鱼干分拣主要依据的品质划分有三十种，其中一些沿袭自汉萨时期。三个主要的分类大类是：一级、二级、非洲级。意大利人花最大价钱购买被称为"拉格诺"的品类。这种品类的鱼干长过六十厘米，鱼肉薄而无瑕，鱼腹必须敞开检查。所有一级和二级品类的鱼都是针对意大利市场的。

其他更便宜的品类往往被卖往非洲。

在飞往博德的飞机上，我碰巧坐在一位尼日利亚绅士旁边。他大半生都生活在曼彻斯特，是一位鱼商，正要前往罗弗敦与他的供应商签订期货合同。北极鳕的鱼头鱼干在一些西非国家尤其受欢迎，他们会用其制作美味的炖菜和咖喱。每年暮春，他们公司都会向非洲出售风干北极鳕鱼头，这一批鱼头目前还没有被拉出海面呢。

晚餐我们吃的是北极鳕脸颊肉做成的小汉堡。脸颊肉皮朝下煎好。这一部分的肉质与鱼身其他部分的肉不同，它更加紧实，纤维感更强，有种贝类的风味。

吃饭的时候雨果讲了一个奇怪，不，应该说是一个荒诞的故事。二十世纪六十年代的一个盛夏，他还是个孩子，在赫尔奈森德建了三个大金字塔式的鱼干晾晒架，数以万计的狭鳕挂在那里。在挪威北部，狭鳕通常不会被挂起来晾晒，但这里的这些出口鱼类面向的市场不同。当时，非洲一些国家和地区的内战给当地带来了灾难性的饥荒。

但是，苍蝇飞进了鱼里，所以，在鱼出口之前，穿着白色防护服的男子会往鱼身上喷DDT（一种毒性很强的杀虫剂）。幸运的是，雨果记得，几年之后，挪威向饱受战争践踏的非洲发展中国家出口鳕鱼干的贸易停止了。

我穿着衣服睡着之前的最后一个想法是,应该有人守夜,不能让水貂把鱼吃了。

25

第二天一早,我喝了一杯咖啡,然后前往码头。北极鳕完好无损,但一只水獭正从海湾方向朝阿斯约德渔站游过来,一路游到了船坞。这只水獭大摇大摆,跳水时的样子仿佛自以为是条海豚。突然间,它停了下来,两只小爪子搭在一起,昂起头盯着我看。雨果朝码头走来,我指着水獭给他看。水獭停留几秒之后便游走了,依然保持着海豚式的泳姿。雨果和我站在那里哈哈大笑。他从来没见过这样游泳的水獭,大白天在斯卡洛瓦开阔的海湾看到这种动物如此派头实在有点奇怪。雨果在斯卡洛瓦周围钓鱼时经常看到水獭,它们似乎总是兴高采烈的,尤其冬天的时候。它们从陡峭的、结了冰的礁石上滑进海里,爬上来又滑下去。这一行为没有明显的目的,只有一个动机——就是玩耍。水獭很聪明，它们经常仰面浮在水上，爪子里握着一块石头，用石头在胸前敲碎贝类的硬壳。

水獭是斯卡洛瓦的原住民。与之不同，水貂则是在近一个世纪之前从美国引进的，人们专门为了获取貂皮而饲养它们。当然，很多水貂设法逃脱了，并或多或少地适应了野外的生活。水貂会钻进几乎所有东西里，它们不懂得克制，只要有机会就要大搞破坏。它们还能杀死成群的海鸟。

下午，我们乘船出海，但并不很远。天气很好，不到几小时我们就收获了相当于一天份捕捞量的鳕鱼。靠我们的塑料小船是不可能在面向大海的区域捕捉格陵兰睡鲨的，想都不用想。当然，这很遗憾，因为我的小型旅行图书馆中的一本藏书中讲到，这个季节水下潜伏着不少格陵兰睡鲨。

约翰·霍杰特（1869—1948）是挪威伟大的海洋学家之一。一九〇〇年，他搭乘一艘以杰出科学家迈克尔·萨尔斯的名字命名的新汽轮——"渔业研究员号"，沿着挪威北部海岸进行了为期一年的旅行。霍杰特不仅是一名科学家，也是当时挪威渔业部的部长。他希望在北方做一个关于渔业现状的独立调查。一九〇二年，他发表了《挪威北部渔业与捕鲸业》一书，这本书也被我随身带到了斯卡洛瓦。

在前言中，霍杰特写到他想为阐明"挪威北部人民所关注的重点问题"提供思路,"这些问题因渔业与捕鲸业之间曾经的冲突而广为人知"。以前,芬马克的沿海渔民认为毛麟鱼会为了躲避鲸鱼的追赶而集中到海岸,但当捕鲸船出海捕鲸后,生态平衡被打乱。简而言之,毛麟鱼不再出现在沿海地区了,渔民们为此埋怨捕鲸者。平均每个捕鲸季,仅在瓦朗厄尔峡湾,捕鲸者就会捕杀多达一百头蓝鲸和几十头长须鲸。沿海渔民还认为安有鲸脂提炼炉的捕鲸船和工厂排放的废料污染了海床。

霍杰特计划研究渔业的经济效应和海洋生态效应,因此他无法忽视格陵兰睡鲨。他虽然承认当时关于这种生物的科学知识还远不够全面,但仍得出了格陵兰睡鲨大量存在于北冰洋中的结论。那个时候,人们非常关注挪威北部对于格陵兰睡鲨的捕捉活动。据霍杰特称,每年冬季,格陵兰睡鲨都会一路南下至靠近克里斯蒂安尼亚(现今奥斯陆)的布恩峡湾。

隆冬时节,就像产卵季节的北极鳕一样,格陵兰睡鲨会大量出现在诺尔兰郡沿岸。霍杰特写道,为了保证北极鳕捕捞的顺利进行,得先驱赶格陵兰睡鲨,但他并没有提到这个看似不可能的任务是如何执行的。在霍杰特调研期间,仅在芬马克郡——尤其从哈默福斯特到瓦尔德地区——人们就动用了六艘大船和二十一艘机动轮船来捕鲨。从霍杰特关于鲨鱼是如何被捕的描述来看,雨果和我的计划并非不靠谱。雨果正在红房子里铺地板,我去找他并给他念了一段霍杰特书中的段落。"人们把又大又坚固的铁钩固定在细长的铁链上,并在铁链底部拴上铁秤砣。他们用大块密封的鲸脂当诱饵,最后靠小型手持绞车把鲨鱼拉上甲板。采用这种方法,一天内可以捕到六十只格陵兰睡鲨。"

"一天六十只!好像这很值得吹嘘似的。"雨果笑着说。

霍杰特采访的渔民坚持认为格陵兰睡鲨的游动范围又远又广。四月,渔船还在沿着海岸捕捞,但刚进五月,格陵兰睡鲨就已经远离海岸了。到了夏天,渔民不得不一路追到俄罗斯白海的东部冰原。九月,许多渔船会前往熊岛和斯匹茨卑尔根之间的冰川。参与过这些冒险之旅的船员告诉霍杰特,在遥远的北极海域捕捉上来的格陵兰睡鲨胃里经常能发现渔网和钩线的残骸。彼时,北冰洋的捕捞作业还没有使用这种设备,所以鲨鱼肯定是在挪威海岸吞食了这些东西。渔民们认为格陵兰睡鲨是随着鳕鱼迁徙到北冰洋的,证据是在鲨鱼的肚子里经常能找到大量的被整个吞下的鳕鱼。

在关于捕捞格陵兰睡鲨的章节末尾,霍杰特提出了一个与我和雨果的经历丝毫不差的综合评述。"捕捉格陵兰睡鲨是一项艰苦卓绝的工作。在这些北部海域,暴风雨全年肆虐,这使小船捕捞尤其困难,船身被巨浪摇得倾斜,渔人要在冰冷又剧烈的洪流中抛锚,忍受颠簸,试图捞起鲨鱼。"[129]

霍杰特的信息提供者中不乏与格陵兰睡鲨搏斗了一辈子的人。有一位北冰洋船员曾连续花费三十个夏天追捕鲨鱼。他声称自己一个人就带回了差不多七万升鲨鱼肝脏，这也是他们保留的唯一的鲨鱼部位。我合上这本由伟大的约翰·霍杰特完成的挪威北部捕鱼和捕鲸手册，心中默默对他道谢，在写作这本书时，他作为浩渺海洋的研究员的前途正闪闪发光。[130]

成群的北极鳕正躺在我们家门口，那些最凶猛的鲨鱼很有可能已经从北冰洋一路追随它们而来。但即使有一艘像样的船，我们现在也没法出海。因为盛大的斯卡洛瓦北极鳕钓鱼锦标赛和庆典马上就要到了。

26

我们去年就讨论过有关庆典的计划。那天，我们一早醒来，发现一夜之间一股大风从西南方向吹来，直接冲进了海湾。雨果担心小船可能没有系牢。那时的阿斯约德渔站还没有浮船坞，我们只能在捕鱼归来后把船停泊在艾灵森站。

结果，雨果的直觉是对的，我们到达海湾另一边时，发现船里已经灌满了水。我们花了半小时把水舀出船外，接着把船转向朝着风暴的一边，让海水顶着船头，使船可以稳当地浮起来。鉴于我们已经到了海湾的另一侧，便决定去在安卡斯宴会餐厅举办的北极鳕钓鱼锦标赛看看。

在场地一隅，两个人四仰八叉地倒在雪堆里，扭动着身体。或许他们是想挖出一个雪洞。背景音乐来自一个蓝调乐队，主唱是一位有名的挪威演员。他唱着："你是 / 一只海鸥；你怎能 / 这样离开！/ 其他鸟儿抵抗着暴雨 / 你却站在礁石上尖叫。"

现在还不到中午。外面为聚会搭起的帐篷能容纳至少一百个人，但人群正被疏散，因为海风刚刚试图将整个帐篷连人带物全部刮进海里。

室内的酒吧里大家喝得正欢，彼此大声喊叫着，好像仍然身处风暴之中一样。顾客都是成年人，女人和男人一样好斗。我去吧台点红酒时，旁边的男人一直盯着我看。最后逼得我不得不回瞪他。

"想打架吗？"他问。

我一脸困惑，礼貌地问他是否介意等我喝醉了再说。他可能只是在说笑而已，但脸上毫无笑意，也没有任何其他迹象表明他在开玩笑。雨果坐在远处,把这一切看在眼里。当我回到我们的座位时,他问我那男人说了什么。他对我的回答并不感到惊讶,还告诉我这个男人以喜欢弄断别人的胳膊出名,所以我最好别去招惹。

这让雨果想起了童年时的一个故事。一天早上,他从家里的窗户看到一个男人用刀在帐篷上划开了一个豁口,从里面冲出来。之后,另外两个男人追了出来,他们追着第一个人朝岸边跑去,身后的帐篷瞬间被火焰吞噬。原来,有人在帐篷里打架,撞翻了一个手提汽油炉。被追赶的男人抵达海边后扑进水里拼命地游起来。他的船停泊在四十五米外的码头。就在游泳者试图回到船上时,其他两个人掏出霰弹枪朝他射击。

第二天,警长出现在现场。肯定有人打电话给他了。法律的长臂迫使这三个人握手言和,并为烧毁的帐篷分摊账单。三人立刻同意了这些条款,这件事也就此告结。

梅达在安卡斯宴会餐厅的北极鳕钓鱼锦标赛上和我们碰头。梅达心理承受能力很强,并且一向喜欢节日的热闹气氛。但这个地方有些过于喧闹和野蛮,挤满了醉酒的人。这些人平日里很少喝酒,这让他们集体进入了一种狂野的"酒神状态",什么事情都做得出来。这对于梅达来说也难以承受,她很快就离开了。

雨果和我一直坐在我们的桌子旁,多少有些挑衅的意思,这个地方的气氛让我们也感到紧张。照现在的氛围来讲,很难分清这里到底是在举办钓鱼比赛还是喝酒比赛。平日里少言寡语的人们开始变得不管不顾,畅所欲言。除非你一开始就参与到这种改变过程之中,否则很难适应他们的风格。为此,我们接着喝了很多红酒。幸运的是,庆典在下午四点就结束了,没有人掉下码头,也没有人被赶进水里。

我和雨果在风雪里蜷缩着肩膀走回阿斯约德渔站,我记得雨果在路上说的最后一句话是:

"我永远不会在自己的渔站搞这种活动。过一百万年也不会!"

然而,五天之后要在阿斯约德渔站举行的正是同一个活动。雨果为此特意设计了渔箱酒吧。安卡斯宴会餐厅已经倒闭了。大家希望能在梅达和雨果这里举办锦标赛,这里的大小使它成为岛上举办锦标赛的最佳地点。梅达和雨果不能放过这次机会,他们已经为渔站投入了大量资金,迫切需要一些办法来盈利。渔站的修缮还需要很大一笔钱,还有银行贷款要付。也许现在承办如此大的节日派对还有些为时尚早,但他们已经下定决心要试一试。

三年前,每个来到斯卡洛瓦的人都觉得阿斯约德渔站非常碍眼,它好像一块污渍一样影响着整座岛的声誉。渔站的墙皮已经爆裂,码头看起来更糟,都垮塌腐烂了,看上去下一秒就要分崩离析,陷进海里。阿斯约德渔站仿佛一个信号,向全世界宣告斯卡洛瓦如同其他上千个挪威海岸的小渔村一样,即将破产。渔站并没有旧城堡那样破败的美感。相反,它提醒着我们一个令人不安的事实,"进步"的过程是残酷的,总是伴随着人口的衰减和大范围的衰败。那些留下来的人也没有退路,他们不得不承认失败只是时间问题。这里没有未来。好吧,这个描述也许并不完全正确。然而,这确实是这座地处斯卡洛瓦中心、巨大而古老的渔站正在腐朽的底柱所传达出的信息。

现在新的阿斯约德渔站将首次开放,这不仅对梅达和雨果以及渔站本身来说是一个值得纪念的日子,对整个斯卡洛瓦亦如此。阿斯约德渔站的目标是成为整个岛的社区和文化中心——换句话说,就是斯卡洛瓦的"客厅"。多年来,这个老渔站经手了数不清的北极鳕。作为死而复生的阿斯约德渔站的第一个活动,还有什么比庆祝北极鳕捕捞更适合?

庆典之前的几天异常忙碌。预计活动期间会有数百名访客,比斯卡洛瓦全体居民的数量还要多。人们会乘着大型充气艇、渔船,甚至坐着直升机从斯沃尔韦尔和卡柏尔沃格蜂拥而至，长途跋涉来参加锦标赛。附近的所有酒店都被订满了。大家的目的并非赢得比赛，而是享受整个环境：风景如画，水上泊着上百艘船只（如果天气允许的话），以及全套北极鳕晚宴。来自挪威各地的公司带着他们的员工和商业伙伴来参加比赛，以培养团队精神和热情。话虽如此，但那些庆祝派对（而且不仅仅是将要在阿斯约德渔站举行的这个）才是整个节日的重点。

几周以来，梅达和雨果基本上都在没日没夜地工作，处理所有的计划、订购、许可和成千上万需要落实的细节问题，其中包括额外电力申请、酒牌申请和当地消防部门的许可申请等。墙面需要粉刷，要建更多酒吧，装更多栏杆，房间需要清理和装饰。还要整理出一间厨房，用来为来宾供应鲸鱼肉和鱼汉堡。他们从岛上的每个人那里都借了东西，还有一些物料必须从斯沃尔韦尔运来。

雨果甚至还搞到了一个重达几吨的旧锅炉。一台起重机把它运到码头，然后它经过双开门、滚进了渔站里一块曾经专门用来挂鱼饵的区域。由于阿斯约德渔站没有供车辆行驶的道路，所以超过一定重量和尺寸的东西都必须靠船运输。阿斯约德家的"海金号"运来了一千五百一十二罐啤酒和一千升供应加热器的柴油，它们被放在货盘上，从甲板装卸到码头。

显然,斯卡洛瓦的每个人都希望庆祝活动能够顺利进行。梅达和雨果注意到岛上最有影响力的居民已经开始协助节日的准备,如果政府的官僚体系造成任何不必要的阻碍,他们会暗中出力。强壮的男人们拉着重物来到现场。因为雨果一向在斯卡洛瓦独来独往,所以现场的很多人我都从未见过。好像每个人都能凭天生的直觉意识到该做什么事。看着人们在阿斯约德渔站忙碌地为聚会做着准备,热切繁忙地在地板上穿梭,让我想起了迪士尼电影《灰姑娘》。

就连天气也无可挑剔,晴空万里,是非常适合钓北极鳕的干燥天气。大海蓝白交错,如同啤酒广告里一样。当受雇的乐队从博德乘船在周五下午抵达时,一切都已经差不多准备就绪。

27

上午十点,已经有人开始陆续进入会场。他们中的一些人可能四十年没有进过阿斯约德渔站了,对渔站的变化感到十分好奇。一整天,宾客陆续不断地到来。几艘经过修复的旧渔船停泊在修缮一新的码头上,渔船上的退休渔民们容光焕发,桅杆和索具上晾晒着捕捞来的北极鳕。

一些客人在近年来的派对上吵闹出了名;有的男人又高又壮,品脱玻璃杯在他们手里就像小水杯一样。大多数人喝酒喝得很凶;一些人已经连着喝了几天。不过目前似乎还没有要打架的迹象。气氛很友好,甚至称得上相敬如宾。许多要久留的客人都来自当地,也就是韦斯特峡湾两侧。雨果认出了一位五十年未见的朋友,他们上一次见面是在一个暑假,雨果正在韦斯特龙群岛的弗莱内斯探望他的曾祖母。雨果告诉我,即便天气很热的时候,那男孩也会在短裤底下穿一条棕色的秋裤。他还有一只宠物乌鸦。当他们终于站到彼此身边时,雨果转向他说道:"你认识一个以前养乌鸦做宠物的男孩吗?"

男人吃了一惊,他几乎已经忘了有这么一回事了。

码头上,我偶然和一个从哈马略自治区来的渔民聊了起来。他主要捕捞比目鱼,他告诉我格陵兰睡鲨会咬渔网,把里面的比目鱼撕成碎片。这让人十分沮丧。如果雨果和我的运气不佳,我们可以试着和他一起,因为他在的地方准保会有格陵兰睡鲨。我记下了他的名字,但还是告诉他说这件事得以我们自己的法子来。

现场觥筹交错,烈酒供不应求,仿佛"盛酒日"一般。我们不得不从斯沃尔韦尔运更多酒来。整个下午大家听到最多的一句话就是"酒正在渡轮上"。当渡轮终于驶进海湾,许多双炯炯有神的眼睛都追随着它朝阿斯约德渔站前进。一个戴着船长帽的男人点了五十五杯白兰地纯饮,脸上露出不屑的笑容。他和他的船员们不慌不忙地把每一杯都喝得干干净净,之后出门返回他们的船上。此时,潮水退却,他们不得不从码头上爬下去。那些家伙已经做了太多次同样的事情,熟练到几乎不需要意识。

他们离开的时候,一艘二十米长的维京海盗船驶入海湾,停靠在阿斯约德码头。船是按照传统风格新建的,对称船体的两端各有一个龙头。

同去年相比,人群中弥漫着一种更温和、更积极的情绪。和以往一样,情绪是自发蔓延的,不同的是,当下的情绪正呈积极的上升趋势。

整晚,罗弗敦海上方的天空星辰闪烁,明亮清澈。派对就快结束了,我沿着码头散步。几片晶莹的雪花缓缓飘落在深色的屋顶上、码头上和斯卡洛瓦礁石嶙峋的海岸线上。从老盐厂传来的蓝调音乐飘进渔站的每一个角落，低音吉他的鼓点上升到阁楼又下沉到码头下的底柱。声音在海湾的水面上盘旋，潮水涌动着，一刻不停地汇入韦斯特峡湾。

晚上的斯卡洛瓦通常是寂静无声的。除了风和艾灵森厂房外常年开着的制冷设备和风扇外，很少有声响。海鸥偶尔出声，因为它们几乎不需要靠打架来争夺食物。现在，屋里的音乐和笑声与窗外空气般轻盈的雪花融为一体，正悠悠地飘进海里融化。海底，成群的北极鳕正在游动，等待着产卵。

阿斯约德渔站的窗户透出淡淡的光亮，船桅上的灯笼在建筑物白色的墙上投下了柔和的光晕。这是不是史上第一个实现了人工供暖的鱼干仓库？在数十年的冷落和衰败之后，重获新生的渔站散发着一种新的能量，正如新年伊始，旧年已成往事。我将阿斯约德渔站想象成一个巨大的无形的钟表，它在数十年前停摆，今夜，它再次发出嘀嗒的声响。

28

庆典结束，我们花了两天时间将渔站打扫完毕，之后就能专注于捕捉格陵兰睡鲨的计划了。小船现在的状态比之前好了不少，船体里结的冰已经融化，也被重新充满了气。然而，清晨，一股大风卷着冰碴从东边吹来，韦斯特峡湾一下子银装素裹。我们的出海计划泡汤了。一阵持续的大风使雪水在空中凝成尖锐的冰晶，在冬日低垂的太阳下闪着光。

我们的鱼钩曾经钩住过格陵兰睡鲨，有了第一次就会有第二次。但显然不是这一次。一直到我不得不返回南方的时候天气都没有转好。在我这次于斯卡洛瓦逗留的期间，我们的鱼钩连海都没碰到过。但北极鳕在寒风中摇摆，这同样十分令人心满意足，甚至谈得上是美妙的风景。

春

SPRING

29

春天到了,我心中的罗盘再次指向北方。正如挪威作者罗尔夫·雅各布森在他那首常被引用的诗里写到的:"国土如此延长/大半向着北方。"然而,当你抵达北方时,却发现挪威的大部分实际上是在南方。

四个方位中,北方是最常被传说笼罩的一个。直到最近,极北地区还仍是地平线之上那遥不可及的地方。人们对这里的想象天马行空。关于北方的神话故事始于著名的早期希腊天文和地理学家马萨利亚的皮西亚斯[131]。公元前四世纪,皮西亚斯从地中海航行到现在的英格兰。他沿着不列颠群岛向北游历到苏格兰北端。在那里他继续向北航行了六天,来到了一片无人知晓的地方——那里的冬季整日黑暗,而夏天日头全天照耀。当地居民十分友善,遵循着特别的风俗习惯。常常有雾,海面结冰。皮西亚斯给这里起名为图勒岛。

皮西亚斯所写的文字都已经遗失。他的札记只是片段性地在别人的作品中被引用。然而两千年了，人们还在谈论他的历险。他拜访的地方到底在哪里？是奥克尼群岛吗？或者是设得兰群岛？波罗的海？冰岛？挪威？也许是格陵兰岛？

在希腊地理学家斯特拉博看来，整个游记都是骗人的，皮西亚斯也不过是个招摇撞骗之徒。人人都知道不列颠群岛是世界最北端的人类居住区，只有爱尔兰更加蛮荒。那里的男人们和自己的姐妹同床，还会在长大之后吃掉父母。因此，皮西亚斯所说的神秘图勒岛无非是天方夜谭。

然而，关于图勒岛的神话在几百年间变得越来越神奇。罗马诗人维吉尔曾经用过"终极图勒"这个名字，意思是最远最远的图勒岛。那里是地处遥远北方的阴暗世界，是走进黑夜里的陆地。

著名的挪威探险家、科学家和外交官弗里乔夫·南森丝毫不怀疑皮西亚斯的游记。只有一个地方，或者说地区，符合皮西亚斯所描绘的所有细节。它不是设得兰岛，也不是冰岛，而无疑是挪威北部。好吧，也许并不是一五一十全部符合，比如皮西亚斯所提到的冰封的"北冰洋"。但话说回来，两千四百年前的北大西洋可能比现在要冷得多。南森还提到，当皮西亚斯沿着海尔格兰甚至更北的海洋沿岸游历时，这位希腊人可能从当地的挪威人口中听到了关于北冰洋的事。皮西亚斯可能在那里看到了午夜太阳。也许图勒岛指的是韦岛，当我和雨果在斯卡洛瓦灯塔附近占据位置时，我们可以远远瞥见它在海的那头。

南森还写了关于希柏里尔人的文章。根据希腊神话，这些人生活在比北风还要靠北的地方，靠近海洋的最北端，星星在那里休憩，月亮那么近，近到可以看清月球表面的所有纹理。希柏里尔人时而会邀请太阳神阿波罗来参加晚宴和舞会。有人称那片土地上有一座巨大的神庙，它的形状仿佛一个飘浮在半空中的球体，被风擎着。希柏里尔人热爱音乐，他们每天的大多数时间在弹奏长笛和七弦琴。他们对战争或不公正一无所知，不会变老也不会生病。换句话说，他们是长生不老之族。假如厌倦了生活，他们会用鲜花装饰起头发，纵身跃下悬崖。

图勒岛、希柏里尔人和其他北方神话中的北部并不荒凉，而是美丽、纯洁又宁静的，充满了对美好事物的渴望。未知的北方代表了某种避风港或避难所，某些我们无法侵占的、处子般纯粹的东西。

图勒岛不再是超越这个世间所有的另类之所，但它仍旧是我们心中渴求的地方。

五月中旬，我再次乘坐从博德前往斯卡洛瓦的双体船。洋流和冬季风暴从海底卷起富含矿物质的冷水。太阳给了大海新的生命,海洋植物与浮游生物大量涌现。

斯卡洛瓦之外,海水是一片泛着乳白的浅绿色。许多海洋因其独特的颜色而得名。红海的名字八成来自红藻;白海每年的大多数时间都被冰覆盖;风暴将沙粒从戈壁沙滩刮到海上,黄海因此得名。没人说得清黑海是如何得名的,但其命名的年代可以追溯到罗马时代。一种可能是,黑海之所以比其他海域看上去更黑,是因为其中含有更丰富的淡水。

最近,由于水里的有机物大量吸收光,海水被过度施肥。波罗的海、北海和挪威峡湾的大多数海域都变暗了。温度升高持续加剧。如果水的颜色变得太暗,许多生态系统将被破坏或毁灭,但水母倒是将茁壮成长。[132]

海洋到底是什么颜色的?多年间,一些好争论的人试图质疑大多数人,尤其是艺术家们普遍认同的观点,即海洋是蓝色的。他们别别扭扭地承认,有时候,至少在阳光明媚的时候,海水从远处看来确实是蓝色的。清晨,海洋通常是一片珠灰色。傍晚,风平浪静,海水反射着血红的夕阳。其他时候,海洋的颜色随着海水的深度、海底的状况、含盐量、藻类生长、海水污染、大河淤泥和天空光线的变化而变化。这些条件的不同结合方式赋予海水不同的色调。以前,北冰洋一带的船长知道来自南方的洋流会带来蓝色的海水,至少比通常情况下是绿色的北冰洋要蓝。

眼下，今年第一期开花的石藻使韦斯特峡湾一片碧绿。石藻是一种鞭毛形的单细胞浮游生物，靠鞭状尾巴或鞭毛的推动行进，会形成白垩。每一滴水中都含有数以千计的石藻。在显微镜下，石藻的身体像是圆形鹅卵石，带有花丝的图案和结构。通常，这种类型的藻类要到年底才会如此丰富，我们周围的海洋正在发生变化。

正如大多数旱地动物以草类和其他植物为食，海洋中的大多数生物依靠浮游生物生存。浮游生物和陆地植物功能相同，即通过光合作用吸收大量碳并产生氧气。有一种特殊类型的蓝绿藻，数量丰富，光合作用效率极高。据科学家们估算，仅这种生物单独就能生产地球所需氧气的百分之二十。直到二十世纪九十年代，科学家们才发现它的存在。浮游生物在使地球变得更加宜居方面发挥了重要作用。这些肉眼不可见的、大多数人几乎毫不了解的生物，为我们做出了不可估量的贡献。

浮游生物的样子千奇百怪。如果你看一下电子显微镜拍摄的照片，你会几乎不能相信自己的眼睛。浮游生物看起来像雪晶、月球登陆器、管风琴、埃菲尔铁塔、自由女神像、通信卫星、烟花、万花筒图像、牙刷、空杂货篮、打开的华夫饼铛、摇晃着冰块的红酒杯、装饰着豹纹的香槟酒杯、希腊瓮、伊特鲁里亚雕塑、自行车架、长柄着陆网、化油器、羽毛、花朵、里面有一个苹果的泥球、手机蓝牙、迪斯科灯球、融化的透明教堂钟、飞毯、狮子牙、渔网、高帽、吸尘器、精子、大脑和钢笔。浮游生物可以呈现出这个世界上几乎所有东西的形状,还有很多新奇的样子,能让人想象出另外一个世界。一桶清澈干净的盐水里可能生存着数以百万计的微生物,包括大量表面覆盖着石藻的鞭毛虫。

十亿年前,领鞭毛虫形成了菌落,而且可能是首个多细胞生物的原型。[133]如果真是如此,它们就是今天存世的所有生物的共同祖先。理论上,我们的祖先们必须成功地在一个连续的链条中繁衍后代,自从生命体在海洋中出现以来,这个链条延续了数十亿年。这听上去或许有些难以置信,但事实确实如此。只是我们通常不会从这个角度来看问题。又何必如此呢?

进化是盲目的,在时光中如长河流过,它对消失在途中的失败者毫不关心。

海洋有很多种颜色。但是,海洋的声音又是怎样的呢?是汩汩涌上海滩的波涛?还是拍打着饱经风霜的岸边悬崖和礁石的海浪?是的,这都是在陆地上听到的海的声音。在水下,情况就完全不同了。那里的海有一种独特的声响,是海洋自身发出的深沉低吟，仿佛发情中的贝希摩斯的呻吟。

几十年来，这种声响受到了世界各地的广泛讨论，但只有一少部分人能听到它。人们把它描述成从远处听到的机动车声，一种颤动着的低频声调。有些人，甚至是那些明智的威尔士人，也曾经认为这声音会导致流鼻血、头痛和失眠。很多人试图解释这一现象，将其理论化，认为可能原因包括电线杆、电缆、潜艇及通信设备的干扰、听者的耳鸣、鱼类的交配，甚至不明飞行物等。太多头脑清醒的人坚持自己确实听到了这种声响，这使专家们对其进行了严肃的研究。现在，法国国家科学研究中心的科学家们认为他们已经找到了答案。[134] 海底神秘声响的来源是长距离的海水涌动在海床上造成的微观活动。在特定条件下，长距离且水量大的海浪会使海床颤动，震动造成低频声浪，有些人能够清楚地听到它们。

同往常一样，渡轮从博德抵达斯卡洛瓦时已是深夜。但是，经历了黑暗的冬季之后，光亮已经强势复出，在接下来的两个月里，阿斯约德渔站头顶的太阳几乎不会落下。我们发现，对于两个乘着小艇捕捉格陵兰睡鲨的男人而言，秋季和冬季是问题季节。现在已经是我们的第四个捕鱼季，我们决心要取得成功。

一如往常，雨果充分利用了空闲时间。他完成了很多红房子的修缮，在主建筑里装了两间浴室，以便将来在那里举行活动。他和梅达还从斯泰根带来了两匹设得兰小马，露娜和威斯勒格罗帕。现在，两匹马正在哈特维卡方向几百米的绿色山谷里吃草。雨果计划清理渔站后面的鳕鱼肝油厂用地，那里堆满了旧橡木桶。雨果想把它改造成冬天时用的马厩。我一直想知道他为什么还一直留着这些小马，尤其孩子们已经离开了家。但雨果和梅达并不这样想。如果我问他们，他们会觉得这问题很没来由。

雨果出门去看了伊姆斯岛上被冲上岸的长须鲸。他把两条鲸须扔在桌上。鲸须很轻，看上去仿佛由薄薄的玻璃纤维制成。这些长而硬的毛发分布在鲸鱼嘴的顶部和内部，能够过滤海水的同时捕捉磷虾和浮游生物。但对于雨果，鲸须不过是零碎物件，他想要的是鲸鱼的头骨。他还没想好该如何成事，但觉得自己需要一艘货轮。

在楼上，雨果向我展示了几件最近正在画的作品。这些作品都是用铅笔在无酸纸板上绘制的，纸板由来自印度的再生棉纸拼贴而成。这种纸张质感鲜明，能够表现出灰与黑之间细微的差别。这些画里能看出一些可识别的物体，比如齐柏林飞艇，它们看起来像漂浮的鲸鱼。另一件作品里，一条状似格陵兰睡鲨的生物在水里转过头。

雨果还在画一幅以斯泰根石柱，或称立石，为主题的作品。这块石头曾是挪威北部最高的石柱，它已经在英格雷雅距离梅达和雨果家几公里的地方伫立了一千五百年。直到一天，政府的修边机突然出现，把石柱推倒，打碎了它的石基。显然，这是不可挽救的损失，但雨果却觉得它还有救。

晚饭是小份的炸大比目鱼，鱼是雨果在斯泰根用一根竿子捕到的。吃饭时，他向我展示了一个技术创新的奇迹。梅达刚刚送给他一根深海钓鱼竿和一个带齿轮的强力日本渔线轮。我们这次会上手试用。我带来了一件附腰带和背带的背心，这是百慕大地区的深海渔民钓旗鱼和剑鱼时的经典装备。

我们之前用的渔线长四百米，很重，需要用手小心卷起来才能放进深桶里。现在，我们将尝试用一根厚度比缝纫线粗不了多少的渔线去拉起一条重达九百多公斤的格陵兰睡鲨。这是一项新技术，据说依照的原理和蜘蛛网类似。这也许听上去并不很让人放心。但相信我，没问题。

30

第二天一早，破晓时分，一片厚厚的灰雾降落在地表和海面。阿斯约德渔站被完全的寂静包围。大雾将天地静音，但是，与此同时，任何细微响动都变得更加清晰。我们的听觉变得和嗅觉一般敏锐。

雾气下的大海仿佛瘫痪了一般，它不仅吸收了声音，也吸纳了沉默。我听到了曾经从未留意过的风扇或发动机发出的声响，这声响来自海湾的另一侧。

三小时后，雾气消散。雨层云飘荡在低低的淡灰色天空中，折射出病怏怏的黄色。阳光很快就会破开云层，我们准备好工具，穿越平静的海面，驶过斯卡洛瓦灯塔和弗雷萨河。这次我们准备的鱼饵是实实在在的珍馐。自苏格兰高地牛以后，我们一直没有什么高质量的诱饵。冬天收集的那桶北极鳕鱼肝已经准备就绪，几升的纯鱼油凝结在顶部，这些油将被雨果用来做涂料。在桶底积聚的是被叫作下脚鱼肝油的油亮发臭的棕色凝状物。下脚鱼肝油几乎是百分百的脂肪，包括雨果的祖父在内的老渔民们就是使用它们做诱饵来捕捉格陵兰睡鲨的。这种东西气味恶劣，比苏格兰高地牛的尸臭更加复杂，后者只有纯粹的死亡气味。我们将下脚鱼肝油装进颜料桶。它的味道将成为海底的塞壬之歌。

我们再次以陆地上的固定点为参照进行了三角定位。还带了一个GPS设备，它有很多项设置，我和雨果都没有完全的信心驾驭它。随后，我把颜料桶投进水里。我们在桶盖上打了很多洞，只用一条绳子固定桶身，这样里面的东西便能够更快地渗到海床上，到达正在等待的格陵兰睡鲨那里。

人类能想象鲨鱼的世界吗？想象被海水和黑暗包裹的感觉？鲨鱼不会注意到这些，因为这是它所知道的全部。就像我们不会意识到周围的空气一样，我们将其视为理所应当的存在。寒冷昏暗的深海就是鲨鱼的世界。它在那里四处游动，缓慢而无声，仿佛一架由肌肉组成的机器。它的脂肪、血液和肝脏中含有剧毒。它无神的盲眼里挂满寄生虫，长长的幼虫穿过它的眼球。鲨鱼只想着维持生命并继续生存下去。它不大可能感觉到任何欢喜或悲伤，甚至没有痛感。每次鲨鱼吞食一只海豹或将自己的鼻子埋进鲸鱼的腐肉中时，它必定会记下这种自发的满足感，知道它的生命又可以稳定地持续一个月左右。这就是鲨鱼在这个世界上的目标，这就是它生存的使命：坚持存活到下一次进食。除了雌性鲨鱼卵子受精的时候之外（那是一个谈不上愉悦和温存的过程），鲨鱼能接触到的活物只有之后会成为其腹中食物的猎物。它们的后代很快就长出巨齿，还在子宫里时就已经成为同类相食的捕食者，最强壮的幼崽会吞噬掉自己的兄弟姐妹，然后独自来到这个世界上。

格陵兰睡鲨幼崽刚出生时能够看到几十米之上的浅灰色亮光，虽然它们并不怎么注意这些光。然后它们开始在一片漆黑与寂静中觅食，孤独又寒冷。它不去问自己存在的原因。所有生命都与生俱来拥有生存的本能，没有动物会自杀，不管它们赖以生存的地狱般的环境是多么凄凉。

所以，人类试图去理解鲨鱼的尝试是没有意义的。格陵兰睡鲨的世界对于我们来说看似黯淡和绝望，但也许它们能感受到某种全然不同的乐曲冲过它的血管。数千万年来，格陵兰睡鲨凭借其轻盈的体态，在一个已经没有天敌、自己完全适应了的世界里畅游无阻。

不，我们不可能完整地想象出鲨鱼的世界。

你知道该怎么做。我们已经抛出饵料，但真正的垂钓直到第二天才会开始。

雨果关掉马达，我们随波漂流，时而聊聊天，时而静静地坐着。我们两个人在一起时，沉默从来不是一种负担，也许这也不失为一种对于友情的美好定义。

仅仅过了半小时,我们就漂出了很远,以至于我以为已经能看到罗弗敦群岛的尽头了。过了罗弗敦角就是莫斯可旋涡,单是这个现象的名字就使海员们闻风丧胆数千年。几千年来,这个地方被视为海洋的肚脐、世界的深井、无底的食道。这里在北欧神话里被称作"金伦加鸿沟",海洋在这里吸进海水,再将其作为巨大的河流喷出。也许在流经地球的地下通道后,海水会从世界的其他地方喷出。地球是否因为需要营养才吸取海水?几个世纪以前,世界上最聪明的人就是这样认为的。潮汐有可能就是如此形成的吗?海水通过莫斯可旋涡进出地球的核心,来自四面八方的风在这里混作一团,又或者潮涌可以强大到吹熄所有风?

奥劳斯·马格努斯把莫斯可旋涡叫作"可怕的卡律布狄斯",[135]它可以吸进所有靠近它的东西,捣碎并吞掉船只、人类和动物。挪威神父和历史学家尤纳斯·拉斯穆斯(1649—1718)是土生土长的莫勒人,他认为奥德修斯曾亲自到过罗弗敦并遇到了大旋涡。拉斯穆斯记录了悬崖之间能听到的最可怕的雷鸣般的瀑布声;旋涡巨大而有力,能把任何船只拖向深渊。[136]一五九一年,出生在丹麦的法警埃里克·汉森·舒内伯格将大旋涡描绘得极其动荡和喧闹,"连大地和土壤都在颤抖,房屋也摇摇晃晃"。在一张一六八三年绘制于汉堡的地图上,莫斯可旋涡被描绘成一个延伸数百海里的灾祸地区。作家埃德加·爱伦·坡在一八四一年出版的《莫斯可旋涡沉溺记》中写得更加夸张。这个故事讲述了一艘满载当地渔民的渔船被卷进旋涡,旋涡发出的声音比尼亚加拉大瀑布还响亮,山脉也跟着颤动。[137] 甚至连尼摩船长的潜艇,那个被称为"鹦鹉螺号"的技术奇迹,也无法抗衡"没有船只能够逃脱的涡流"。翻腾的涡流能将"不仅仅船只,还有鲸鱼,甚至北极熊"拖向在劫难逃的死亡。[138]

31

自从我和雨果上次见面以来,我一直与世界上最重要的格陵兰睡鲨研究者之一保持着联络。这个头衔并不太能说明问题,因为几乎没人能做到真正名副其实。他的名字叫克里斯蒂安·林德森,在挪威极地研究所工作。他研究过格陵兰睡鲨的生命周期和生物学方面的各种特性。雨果对我学到的东西很感兴趣，所以我把自己能记住的一切都告诉了他，就像一位尽职尽责的外交官在探访了动荡的偏远地区之后发表报告。

林德森和其他科学家们一起在斯匹茨卑尔根岛西海岸进行实地考察。在与经验丰富的捕鲨者交谈之后，他们从研究船"兰斯号"上放下带有二十八个鲨鱼钩的渔线。他们使用的是尼龙制成的普通比目鱼渔线，用钢线做引线，并把髯海豹的脂肪装在鱼钩上做诱饵。这条线顺着斜坡降到三百米左右的深度。

在他们的首次尝试中，每三个钩子能钩住一条格陵兰睡鲨。很快他们就捕获了四十五只鲨鱼。他们想要研究饮食、遗传和环境污染对格陵兰睡鲨的影响，这个数目对达成这个目的来说绰绰有余。一些被拉上来的鲨鱼只有头部还在，这是因为当它们挂在渔线上毫无反击能力时，其他同类会吃掉它们的身体。在那些捕捞上来的完整的鲨鱼胃中，科学家们发现了环斑海豹、髯海豹、冠海豹以及小须鲸的遗骸，还有鳕鱼、狼鱼、黑线鳕和其他鱼类。格陵兰睡鲨整只吞下了重达三点六公斤以上的鳕鱼，以及重量是鳕鱼两倍的狼鱼。

格陵兰睡鲨是不可能杀死鲸鱼的，但林德森找到了鲨鱼胃里小须鲸鲸脂的来源。科学家们获取了一艘挪威渔船所捕获的小须鲸的全遗传样本。市场没有对鲸脂的需求，于是它们被抛下了船。猜猜是谁在海底大快朵颐？

那么格陵兰睡鲨是如何捕获海豹的呢？林德森和他的同事发现了这个雨果已经知道了的答案。鲨鱼胃里的海豹肉不全是腐肉，因为落入鱼腹的海豹数量很大，它们一定是被活捉的。但是怎么捉的呢？科学家们将传感器固定在一些鲨鱼身上，然后将其放生。测量结果显示，鲨鱼实际上比海豹和其他鱼类游得都慢，也没有任何迹象表明它们有能力靠短而快的冲刺前进。因此，它们不可能只通过传统的捕食技巧来捕获游得更快的物种。答案在于环斑海豹、港海豹、髯海豹和冠海豹都是高度进化的哺乳动物。这给了它们许多优势，但也有一个主要的劣势：它们同我们一样，会进入深度睡眠，睡觉时它们闭着眼睛，大脑的两个半球都停止运转（所谓的双边对称睡眠）。[139] 海豹躺在海床上做梦——也许梦到鱼群、交配和玩耍，也许梦到家人，也许……若能知道海豹到底梦到了什么一定很有趣。

那些睡在冰面或水面上的海豹会陷入深沉的快速眼动睡眠状态，这时候，就算将摩托艇驶到它们近前，它们也不会被惊醒。在冰面上，北极熊的威胁一刻不停歇。也许海豹在海床上感觉更安全，在那里它们不会陷入深眠，睡眠时间也更短。但即使在那里它们也并不安全。一个黑色的、雪茄形的阴影正沿着海床缓慢而无声地滑动着寻找食物。它们耐心而从容地搜寻，壶腹像一种能够探测生命的电磁雷达。正在睡觉的海豹肯定是能够轻取的猎物。

格陵兰睡鲨不紧不慢地用双排锯齿状牙齿开始攻击。当海豹突然惊醒时，它已经被锁定在了鲨鱼的下颚中，马上就要被啃死。也许，海豹因震惊和恐惧而动弹不得，它被从梦境中拉扯出来，进入生命中最后的短暂梦魇。这让我想起了德国电影导演沃纳·赫尔佐格曾写过的一句话："海洋中的生活一定是纯粹的地狱。一个无垠又无情的地狱，时时刻刻充满急迫的危险。这个地狱迫使在进化过程中，包括人类在内的物种爬上岸，逃离到坚固的土地上，在那里，'黑暗的教训'继续存在。"[140]

"老天！"雨果说，并补充说一定是非常抑郁的人才会这样想象海洋。

"但格陵兰睡鲨是怎么捉鱼的？"我反问道。

通过在鲨鱼身上安装先进的信号发射器，林德森和他的同事们了解了很多关于格陵兰睡鲨平时是如何游动的信息。他们在斯匹茨卑尔根群岛西部地区为鲨鱼安装发射器，通过编程设定，发射器最多可在两百天后脱落。之后，这些鲨鱼有的出现在格陵兰岛附近，有的出现在巴伦支海南部的俄罗斯海域。还有许多消失无踪了，可能的原因是发射器从鲨鱼背上脱落时，鲨鱼正在冰下。有一头鲨鱼在五十九天里巡游了九百六十五公里——考虑到格陵兰睡鲨缓慢的游动速度，这是一个惊人的距离。它们大部分时间停留在较浅的水域中，深度在四十五米到两百米之间。但是，有一只鲨鱼游到了仪器所能探测的最深距离，即一千五百六十米。它可能潜得更深。林德森和其他科学家还发现，一些鲨鱼会通过白令海峡，在大西洋和太平洋之间穿梭。

无论如何，对格陵兰睡鲨的肝脏和脂肪的化验结果证明，生态循环中，最恶劣、最顽强的环境毒素会在北部地区积聚，一直扩散至北极，并最终进入包括格陵兰睡鲨在内的极地动物体内。一些毒素会导致生物的性别发生变异；另外的一些可能会影响生物的生殖功能，或引发癌症及其他疾病。死去的北极熊被认为是有毒废物，而格陵兰睡鲨承载的毒素含量比北极熊还要高。

就像之前那么多次一样，我们乘坐橡皮艇穿越韦斯特峡湾，漂浮在看不见的海底森林、山谷、山脉、峭壁、沙漠和平原之上。这是晴朗宁静的一天，海上微小的涟漪像鱼鳞一样闪闪发光。在水上漂浮的大多数时候，我们无人作陪，偶尔会看到一条现代化的小型塑料船在此地捕鱼。如果天清气朗，还能看到驾驶室亮着灯的货轮无声地穿行于韦斯特峡湾内外,沿着距离我们十公里的航线前往纳尔维克区。我们从来没遇到过游艇,但现在,一艘刚性充气艇正径直向我们驶来。它正滑行着靠近,仿佛瞄准了一样。雨果和我交换了眼神。这情境让我们想起经过英格雷雅岛和斯泰根之间的弗莱格小岛时发生的意外。

那是一个晴好的夏夜,静海无澜,午夜阳光明媚。我们没有在水面上看到任何其他船只,所以雨果驾着塑料小船,全速前往选好的钓鱼点。我坐在船头,在船滑行的时候阻挡了雨果的视线。但除了光滑的水面外,没有什么可看的,开始行程之前,我们特别确认了这一点。我面朝雨果坐着,背对着前进的方向。十分钟左右后,我看到雨果的脸突然扭曲,猛地把整个身子转了九十度并猛拉舷外马达的舵柄。船陡然转向,重力将我拉向右舷。我险些没有抓稳,一切都仿佛成了慢动作,百分之一秒后我发现自己正盯着两个男人惊慌的面孔。他们近得可以同我握手。当我们这两艘小船擦肩而过时,那两个人都站了起来,如果此时海浪袭击他们的船侧,他们会有落水的危险。

这两人出海的原因和我们一样。表面上是为了钓鱼,实则只是想在海上度过这美妙的夏夜。之前的十分钟里,他们看着我们越来越近,肯定焦虑地交换过眼神,问对方我们什么时候改变航向。也许他们还彼此保证我们一定看见他们了。另一种可能性真是不堪设想。

如果我们的塑料小船在视野开阔且无风无浪的峡湾当中撞上了他们的塑料小船,这将是几十年来这一带海岸发生的最愚蠢的事故。四个人都会丧命,调查人员将不得不怀疑我们是不是刻意袭击另一艘船。

自嘲地大笑了一番后,我问雨果:"两艘船这样偶然相撞的概率有多大?零,对吧?"

"你完全弄反了,"他回答说,"航道狭窄,两侧都是浅滩,而他们位于航道中间。由于我们没有及时发现他们,撞船的可能性不容忽视,简直天一样高。"

我们继续行驶了不过几米远后,雨果突然看到那两个男人在我们前方惊慌地跑来跑去,像那些疯狂的木偶戏里演的一样。然后他们停了下来,其中一人试图启动舷外发动机。

第二天,我们在斯泰加海姆的一场音乐会上又遇到了这两个人。其中一个走到雨果身边,看起来很生气,问他我们当时到底在干什么。他们都准备好跳水了,而且都没有穿救生衣。"我们穿了。"雨果告诉他,并且冷冷地补充说,法律要求每个人在海上都要穿救生衣。

眼下,那艘距离斯卡洛瓦不远、正以极快的速度接近我们的刚性充气艇及时地转向,继续沿岛驶远了。

强大的洋流一如既往地带着我们漂远。雨果启动马达，开往陆地，准备捉一些鱼做晚餐。路上，雨果教了我一些新词。他指向岸边，海角朝我们的方向伸出，延伸到水下，一直深入大海。雨果说这种类型的海角在挪威语里被称作暗礁（snag）。现在，许多渔民仍然掌握着丰富的词汇来描述各种海床的情况，以及月亮周围光晕的细微差别。

岸上的风景自然而然地在水下延续。如果我们排干海水，会看得更加明显。但是我们该把海水排到哪里去呢？我碰巧想起了古希腊的一个故事。如果我没记错的话，一位老国王下了注，如果他输了，就必须清空海里所有的水。过了一阵子，赌注的赢家来询问国王打算何时清海。国王回答说，他一直在等待幸运的赢家先阻止水从所有的河流大川汇入大海，因为他的惩罚里并不包括这一项特殊的任务。

暗礁两侧有很多鱼，我们几分钟内就捉到了两条海带鳕鱼做晚餐。和北极鳕一样，海带鳕鱼属于鳕鱼科，但它们储备稳定。海带鳕鱼呈深红色，在红色、黄色和棕色交织的海藻森林中很难被捕食者发现。

在今天这样的天气里，韦斯特峡湾看起来仿佛纯净的天堂。然而，事实远非如此。即使开阔水域的强大洋流使周围很少有废物遗留，但我们确实看到了一些废弃塑料品漂浮在海面上。它们也许来自当地社区，也许来自其他遥远的海岸。世界海洋是一个相互联结的系统。

二十年前,一艘从中国前往美国的集装箱船遇到了太平洋的冬季风暴。一些集装箱松动破裂,落入海中。从那时到现在,洋流已经把两万八千八百个塑料浴缸玩具——蓝色海龟、绿色青蛙和黄色鸭子带到了世界各地。一位作家追踪了世界各地的黄色塑料鸭,直至回到它们在中国的制造厂。他把他的书命名为《白鸭记》。[141]

像所有其他种类的塑料制品一样,这些鸭子不会下沉,至少直到它们溶解成微观粒子之前都不会。塑料及其所含的许多毒素数千年都不会降解。这些塑料纤维和毒素有时来自洗涤合成纤维织物的洗衣机冲洗用水。由于洋流的作用,在海洋的特定位置会形成巨大的塑料岛,它们在海上以螺旋形旋转。据报道,太平洋上有一个类似旋涡的塑料岛,它的面积有得克萨斯州的一半。另一个正在巴伦支海北部堆积。在那里,连螃蟹的肚子里都有塑料。当塑料分解成微粒时,要么被浮游生物摄取,要么下沉到海底,被生活在底层的动物吃掉。

所以这可不是一个关于小黄鸭在海洋大浴缸里漂来漂去的可爱故事。科学家检查挪威海鸟时发现,十分之九的海鸟胃里有塑料。这些塑料无法被消化,同时使海鸟无法吸收其他营养物质。因为塑料垃圾,每年有超过一百万只海鸟和十几万只海洋哺乳动物死亡。

鳕鱼在水中游动时嘴巴会保持张开,因此也可能吃很多塑料进肚。在地中海地区,年幼的抹香鲸会被冲上岸,它们的死因一直是个谜。但当人们解剖其中一只时,在它的胃里发现了将近十七公斤不可降解的塑料。其最可能的死因是来自西班牙南部众多温室的大片重型塑料。[142]

在挪威,我们也给海洋造成了严重伤害。政府允许渔场在峡湾里尽情排放有毒物质。拖网渔船拖着钢制疏浚船搜刮海底,留下一片荒漠。直到最近,人们还一直认为珊瑚礁只存在于热带地区的浅层水域。然而,挪威海岸附近就有无数冷水礁。

在距离罗弗敦海岸有一定距离的勒斯特自治区附近,人们发现了迄今为止世界上最大的深海珊瑚礁。它将近四十公里长,三点二公里宽,位于超过三百米深的崎岖地带,靠近艾格大陆架外沿。格陵兰睡鲨是迄今已知的最长寿的脊椎动物,但地球上还没有哪种大型有机体能活得比珊瑚更长。勒斯特附近的珊瑚礁(Lophelia 属)可能已经八千五百岁了——比一个世纪前人们认定的地球的年龄还大得多。渔民们向来都知道珊瑚礁里充满生机。大量鱼类和海底生物在珊瑚森林中找到了食物和庇护,比如泡泡糖珊瑚(学名 Paragorgia arborea），有着或红或粉的枝条，可以长到五米高。但拖网渔船沿着海底拖动着钢制疏浚船，能在几秒钟内将珊瑚摧毁。渔民用全拖网从珊瑚礁中进行打捞，但这种方法只能在一个地方使用一次。

毫不夸张地讲，这些色彩斑斓的产卵地就像陶瓷一样脆弱。珊瑚礁破碎以后需要几千年的时间才能恢复到同样的大小。很难想象还有什么比破坏珊瑚更短视的行为了，这样做就像是为了收获果实而把果园里的树都砍掉一样。

确实，今天挪威附近的一些大型珊瑚礁群已经被划为保护区。但尚有很多珊瑚生长的地区没有被发现，在挪威海岸和巴伦支海附近还经常能发现新的深海珊瑚礁。被发现时，它们通常已经被拖网渔船严重损毁，珊瑚森林的破碎尸骨四处散落。石油公司已经获得并将持续拥有在挪威受保护的珊瑚礁附近钻探石油的许可授权。

机器继续运转着。许多地方正在进行巨藻的拖曳捕捞，也在斯卡洛瓦附近。虽然有科学家的建议和沿海渔民的抗议，此类操作仍在持续发生。小鱼在巨藻丛中产卵，大量其他物种，包括我们刚刚捕获的那种海带鳕鱼，也在那里生活。尽管如此，当局依旧允许对如此重要且脆弱的生态系统进行破坏，仅仅因为有人想通过出售巨藻来赚钱。[143] 巨藻被大型抓斗铲起,已经发展成了一项价值十几亿克朗的产业。每天,每艘船收获的巨藻可高达三百吨。

谁会想要在韦斯特峡湾度过了完美的一天后思考这些事情呢?不是雨果,也不是我。吃光海带鳕鱼后,我们靠墙而坐,沐浴在充足的阳光之中。阿斯约德渔站前,来自亨宁斯韦尔、卡柏尔沃格和斯沃尔韦尔的大型超级刚性充气艇络绎不绝地经过,满载着观光游客。

游客被这里独特的美景吸引而来。他们来自世界各地,支付了大笔费用,只为用自己的双眼见证这壮丽的景色。我对此非常理解。我想到了陡然从海里直伸出来的山峰,夏天和冬天里时刻变化的光线,纯白的海滩,狭窄的陆地边缘好似铺着淡绿色草地的帽檐,背景是垂直的山脉和秀丽的冰川,充满丰富鲜活生命的海洋,以及一片古老且相对未经侵蚀的文化景观。是的,罗弗敦精彩无限,怪不得一本又一本国际旅行杂志称它为全世界最美丽的岛屿。

但这样的评价并不是一成不变的。美丽的事物并非亘古永恒,关于罗弗敦的旧日描述就能证明这一点。

一八二七年,挪威人古斯塔夫·彼得·布洛姆踏上了穿越挪威北部的旅程。布洛姆是在埃兹伏尔乡举行的首届全国国民议会成员,之后当上了布斯克吕的郡长。旅行归来,他在《1827年北国纪行：从拉普兰到斯德哥尔摩》一书中描述了他此行的印象和经历。布洛姆对罗弗敦自然景观的描绘不仅毫无热情，甚至还直言不讳地表达了鄙夷。在他看来，海尔格兰海岸已经是彻头彻尾的丑陋不堪，但比罗弗敦还输一筹。在罗弗敦，连关于自然美景的想象都被抹杀，只剩下对美的祈求。布洛姆写道："罗弗敦没有任何自然之美可言。陡峭、高耸的悬崖扎进海底，几乎连建造独栋房屋的空间都没有……这些地方显然丝毫谈不上美丽，但最丑陋的当属弗拉克斯塔教区的海峡，这一点无可辩驳。它位于一个光秃秃的悬崖上，附近是一处狭窄的港口，海峡被礁石和小岛封闭起来，可建造房屋的区域十分有限；海峡之上隐约可见一座陡峭的山墙，威胁着山下的房屋和海港。"[144]

在这个我常常能欣赏到令人眼花缭乱的美景的地方，布洛姆只看到了一个完全缺乏吸引力、怪异、贫瘠的荒凉之地。雨果和我消磨了很多美好时光的罗弗敦东海岸，在布洛姆眼里尽是丑陋。对他而言，罗弗敦西部的粗鄙无他处可敌。奸诈的狂风在那里肆虐，大自然露出尤其可怖的面孔。

布洛姆很可能来过斯卡洛瓦，因为他既提到了罗弗敦的最高峰沃格峰（九百四十二米），也提到了斯德尔摩亚岛的布莱特斯内斯镇。斯卡洛瓦大致位于两者之间。除非雾雪天气，每当我们靠近斯卡洛瓦灯塔时，都可以看到这座山峰。

布洛姆写道,这座山看上去"像一个戴着帽子、腋下夹着帆的渔夫,它的名字也因此而来"(在挪威语中,沃格峰写作Vågakallen,其中 kallen 意为老家伙)。在对面,朝东北的方向,是里耶莫亚港和斯德尔摩亚港,那里的山只有沃格峰一半高,但距离我们更近,所以它们的存在更加吸引我们的注意。

与布洛姆不同,德国国王威廉二世沉迷于挪威峡湾和海岸线的自然美景,特别是罗弗敦。在一队游艇和其他船舰的陪同下,他坚持要欣赏著名的"北方紫",那"海洋上浮动的黄金,无论是阿尔卑斯山还是热带地区,埃及还是安第斯山脉,都无可与之比拟"。[145]

一八八八年,威廉二世在柏林看到一幅画,决定访问罗弗敦。画的作者以照片为参照,创作了一幅一百一十四米宽的全景画。这些照片拍摄于斯德尔摩亚背后的迪格姆伦村。如果今天拍摄,我们的小船很有可能会出现在照片里。

威廉二世最喜欢的画家是挪威人艾勒特·阿德斯汀·诺曼(1848—1918),诺曼在柏林工作并描绘过罗弗敦。与克里斯蒂安·克罗格不同,诺曼成功地描绘了罗弗敦的壮丽景色。他甚至成功地画出了午夜太阳那"浮动的金色",而且没有像拉什·赫特维格那样声称自己因为观察绚丽的日光而发疯。对于想要绘出罗弗敦之美的艺术家来说,在那里长大是一种优势。十九世纪末和二十世纪初,所有著名的罗弗敦现实主义画家都是土生土长的罗弗敦人。诺曼来自位于韦斯特峡湾南入口附近的沃格岛。贡纳尔·伯格(1863—1893)和哈弗丹·豪格(1892—1976)来自斯沃勒瓦尔的斯文岛。乌拉·于勒(1852—1927)来自海宁斯维尔附近的德普峡湾,艾纳·贝格尔(1890—1961)则来自特罗姆瑟的雷恩岛。

雨果还是个孩子时,有时会朝哈弗丹·豪格在斯文岛的工作室的窗户扔雪球。在他的记忆中,这位画家是一位优雅的年长男士。诺曼则是雨果曾祖父的表亲。

雨果是一位抽象画家,但他对传统绘画抱有深深的尊重。

罗弗敦群山好像一排排黑色的鲨鱼牙齿,一个紧密地排列在另一个的后面。几百万年间,大海一直冲撞着这一道屏障,却总是无功而返。即使是大海,也在对抗罗弗敦群山时失败了。从远处看,群山仿佛是一座难以攻克的巨石堡垒,实际上也的确如此。

组成罗弗敦群山山峰的某些部分已经有三十亿年的历史了。这不是指罗弗敦群山本身,而是指形成山峰的石块。

和之前一样,我带了一小摞书,其中有几卷是关于地质学和地球早期历史的。雨果时不时要去红房子继续做木匠活儿，很快，电工和管道工就要接替雨果来完成修缮工作。他去红房子时，我就留在屋子里读书。

有一本书讲的是地球的年龄，或者更确切地说是我们关于地球年龄的思想史。一六五〇年，爱尔兰主教詹姆斯·乌瑟计算出上帝在公元前四〇〇四年的十月二十二日周六晚上大约六点钟创造了这个世界。乌瑟的读者群十分广泛，且得到了大家的赞赏。同其前辈与后辈一样，他的理论基于《圣经》中的年表。今天，这样的说法也许会引人发笑，但在主教的年代，从没有人想到地球的存在先于人类。

接下来的几个世纪里，很多证据让人们意识到这种测算完全是疯狂的。人们在远离海洋的地方，比如山顶以及巴黎城下的泥土里，发现了巨大的海洋动物的化石。这是因为很久以前，它们都处于海平面之下。这些奇怪的生物到底经历了什么？许多物种显然在几个世纪以前就灭绝了。

一些聪明人，比如英国天文学家埃德蒙·哈雷（哈雷彗星的发现者），试图通过计算河流向海洋运送的盐量来确定地球的年龄。从海洋目前的咸度来看，地球必定有比几千年长得多的历史。

十八世纪，哲学家和博物学家开始意识到地球的年龄至少已经上万。许多人因为害怕教会的愤怒而把这个观点深埋心底，但是很明显，乌瑟的计算结果是荒谬的。随着地质学缓慢但稳健地逐步发展为一门科学，更多人明白地球肯定比《圣经》所描述的更加古老，误差甚至可能超过数百万年。沉积岩、风蚀山脉和火山研究都为此提供了确凿的证据。很久以前，北美洲一直是热带地区，而印度曾经被冰雪覆盖。显然，地球的大部分区域都曾一度被淹没在水下。这是很难否认的，问题在于这说明了什么呢？在山顶上发现的贝壳和鱼类化石是否证明了《圣经》中所讲的大洪水实际发生过？尽管它发生的时间比我们一开始想象的要早得多？或者它们是否证明上帝可以根除那些不能取悦他的物种？

收集化石变得时髦，即使在热情的业余爱好者当中也是如此。一些化石来自那些已经灭绝的物种，比如猛犸象、恐龙和海里的雷龙。人们发现了各种奇形怪状的牙齿，这让他们困惑不已。有些看起来像鲨鱼牙齿，但个头更大。现在，人们还能在海洋深处发现作为活化石的巨型鲨鱼和其他史前生物吗？比如三叶虫或菊石，这是头足类（如今的章鱼和鱿鱼）的子类，长着类似盘绕的公羊角的贝壳，在灭绝之前，它们曾以三万到四万种不同的形态存活。

很长一段时间里，地球的年龄问题一直被当作一个哲学和神学问题。但到了十九世纪，越来越多的人意识到地球远比人类曾经想象的要古老得多，这意味着几乎地球的全部过去都发生在没有我们见证的情况下。这并不是一个容易接受的结论,因为它代表了与宗教世界观的彻底决裂。地球不可能是在几千年前的六天里被创造出来的。忽然间,人类成了不久前才出现的新角色,而其他一些生物领先了我们数百万年,甚至数十亿年。[146]

我们习惯于将地球的地理和大陆的位置看成是静态的。但从地质学的角度来看,这远非事实,罗弗敦就是能作为证据的众多例子之一。十亿年前,日后将成为斯堪的纳维亚半岛的陆地正位于当时的南极附近。或者,更确切地说:斯堪的纳维亚半岛曾位于现在的南极所在的地方,因为地球的两极也在运动,甚至曾互换位置。

斯堪的纳维亚半岛曾是史前大陆罗迪尼亚超大陆的一部分,罗迪尼亚超大陆在几亿年后分裂成许多小的大陆块,其中一个现在被称为波罗的大陆。在数百万年的过程中,它与劳伦大陆(北美和格陵兰)结合,形成了欧美临时超大陆。当这两块大陆板块朝向对方漂移并最终相撞时,山脉在两块大陆的边缘形成。劳伦大陆和波罗的大陆之后再次分开,在此过程中形成了一片新的海洋。整个过程不只发生了一两次。

大陆架的漂移持续了下去。三亿年前,地球上的陆地块聚集成了一个叫作盘古大陆的连接体。两亿年后,盘古大陆也分崩离析。十六世纪末,佛兰德制图师和地理学家亚伯拉罕·奥特琉斯注意到了一些惊人的细节。如果你将南美洲的东海岸移向非洲的西海岸,这两个部分就会像拼图一样拼凑在一起。然而,一直到一九一二年,德国极地研究员和地球物理学家阿尔弗雷德·魏格纳发表了关于大陆漂移的突破性研究,盘古超大陆理论都被认为是极具争议性的。

来自地核的熔岩迸发,之后在原始海面上变硬,创造出新的陆地。大陆像拔锚的船一样在地壳上漂浮。冰河时代来临,将它们像坍塌高楼的底层一样压缩。地球的板块破碎、碰撞、交换位置,又继续四处漂荡,每个板块通常都同大片其他大陆相连,因此造成连带损伤。

韦斯特峡湾不是一个典型的峡湾,而是一个沉积盆地。在我们的下方绵延着许多柔软的沉积岩。[147] 在上一个冰河时代,当冰盖厚达数米且覆盖着斯堪的纳维亚半岛的大部分时,罗弗敦群山的一些山峰仍能戳出冰盖。人们管它们叫作冰原岛峰(nunatak),或者冰川岛。事实上,罗弗敦群山就是导致海冰南移的原因。

罗弗敦群山的一部分由地球上最古老、最坚硬的岩石组成。它们在第一只单细胞动物在海中出现的时候形成。但是,罗弗敦群山的其他部分则年轻得多,是由于劳伦大陆和波罗的大陆互相碰撞形成的。数百万年里,这两块大陆被迫彼此相对,像开关的电梯门,区别在于大陆架不会在遇到阻力时停下。相反,它们粉碎对方,以使山体向上移,从一个大陆被推向另一个大陆。

这就是喜马拉雅山脉、安第斯山脉、落基山脉、阿尔卑斯山脉以及罗弗敦群岛、韦斯特龙群岛、塞尼亚岛沿岸锯齿状山脉形成的原因。

顺便说一句,罗马作家和博物学家大普林尼的作品是目前已知的首次提及"斯堪的纳维亚(Scadinauia)"这个词的作品,这个词的意思是撕裂的、危险且被破坏的海岸。大型冰川啃食陆地,造成峡湾、小岛和群岛,最终形成了这样的海岸。几乎没有哪里比得上罗弗敦的美丽——当然,情人眼里出西施。

尽管罗弗敦群山不会亘古不变,但亲眼看到它可能是我们距离永恒最近的体验。

32

夜色这么美,我们决定前往韦斯特峡湾。山脉的倒影映在水里,雨果说他已经几个月没有见过这种景色了。他坚持说每次我来到北方时总能赶上美妙的天气。虽然不是真的,但我告诉雨果我和一些风之商人的后代有私交,他们中至今还有人能操控天气。雨果笑了。

"你不相信我?没关系。他们告诉我,无论你相不相信,魔法都会起作用。"我说。

我们说话时压低了声音,好像水里的鱼也能听见一样。全天都是这样安静。但现在,我们看到西面似乎有情况。在苍穹、流云、海风和海洋之间,任何躁动不安的变化都十分显眼——这是一出永恒上演的戏剧,我们只能在远处观赏,因为一旦身处其中,你就什么都看不到了。

灰色的云层滤过了光影,光线像是穿过有色玻璃瓶底一样发生折射。黑暗很快就会从东方渗进来,地球上最大规模的动物迁徙即将开始。每晚,数十亿微小生物,比如磷虾、各种类型的浮游生物以及数百万只鱿鱼,都将从深海游到营养丰富的表层海水中。破晓时分,它们会再次回到黑暗中。

考虑到现在的季节,韦斯特峡湾已经为我们保持了足足半天的和颜悦色,实属难得。这里的好天气很短暂。晚上涨潮时,风通常也跟着潮水涌起来,力道渐强。几分钟内,韦斯特峡湾就会充满"白杨",渔民们用这个词描述由方向相反的潮水和大风合力造成的尖浪。

我们得往回走了。但雨果先给我讲了一个故事。二十世纪七十年代,雨果从德国回家后,在特罗姆瑟搞了一个名叫新血(Nytt Blod)的乐队。凭借前卫摇滚的风格和夸张的舞台表演,乐队一度非常受欢迎。按照计划,在特罗姆瑟举行的一场大型音乐会上,主唱会全身赤裸地被吊在十字架上开场。

"不仅如此,"雨果说,"舞台还会被烟雾覆盖,烟雾升起,歌手缓缓出现在烟雾中。"但烟雾器让台上所有的电气设备全部短路,主唱挂在数百名观众面前,乐队却无法演奏任何歌曲。最后主唱大喊道:"不要只站在那里!把我从这个该死的十字架上弄下来!"

顺便补充一句,该乐队曾在阿斯加德精神病院进行练习表演。

雨果点点头，启动了马达。没过多久他发现哪里不对劲儿。已经在商店里进行过维修的舷外发动机马力不如以往，且声音沉闷，雨果在船尾闻到了一股烧焦的气味。维修工作显然不成功。我们设法回到了斯卡洛瓦，不得不再次将马达送修，而维修店不在岛上。这有点让人沮丧，因为其他一切都准备就绪，本以为能够接连几天捕捉格陵兰睡鲨，而且现在的捕鱼条件是十分理想的。

但是，我并不着急。我还没有买回程机票，而且我曾经被困在比斯卡洛瓦更糟的地方。更何况，我们现在有足够的下脚鱼肝油，几乎可以把格陵兰睡鲨从韦斯特峡湾的任意地点引诱到我们想要它来的任何地方，如果能修好舷外发动机的话。

33

接下来的几天天气平静得有些恼人，看到水面如此平静而我们却无法出海，这让人很崩溃。不过实际上我们也开始习惯这种状况，并很快融入了阿斯约德渔站和小岛的生活节奏。

正如德国作家朱迪思·沙兰斯基在《寂寞岛屿》一书中写到的那样，每一座岛都既是自己的本体又是自己的喻体。每当我来到斯卡洛瓦这样的小岛，都会神奇地感到自由。这里的生活节奏是全新的，我日常紧张混乱的生活鼓点变得遥远而无足轻重。

一座岛屿就是一个微型世界，这个世界易于掌握，它的地理位置分界鲜明，你需要注意的人和故事都不多。生活似乎更简单；你能更清晰、全面地看待生活。丹尼尔·笛福[148]就是这样描述鲁宾孙·克鲁索在孤岛上的生活的，鲁滨孙成功地经历了文明的各个阶段。他先是猎人和采集者，之后开发农业，饲养动物，然后利用越来越先进的技术发展到建房、奴役、战争等。最终，他凭借着资产负债表和利益最大化的世界观，进入了资本主义阶段。

在岛上，鲁滨孙也开始认识了真正的自己，他变得充满哲思。他发现他在岛上可以过得比在地球上任何其他地方都更幸福。在岛上他什么都不缺。他就像一个自由浮动的惰性气体原子，自己是皇帝或国王，掌管着自己的领土。但他与人类隔绝了，有一刻他将自己的孤独看成上帝对他的惩罚。当鹦鹉跟他说话时，他立刻乱了阵脚。"可怜的罗宾·克鲁索！你在哪儿？你去哪里了？"但是直到他在沙滩上发现另一个人留下的脚印之前,他从未真正害怕过。

一座岛屿可以是一个天堂,但有时也是一间囚室。我们很容易对海岛产生幻想,想象那里的一切都很美好,可以逃离大陆上混乱和失序的叨扰。但你也可能很快开始想念你逃离的那些人和事。孤独和无助的感觉弥漫整个岛屿,你不再认为自己是某方有限领土的皇帝或国王。相反,你感到困窘,四面被海水包围。也许是因为秋天来了,带来了黑暗和沉默。你渴望抛弃自然,回归城市和其他人身边。"但在岛上,沉默并不算什么。无论它多么强烈地影响着岛上的人们,都没有人谈论它,也没有人记得它或为之命名。这沉默是生者被赋予的窥视死亡的机会。"[149]

有些人放弃了外面的世界,只为了将信念倾注在某个更小的岛上,在那个乌托邦里,他们可以不受任何东西的打扰。这个岛小到只能容纳他们自己的个性,在那里他们对任何人都没有渴望。有些人着了迷,开始过上以精神世界为主的生活。但是,要么是因为他们的性格太局限,要么是因为那岛太庞大,幸福总是无法持久。这就是 D. H. 劳伦斯[150]在他常被遗忘的故事《爱岛人》中的经历。

大西洋上的神话岛屿星罗棋布——那是在制图师和诗人的想象之外从未真正存在过的地方。十二世纪,著名阿拉伯地理学家穆罕默德·伊德里西记录称大西洋有两万七千个岛屿。实际上只有几十个。许多探险队被派去寻找那些不存在的岛屿，声称曾经到过那里的海员详细描述了这些岛屿的样子，但从没有人能够证实那些描述的真实性。他们的描述极其生动，以至于其他海员也确信自己曾到过那里，之后还会通过补充细节来丰满这些想象中的岛屿。

退潮时，我在岛上散步，通常沿着岸边。像大多数人一样，我对潮间带倍感亲切，小时候常在那里玩耍。能在海洋和陆地之间的交界地度过一段时光是很惬意的。这样散步的人总会不自觉地捡拾小物件放进口袋，然后把它们摆在壁炉架或厨房的窗台上。光滑的石头、贝壳、用浮木做的木雕或其他海水带来的东西，也许还有从地球另一边漂来的瓶中信。童年里有段时间，我也会抛漂流瓶进海里，在里面的纸上写我被困在了荒岛上。我说的差不多算是实话，因为我是在芬马克长大的。

大多数挪威人在度假期间喜欢去海滩。他们可能会去自己在海边的小屋，或者前往欧洲南部的海滩区。没有什么比海滩更自然了。给孩子一个塑料桶和一把铲子，他可以在沙滩上玩一整天。他会把感冒和饥饿都抛到脑后，就好像他属于那个沙子、海浪、水和岩石组成的盐世界。他半裸着在海浪中嬉戏，堆起水坝、运河和高楼大厦，全神贯注，像一个监督工程师。"历史就是一个在海边堆砌沙堡的孩子",据说希腊哲学家赫拉克利特（公元前535—前475）曾写过这样的话。

不知是驼鹿还是驯鹿的一块骨头被冲上岸。所有的有机物都已经透过骨组织中细微的间隙从毛孔中渗出，骨头组织变成了矿物质，坚硬而光滑。浅灰色多孔的骨质几乎没有任何重量，也不像以前那样光亮。骨头表面失去了光泽并吸收着光线。所有软骨、肉和脂肪不过是临时的皮囊，现在已经被海水冲刷殆尽。

英国科学家研究了泥盆纪时期（大约四亿年前）的化石，当时第一批海洋生物爬上陆地。研究得到了惊人的发现。第一批陆地动物的颌骨和牙齿的发育是为了撕裂肉体，而不是咀嚼植物。它们的眼睛位于头顶，几乎没有脖子。所以，陆地上的第一批动物是长着鱼头的肉食者，它们用牙齿将彼此撕成碎片。这些鱼头生物统治了这片土地八千万年。[151]

你会发现一旦在脑内想象出这个画面，就很难甩掉了。

我站在斯卡洛瓦海边，整个韦斯特峡湾在我面前伸展开来。正对着的东南方向，可以看到斯泰根岛。塔一样的灰云营造出漂亮的背光，既不扎眼也不炫目，而是形成了柔和的轮廓和淡淡的对比。"雪绿色、银蓝色、铁锈色是多彩的标志。"[152]

如果我爬上山坡，就会看到博德外面的朗德古德岛以及西南部的韦岛，甚至还能看到远在罗弗敦的勒斯特岛。一四三二年，一群威尼斯船员从克里特岛到弗拉芒的途中被困在那里，并为当地人所救。回到意大利后，船长彼得罗·圭里尼称当地人为"世间最无瑕的人"。勒斯特人一般比挪威其他地方的人肤色更深些，极其热情好客。无论如何，他们给了意大利人很多干鳕鱼带回家，意大利厨师很快就用它创造了奇迹。勒斯特向意大利的鱼类出口一直从那时持续到现在。

我决定放弃爬山去看一眼勒斯特，而是沿着海滩继续前行。潮水在岸边形成了几个小水池，其中一个里面有一群小鱼在游泳。一只孤零零的海鸥坐在岩石上。当我捡起一丛海藻时，敏捷的沙蚤迅速地向各个方向逃开，虽然它们已经无处可藏。

前滩不仅是海洋与陆地之间的边界，也是生死之间的边界。至少在维京人的世界里就是如此，因为他们将潮间带作为死刑的执行地。死刑方法有很多。许多被判处死刑的人被绑在一个柱子上，等着潮水来行刑。奥拉夫·特拉格瓦森以经典的言简意赅的文字记录了斯克拉特克亚尔（Skratteskjær）

一群萨满教徒的命运:"国王命令将他们全都带出去,绑到一块礁石上,涨潮时礁石会被水淹没,厄温德和其他人因此丧命。从那以后,这块礁石被称作巫师礁(Scrat-Skerry)。"意思是巫师或树妖礁石,来自古挪威语。[153]

我还是个孩子的时候,曾经做过类似的事。我们把一个朋友绑在了前滩的一根柱子上,过了一会儿,大家都离开了。我记得我不得不回家吃饭。一个恰好路过的成年人听到男孩大声呼救。那时潮水已经没到他的胸部了。

潮间带既不是陆地,也不是海洋,而是介于两者之间。所有进化并适应了这里的生物都是两栖的。它们一刻在水下,下一刻却出现在几乎干涸的陆地上,甚至可能在烈日下忍受暴晒。它们必须忍耐盐、水和雨,以及风和干燥的气候。它们必须保护自己不被那些想要吃掉它们的捕食者伤害,这些捕食者既可能来自水里,也可能来自岸上,还包括头顶的飞鸟。就像在大海中一样,在这里生存也需要庇护所和食物,因此,生活在前滩上的动物必须有一些出众的特性。螃蟹、蜗牛和双壳类动物有几乎不可穿透的外壳。当潮水来袭时,许多动物会钻进沙子里。双窄额互爱蟹,在挪威语里被叫作pyntekrabbe或"装饰性螃蟹",它们会用藻类覆盖自己,使自己隐形。这听起来并不特别具有"装饰性"。它的外壳上长了很多小钩子,可以附着在海藻、海草或其他漂浮物上,这使它可以根据周围环境改变伪装。有时我会把这种螃蟹看成海里的流浪汉,另一些时候我又会觉得它不过是个想要融入环境的家伙罢了。

除了螃蟹,陆地和水中还生活着很多蜗牛。寄居蟹没有天生的保护壳,因此它会拖着一个空贝壳。一旦出现危险,它就会钻进去。寄居蟹是擅自占地者,它不停地搬家,因为它总要因为长个子而换新房子。

帽贝缓慢地爬行着寻找食物,之后它们会紧紧攀附在岩石上,必须用工具才能撬开。帽贝可以食用,但我从来没有在挪威的哪家餐厅看到过用帽贝制作的菜肴。科学家们发现,比人类头发细一百多倍的帽贝牙齿是地球上最硬的生物材料。其纤维部分包含一种名为针铁矿(goethite)的物质,以德国作家歌德(Goethe)的名字命名。

海胆子也可以食用,但只在冬季海胆产卵前出现。这个时候,人们可以刮下它们的卵,海胆被认为是海洋里最强大的灵丹妙药。在礁石上常能看见破碎的空海胆,这是因为退潮时,乌鸦和海鸥会衔起海胆,从约十五米的高空抛到岩石上,将它们击碎以便得到里面的食物。

沙蚤从一块石头跳到另一块上。在低潮区边缘,新产的鱼卵隐藏在海藻、海草和海葵中。沙蚤躲在"死人的手指"(Alcyonium digitatum)的触手和"海笔"(海鳃)的纤毛之间，或者甚至在海胆的刺中间。海胆的嘴可以像冰块钳一样对称地开合，在生物学中被称为"亚里士多德的灯笼"。它由八个相同的部分联结为一个圆圈而成，能像精密的工程奇迹一样开合。雨果一直想制作一个大型的海胆嘴雕塑。

潮湿的白色沙滩让我想起了曾经读过的关于早期基督徒的故事，他们受到罗马人的迫害，使用秘密标记来判断他人是否是值得信赖的同伴。每当两个人相遇，其中一方或两方都怀疑对方可能属于不同宗教派别时，其中一人会在沙子上画一条长弧。如果另一个人画了一个新弧，与第一个方向相反并从其中穿过，则秘密图像完成。这个标记是一条鱼。耶稣的第一批门徒大多数都曾是渔民——在他们成为自称的"为渔人的渔夫"之前（得人如钓鱼）。

潮间带非常宽阔。月亮和太阳几乎排成一列，它们的引力正在协同作用。地球上百分之九十七的水都存在于海洋中，所有水又都被拉向同一方向，直到被陆地拦截。挪威越往北的地方，高潮和低潮之间的差异就越大。

过去，沿海居民会在前滩上收集蛤蜊和海蛤。海蛤钻进沙子中，但会在身后留下小洞。如果你把一根棍子插入洞中，蛤蜊会裹住棍子闭合，你就可以把它拉出来了。几代人之前，人们会用腌制的海蛤和蛤蜊做罗弗敦捕鱼季的诱饵。

* * *

最近有一只大水母被冲上岸。水母的一只触手拖在身后，上面有数千个刺丝囊或倒钩。它在水中下潜，途中将触手伸展到侧面，遇到可食用的猎物就将其蜇伤以进行捕食。当然，这是当它还活着的时候。现在完全无法得知这只水母的死因，我也不打算进行尸检。水母实际上是没有大脑的。尽管如此，我觉得它的模样酷似人类的大脑，被毫不在意地从人类头骨中撕拽出来，拖着由神经、动脉和静脉组成的长线。水母简直就是在盐水中漂浮的原始大脑。

当哲学家想要挑战我们的观念时，经常会问：我们如何确定我们不是缸中之脑，被灌入关于世界的印象？大多数情况下，他们的答案是：我们无法确定。

我的潜意识也伸出触须，将关于过去的漂浮物传送到意识表面。我最早的记忆之一就是在芬马克东部一个荒凉的海滩上，我曾将手埋进一只被冲上岸的刺水母的身体里。我可能以为它是某种果冻，或者是那种摸起来冷冷的、黏黏的红色或绿色黏液——本来是工业废品，但被包装进五颜六色的盒子里卖给孩子们做玩具。我仍然能够生动地回忆起当时的疼痛，痛感逐渐增强，比被荨麻刺到还要糟。一八七〇年，人们在马萨诸塞湾发现了一只刺水母，直径超过一米八，重量可能超过一吨。在南太平洋里，有一种盒状水母，可以在几分钟内让成年男子的心脏停跳。

刚水母亚目下的水母也被叫作"难搞的小恶魔"。

水母作为一种生命形式,在一次又一次的生物大灭绝中幸存了下来。它们可以忍受酸性水,几乎没有天敌,像僵尸一样四处漂流,几乎不需要氧气。它们度过了那些几乎让地球上所有生物都灭绝了的危机。

在五亿年的进化过程中,地球上发生了五次灾难性的大规模物种灭绝。最著名的是最后一个,称为"白垩纪—古近纪大灭绝事件",发生在六千五百五十万年前。这一事件广为人知的原因是恐龙在这次事件中灭绝,只有一些小型飞行蜥蜴得以幸免。

一颗体积超过斯卡洛瓦岛许多倍的小行星以每小时约七万零八百一十一公里的速度撞向尤卡坦半岛。据估计,这次爆炸的威力相当于数亿枚氢弹的爆炸力。这可能是自地球有生命以来最惨烈的一天。美洲大陆的大部分陆地被粉碎,剩下的笼罩在令人窒息的黑暗烟尘中。海啸如此强大,它们改变了大陆的形状。尘埃覆盖了大气层,几个月甚至几年都看不到太阳。覆盖地球的大部分森林都被烧毁了。酸雨充满了大海,使大海在几百万年间成了硫黄池。

但这并不是最严重的生物集体灭绝事件。发生在两千五百二十三亿年前的"二叠纪—三叠纪灭绝事件"影响范围更广,可能是由一次巨大的火山喷发引起的。当时正是盘古大陆形成的时期,火山喷发的地区就是后来的西伯利亚。

热量融化了永久冻土层。数百万年来,原木堆积在沼泽和森林里。火山爆发引起火灾,地球变成了一个巨大的炭火炉。新的温室气体被困在大气层中,情形越来越糟,特别是海里,海洋开始释放甲烷气体。具体的因果关系还不能确定,但无论如何,最终的结局被科学家们称为"大死亡"或"大规模物种灭绝之母"。海洋的酸化和温度的升高导致产毒细菌大量增长。大约百分之九十六的海洋生物——也就是当时存在的生物的绝大部分——消失了。大海也失去了结合碳的能力,释放出大量的温室气体。[154] 大气层被烟雾和气体充满。海洋中毒了。

在鱼类诞生之前,三叶虫称霸海洋数亿年之久。它们有许多不同的种类,长度从六十厘米到九十厘米不等。一些三叶虫在水里游,一些沿着海底走动。一些吃浮游生物,一些捕食大型猎物。它们看起来像是介于螃蟹和龙虾之间的生物,虽然有的长着长矛或尖角,但却都没有腿或手臂。由于它们数量众多且有硬壳保护,所以能够被大量地保存在石头中成为化石。仅在挪威就已发现约三百种三叶虫化石。但是在"二叠纪—三叠纪灭绝事件"结束时,生命之树上这个丰饶的老枝突然被切断。"大死亡"结束时,所有的三叶虫全部死去，最后一个健壮的个体也消失了。地球上的生命花了数百万年才重新站起来。

　　四点五亿年前，现代鲨鱼的前身在海洋中游动。大约一百万年之后，鲨鱼遍布海洋，科学家们有时称这一时期为"鲨鱼时代"。现在，许多鲨鱼种类已经灭绝，其中包括巨齿鲨，这是种体长二十米，重达近五十五吨的鲨鱼。它的下颚宽一点八米，长满锋利的牙齿，每一颗牙都有威士忌酒瓶那么大。还有奇特的胸脊鲨，也被称为"铁鲨"，它的个头要小很多，早在三点二亿年前就灭绝了。它的背上本该长有背鳍的部位长着一个头盔状的结构，上面长满了朝前伸出的牙齿。科学家们只能靠推测来判断这些牙齿的用途。

　　鲨鱼是进化所创造的所有大型动物中最耐寒和适应性最强的。一些较小的物种，如七鳃鳗、鲎、海绵和水母，虽然出现的时间更早，但它们有点像异常现象或意外事故的产物。另外，几种大型鲨鱼，如胸脊鲨、哥布林鲨、皱鳃鲨，甚至包括格陵兰睡鲨，都存在很久很久了，没有物种可与之匹敌。它们从所有灾难中幸存下来，包括火山爆发、冰河时代、彗星撞击、寄生虫、细菌、病毒、酸化和其他导致大规模物种灭绝的灾难。当恐龙出现时，鲨鱼已经存在了几个世代了。而当恐龙和无数其他物种灭绝之后，它们仍然继续繁荣。目前，全世界的大洋中有大约五百种不同的鲨鱼在游荡，其中一半还是在刚过去的四十年里才被发现的。它们有的罕见，有的濒临灭绝。也有很多数量丰富，分布广泛。

今天，一些世界一流大学的杰出科学家们一直在《科学》和《自然》等主要期刊上发文，称我们正处于第六次大规模物种灭绝的早期阶段。"大死亡"发生了数十万年后的今天，物种正在以极快的速度消失，科学家将这一现象与在短短几个世纪里就将所有恐龙消灭了的白垩纪物种大灭绝相比。物种灭绝背后的驱动力是栖息地的丧失、外来物种入侵、气候变化以及海洋的酸化。[155]

我们深知导致第六次大规模物种灭绝的原因。人类文明才几千年而已，脚步却已遍布全球各个角落。我们硕果累累、繁衍生息，逐渐填满并驯服了地球。我们统治着海中的鱼和天空中的鸟，以及在地面上走动的每一个生物。

海洋的化学成分正在发生变化。即使在以前充满生机的沿海地区，现在也存在大量的缺氧死亡区。深海中，这些区域的面积更大。大海显然不仅是我们最重要的氧气来源，它还能生成大量的二氧化碳以及温室气体甲烷，目前海里的甲烷含量已经是过去的二十倍。

大气的温度和碳含量都在上升，海洋对其的自动反应机制是吸收更多的二氧化碳。事实上，自十九世纪初工业革命以来，海洋吸收了人类释放的一半二氧化碳。

当二氧化碳溶解在水中时，水的酸性会变强。海水酸度的升高将威胁鱼类生存所需的双壳类动物、贝类、珊瑚礁、磷虾和浮游生物。酸性更大的海洋还会影响鱼卵和幼虫。许多物种，如海藻，会死于温度上升，而其他物种则通过向北迁移得以存活。但没有谁能逃脱变酸的海水。这在我们这一代也许不会发生，但如果海洋变得太酸，大多数较大的海洋生物将会灭亡。恶性发展会互相影响，最终导致整个生态系统崩溃。许多生物赖以为生的浮游生物将消失，而有毒的浮游生物和水母将继续存活，与它们一起的可能还有海洋深处最坚强的鲨鱼们。

当平衡被打破，会发生各种状况。例如，随着海水变得更酸，其氧含量和吸收温室气体的能力也会减少和降低。大气中的二氧化碳持续增加，但海水能吸收的却只有那么多。冷水可以比温水更好地保留二氧化碳气体，这和一瓶冷的苏打水比温的更能长时间保持有气泡是同一个道理。最终，随着越来越多的二氧化碳在空气中积聚，海洋吸收更多二氧化碳的能力将下降——全球变暖将升级。气候科学家可以想象的最糟糕的情景之一是，海洋开始释放储存在海底和冰层中的甲烷气体，然后雪球效应和反馈机制将会失控，气候变暖可能加速到灾难性的程度。[156]

在所有大规模物种灭绝期间，包括最初由彗星引起的灭绝，海洋都发挥了关键作用。海洋中的主要生态循环和生态过程进行得非常缓慢，一旦出现问题，任何补救都为时已晚。海洋的反应时间约为三十年。

自十九世纪以来，海洋一直在酸化。在最好的情况下，海洋需要数千年才能恢复到与工业革命开始时相同的 pH 值。我们所了解的海洋将会终结，数百万生命形式可能在我们发现它们之前就面临灭绝。

浮游生物储存着供我们呼吸的氧气总量的一半以上。如果浮游生物灭绝，地球很可能会变得不适合人类居住。最后，我们可能会变得像两眼无神的鱼，在船底苟延残喘。显然，我们本可以更好地照顾海洋。但这实际上是一个相当以自我为中心的说法，因为其实是海洋在照顾我们。海洋内部水域的变化也会参与造成气候变化，这种气候变化也必定对人类有影响。只需数百万年的时间，海洋中的生命就可能会回归，并找到一种新的、更有效的生态平衡。而人类却无法按下几百万年的暂停键。我们和海洋之间的关系不像浪漫的爱情故事那样是相互依赖的，没有彼此就无法存活。

话虽如此，很多国家都以几乎单相思的方式想象着大海。这是几年前我在玻利维亚首都拉巴斯时发现的。一八七九年，玻利维亚在与智利的战争中战败，不得不放弃整个海岸线。智利夺走了他们的海洋，这一事实给这个国家的灵魂留下了深深的伤痕。玻利维亚人认为这是最大的不公正，他们至今仍没有放弃通过国际法夺回海岸。在等待沿海地区回归期间，玻利维亚人试图保持士气。他们有一队象征性的海军在的的喀喀湖周围巡逻，每年玻利维亚人都会庆祝国家法定假日"大海日"。孩子和军人们在首都的街道上游行，因为只有失去的东西才是永远的，尽管可能谈不上永远。

大海没有我们可以过得很好，而我们没有大海就无法生存。

34

沿着斯卡洛瓦海岸散步归来的路上，我停下来与正在林间吃草的小马聊天。我的手机忽然响了起来。来电的是我的未婚妻，顺便说一句，她的眼睛会像大海一样变色。在我这次来斯卡洛瓦以前,她怀孕了。她目前怀胎七周,一切都很顺利。

我们俩都很开心和兴奋,并开始阅读有关胎儿如何逐周发育的文章。很长一段时间以来,我一直都在阅读有关鱼类和地球生命发展的书籍,便忍不住想把两者联系起来进行一些观察。

在我未婚妻的体内,一个被羊水包裹着的小生命正在生长发育。七周后,人类胚胎与鱼类幼仔有惊人的相似之处,而且这些相似之处不仅仅是表面上的。胎儿的上半身有凸起或拱起,这些是胎儿的咽弓,对应鱼的鳃弓。在接下来的几周内,它们将合并形成颈部和嘴巴。现在胎儿的眼睛长在头部两侧,像鱼一样。耳朵在脖子两侧的下部。鼻子和上唇的雏形位于头顶。我们每个人都有的上唇凹痕就是这个过程导致的。如果出现什么问题导致合并没有完成,孩子可能会在出生时有唇裂或腭裂。

胚胎的器官和身体部位像漂移的大陆一样四处移动,进入不同的进化阶段。如果它是一个男孩,之后会发展为睾丸的部位几乎就在心脏旁边。渐渐地,随着胚胎的发育,睾丸慢慢向下移动到所属的位置。它们理想的存活温度要尽可能低。对于大多数冷血或体温恒定的鱼来讲,这并不是个问题,所以它们的性腺会始终留在心脏旁边。

我们的祖先来到陆地，但海洋的痕迹仍留在我们身上。那些使我们能够吞咽和夸夸其谈的肌肉和神经都是在海洋中进化而来的。鲨鱼和其他鱼类以此来活动它们的鳃。鲨鱼和人类——格陵兰睡鲨和我们——拥有相似的大脑神经通路结构。我们的肾脏和内耳腔也是来自海洋的纪念品，胳膊和腿则是从鱼鳍发展而来的。同大多数动物和鸟类一样，我们与鱼类分享了很多共同点。[157]

我不会告诉我的未婚妻我们会生一条鱼出来，当然不可能。但那些否认我们是猴子后裔的创造论者是对的。就像猴子和地球上所有的生命一样，我们来自大海。我们是经过重建的鱼。

35

差不多一周过去了。雨果和我仍然无法出海，于是我发现自己大多数时间只能闲着。懒散的时候，我开始思考我们到底在做什么。而且，鉴于雨果有很多工作要做，他可能也开始怀疑我到底在做什么了。我们小吵了一架。也许这个计划已经没有太多意义了。毕竟，雨果住在这里，做着他该做的事，而我隔三岔五地出现，不把自己当客人。每次我回来这里，感觉好像只离开了一天一样。和雨果、梅达在一起的时候，我立刻觉得自己像回到了家，就像我一直被偷偷地收养着一样。但从某种程度上讲，我是个闯入者。我进出他们的个人生活，带来了自己的好习惯和坏习惯。虽然阿斯约德渔站比许多城堡还要大得多，但可居住的部分并不比一个小公寓大。没有所谓的"隐形的客人"。阿拉伯人和许多文化中有一句谚语说得很好：三天之后，客人就会像鱼一样开始发臭。

雨果和梅达总有忙不完的活计——木工和建筑，各种许可和安排——我没法真的帮他们做什么。有一天，我冲洗了根本不脏的前院和码头，而且我显然永远也学不会怎么关好那扇顽固的门，开着的门缝总是会让房间里的热气和小狗斯卡卢比一起跑出去。

雨果和我很少争辩，但以前也确实发生过。有一次只是因为一个小问题，而且我觉得我们之后都意识到了那问题是如何琐碎，但我们在争吵时互相辱骂了对方。结果因为这个"小问题"，我们两年没有说话。

谁说小问题不重要？这几天在岛上四处徘徊，让我感到有些沮丧，开始对生命中的几件事情感到不满意。我希望可以完成更多工作。但我甚至不知道能不能把我们在斯卡洛瓦做的事情称为"工作"。我还要多少次飞往博德，去打破梅达和雨果的日常生活？

有一天，我直截了当地问他："你真的想捉格陵兰睡鲨吗？"

雨果很惊讶地看着我，他的表情很谨慎："我父亲在我还是个男孩的时候给我讲过许多关于海洋生物的故事，但只有格陵兰睡鲨的故事让我记忆犹新。这种鲨鱼太神秘，太令人毛骨悚然了。"

"但是……"

"我想用传统方法捕捉格陵兰睡鲨已经至少三十年了。但是现在我们的计划已经不再是一时兴起的消遣。我是为了自己才决定做这件事的，不是为了有人能读到它，也不是为了去炫耀。对我来说，能看到格陵兰睡鲨就足够了。去体验把鲨鱼从深处拉起来时的兴奋。既然我们已经开始了，就不能半途而废。我们必须完成。迟早，那只鲨鱼会出现的。"

一天下午，雨果和我开车去斯卡洛瓦西部，驾驶距离不长，目的地离埃灵·卡尔森的旧灯塔很近。我们在那里看到一群鸬鹚在伸展羽毛，挥动着翅膀。雨果说这表示明天肯定会下雨。我认为那只是迷信，所以我和他赌一千克朗不会下雨。他拒绝接受赌注，而且看上去有点生气。也许他是怀疑我查了天气预报（我当然查了）。第二天，如天气预报所讲，整个诺尔兰群岛滴水未降，甚至连云都没有。

一般情况下，当有问题出现，而我们两人都自认为知道答案时，我们会互相尊重，一个人先问另一个："我能先说吗？""可以。"另一个人回答。但是现在我们都直接脱口而出，试图和对方比出个高低。即使我们在谈论食物，空气里都火药味十足。雨果指责我喜欢炖菜——好像炖菜就代表了一切——因为我从斯沃尔韦尔熟食店订了两次炖菜。

一天，冲突是在雨果每天下午必看的德国电视剧《探长德里克》播到一半时出现的。也许他想练习德语，或者他想要穿越回他生活过的二十世纪七十年代的德国。在这个电视剧里中，那个年代人们的举止、风度依旧完好无损。一次在特拉讷于举办的艺术家晚宴上，雨果坐在了德里克的饰演者霍斯特·塔佩特对面，这位来自德国的"挪威的朋友"在那里有一座房子，对岸就是韦斯特峡湾。雨果觉得这位演员是一个非常有魅力且彬彬有礼的人。我提出，虚构人物德里克怎么看都不像这样的人。探长德里克不是在道德说教，就是在辛辣地嘲讽，对他的同事也如此。他讨好上层阶级，但一遇到意大利人，不出一秒钟就认定他们是恶棍。在这部电视连续剧的整整二百八十一集里,德里克只交往过两个女朋友。没过多长时间,两个女人都消失得无影无踪。上帝知道她们怎么了,但德里克在我的嫌疑人名单上。我把正儿八经的探长德里克说成疯狂变态的唯一原因就是为了惹雨果生气。一场风暴正在酝酿,没准儿还伴随着远处的强风。

第二天一早,我坐在雨果的起居室,赶一篇马上要到截稿日期的文章。他正在隔壁房间里作画。他在画的是一幅委托作品,描绘勒斯特市的三个著名岛屿。这些岛屿的地形看起来十分惊人,都是蹿出海面的山脉。雨果几个月前就应该完成这幅画,一位朋友几天后打算把完成的作品带到勒斯特,再给一位出生在当地的人,把这幅画挂在客厅的墙上。雨果通常不创作自然主义绘画,这次是受朋友所托,所以他明白画中的山脉至少要能看得出来是山脉才行。

雨果正在纠结,因为这些山脉是如此对称和完美,完美得几乎失真。其中两个山峰并排而立,经常被比作女人的乳房。在它们旁边另有一个尖峰。雨果画的草图看起来有些不自然,光线有些扭曲,画家很难将被水面反射后又打在斜坡上的光线描画出来。所以雨果不断地画了又擦,擦了又画,试图调整阴影的效果和细微处的差别。它在晚上看起来很棒,但在白天看时,画面中的光线刺眼,剥夺了作品的深度。我刚到时，雨果立马问我对这幅作品的看法，得知我的看法与他一致时，他似乎松了一口气。我没法给他指出具体问题，但我感觉这幅画未能达到他以往的水准。事实上，按现在的样子来看，它几乎可能被误认为是出自业余爱好者之手。他之前的作品从来没让我这样觉得过。

"就是！这正是问题所在。"雨果回答道，没有语带嘲讽。他能比我更好地看到这幅作品的问题。

这些标志性的对称山脉从大海中耸立而出。有时你不得不接受，自然也可能看起来没那么"自然"。地平线应该是无限延展的，这就需要赋予天际处看起来深不可测的错觉，而这会使作品被蒙上一层意外的宗教色彩，如果这一点被夸大的话……我现在明白为什么雨果会纠结了。

但他有必要把收音机开得这么大声吗？他每次出去休息时我都会把音量调低。我无法在那愚蠢的新闻广播背景音里写作，时而还要被可怕的流行歌曲和北部民歌打断。我也有截稿日期，或者更准确地说：我的截稿日期已经过了。现在我正加班加点地赶一篇马上就要付印的文章。雨果这会儿怎么不戴上之前天天戴着的耳机了？他可能又把它忘在楼里的某个角落了。

当然，这是他的家，我只是一个客人，但我也是他的朋友。所以当我试图完成一篇文章时，难道不能把我当成朋友而非客人吗?我这样说也许是在自我辩解。我注意到雨果已经发现他打扰到了我。这是个危险信号。对于雨果来说,收音机或许是帮他分散注意力的道具,将他从那堆折磨人的倒霉山脉中解放出来,尤其考虑到他不过是在花大把时间涂掉自己刚画好的东西。好吧。广播中无意义的喋喋不休可能是雨果创作过程的一部分,至少在这个阶段是的。也许这种干扰因素能帮他克服其他令人分心的事,让他能够自由奔放地进行创作。

我抓住每一次机会,每当他离开房间时我都会把音量调到最低。但雨果回来后总是会注意到,再把它调大。我们可能要面临争吵,我可不想这样,但这收音机让我快疯了。我简直写不出一句话,整理不出一个清晰的想法。

问题就在于这种情况可能会导致一场"讨论",而我现在最需要的就是集中精神,不能有丝毫打扰。所以我尽可能地让自己进入拒绝沟通的模式,我背对着雨果,假装是一只耳聋的贝类。雨果说什么我都不予理睬,我希望我的后脖颈能发出更多的负能量,让他能不靠近我。这种策略很危险,因为这很容易激怒他,反倒使局势恶化。这个建筑有两千平方米的空间,这本足以让我们彼此互不招惹。但是,在发文章之前我需要用互联网查一些信息,而只有起居室有网络。外面,阳光照射在壮阔而闪亮的海浪上,而这一事实完全无助于改善我们的心情。我们本来可以去那里钓鱼而不是坐在室内各赶各的截止日期。如果我们有一艘船就好了。

在我第三次调低收音机音量后,雨果回来就开始对我说话,迫使我不得不做出回应。我们正在接近所谓的"fallbrestet",即达到烦人程度的高水位线。如果我不小心,他可能会把我赶出家门。那样至少他可以得到一些平静和安宁。雨果问我,他在工作时喜欢开着收音机,为什么我总要把声音调小?而且,我有什么资格嫌弃打扰?去年夏天,当他在画廊里挂画时,我不是一直一遍又一遍地播放同一首歌吗?对他来说,那个过程需要安静和高度的精神集中。

我对此事浑然不知。显然那时他曾反复地暗示说如果能安静地工作该多好,但我却还是接着播放我的音乐。有一阵子我反复听一首歌,雨果告诉我,他现在还对那首歌开头的吉他即兴演奏过敏。他为什么不直接让我关掉呢?就像我现在乞求他一样?他说他就是这样做的。

我不说话,撤退回我的贝类防御姿态。我能看出来他马上就要发脾气了,但是礼貌让他没有把我扔出去。

几小时后,我们都成功地在各自的截止日期前完成了任务,同时避免我们之间的冲突像电视剧那样狗血地发展。雨果在之前的画上做了改动,增加了更柔和的过渡,改变了阳光的方向,终于成功完成了这幅作品。

* * *

那天晚上我们就我写的文章展开讨论，他说我写得不够精确。他指出的具体问题是什么并不重要，反正与挪威北部有关。我的回应是要求他在他的画作，尤其是那些抽象画里也表现出更高的精确度。况且，我们在水里的行动能有多精确？比如我们使用的三角定位，精确度如此之差，以至于四十八米外的一点儿雾就可以让我们失去定位点的方向。此外，韦斯特峡湾强大的水流多次欺骗了我们。渔线和诱饵消失不见，我们以为它们正老老实实在船底躺着，谁承想已经向北到熊岛去了。

"绘画艺术的精确性是什么？"我问道。

"绘画艺术的精确性？！"雨果大喊。

我知道精确度在他的作品中并不是个重要的概念。

"还是说绘画更讲究非精确性？"我继续说道。

"不，根本不是。绘画与精确性无关，所以也与非精确性无关。绘画讲求的是完全不同的东西。"

在接下来的讨论中，我说他太担心当我们真正钓到格陵兰睡鲨以后该怎么办了，现在我们更该想的是到底能不能捉到一条。雨果说起这件事的方式更像是在谈一项必须完成的实际任务，但我们都知道不只如此。我们此次狩猎的动机还有其黑暗的一面。仿佛平滑的水面倒映着云影，而能见度很低的水下暗礁与怪石丛生。黏土和沉积物被我们所说的怪物从海底搅动起来。

在真实光线中,也就是峡湾的日光里,我们的"使命"闪耀着意义。然而它显然也已经成为一种痴迷,我们在这个计划中倾注了太多自我。直到亲眼看到格陵兰睡鲨那挂着长长寄生虫的眼白,在此之前我们都不能放弃。

我们即将开始的是怎样愚蠢、残忍的任务?这是为了满足我们的好奇心?还是为了直面恐惧?还是说,狩猎本能促使我们想要捉到理论上能够捉到的最大的猎物,把这当成一场大型海洋捕猎游戏?我们是否从祖先身上继承了关于怪物的传说?它已经内化成了我们人性的一部分,始终沉睡在内心深处。而这一切可以追溯到人类被食肉动物捕食的时代,现在这些动物已经灭绝了。剑齿虎把人类半死不活的身体拖进洞穴。我们与鳄鱼战斗,被它们拖进水下的巢穴,然后撕成碎片。其实想想看,格陵兰睡鲨的旋转技术其实和鳄鱼的有些相像。

比其他动物多一千克左右的大脑帮我们赢得了生存竞赛,脑内有一种果冻状的灰色物质,几乎可以理解所有事物,包括我们自己意识的运作方式。然而,我们的过去仍作为某种深层记忆存在着。否则,为什么雨果在电视上看的自然类节目里会有这么多野兽呢?里面的英语旁白为什么总要用吓人的声音骗我们相信某个人马上就要被可怕的怪物吃掉了呢?

黄蜂对人类的危害远远大于鲨鱼。全球范围内,鲨鱼每年总共能杀死十到二十人。同一时间段内,人类却杀死了大约七千三百万只鲨鱼。尽管如此,我们却认为鲨鱼是危险的捕食者。雨果和我看得出其中的讽刺。

每当鲨鱼袭击人类时,这个消息就会传遍全世界。人们想象一头眼神空洞的冷血凶手,它们敏捷而又悄无声息地发动袭击,杀人只为了取乐。鲨鱼长着一排排剃刀般锋利的牙齿,张着血盆大口从水中蹿出,咬住毫无防备的游泳者的胳膊、腿或腰。新鲜的血液染红了海水,经过短暂且力量差距悬殊的搏斗之后,鲨鱼吞食着几块人体部位,往大海深处游去了。我们害怕的是——它们不害怕我们。

鲨鱼永远不会赢得人气竞赛。大熊猫、猫、小狗、海豚和小黑猩猩在人类好恶谱系的一端,鲨鱼则远远地处于另一端。今天,每当有鲨鱼袭击人类的事件发生,它们就像是远古时代的回声,提醒我们人类卓越的技术还没能统治整个世界。在那几秒钟内,我们对世界的控制完全消失了。突然之间,我们不是杀人的人,而是被杀的人。虽然这种事发生的可能性很低,但我们还是担心落入冰冷的深海,周围的生物就要把我们吃干抹净，直到我们的一切完全消失。

人人逃不过消失的终极命运。但是在黑暗的海底，鱼和那些爬行小动物正在等待，在那里我们会被消灭得如此彻底，以至于我们连这种假想都无法接受。

从古代开始，探险家、地理学家和自然学家逐渐描画出了整个世界地图。但丁赞同荷马所说，奥德修斯没有回到佩涅洛佩身边。奥德修斯想要继续前进，他跨过海格力斯之柱，离开地中海，向西前往外海。根据希腊神话，这些柱子是用来标记已知的、有人类居住的世界边界的，就连海格力斯也不敢跨越它们。但是，受好奇心、对知识的渴望和冒险精神的驱使，奥德修斯踏入了未知的世界。正如但丁在《神曲》（约公元1320年）中写到的那样，但丁严肃惩罚了奥德修斯的越界行为，将他一直送到了地狱底部的第八层，在那里他将永世被火焰吞噬。[158]

仅仅几个世纪以前，许多人仍然相信有狗头人或胸前长着脸的人存在——它们是蝎子、狮子和人的合体。任何远离家乡和故土长途旅行的人都有可能遇到长翅膀的飞马、喷火的龙，以及可以用眼睛杀人的怪物。独角兽的存在被普遍接受。海洋中充满了千奇百怪、目的不明的大怪物。

中世纪大教堂的壁画布满了幻想动物和恶魔的意象，人们曾经认为它们都是真实存在的。人类一向害怕野兽,尤其是那些可以杀死我们的掠食者。人类的活动以令人目眩的速度消灭了其他物种,获得了地球上的霸权并掌控了海洋。我们如此得寸进尺,以至于人与动物之间已经谈不上公平竞争。现在,真正的争斗总是发生在人与人之间。

今天,野生动物面临着各种威胁。大多数情况下,我们只在动物园里或远游时遇到它们,人们花费大价钱去看大草原上的狩猎游戏,有时甚至需要通过望远镜来看。近距离观鲸或观鲨不仅给很多人带来快乐,同时也是身份与地位的象征。

顺便说一句,有时捕鲸者和观鲸者比你想象得更容易遭遇彼此。几年前,一艘船载满了来自世界各地的游客前往挪威安岛进行观鲸之旅。该地区有许多小须鲸,行程很愉快。然而,当一艘捕鲸船出现在附近时,欢乐戛然而止。在八十名喜爱鲸鱼的游客眼前,捕鲸船的船员们用鱼叉捕到了一条小须鲸。在返回岸边的途中,游客目睹另一艘捕鲸船拉扯着小须鲸上船,鲜血染红了浪花。那些游客,特别是孩子们,恐怕一生都无法忘记这一幕。在《安岛邮报》中,挪威捕鲸船联盟组织的负责人称:"有必要指出,那些观鲸的人大多是捕鲸的极端反对者。"该组织成立于一九三八年,旨在保护捕鲸者的利益。[159]

注意：现在的怪物电影已经不再讲野生动物了，而是讲我们自身的变态翻版，比如僵尸和吸血鬼。人类面临的威胁主要来自外太空，偶尔才来自海洋。海底仍有未知的、我们无法完全控制的东西。

那么雨果和我该怎么办呢？当布莱恩·伊诺的音乐也帮不上什么忙的时候，事情就严重了。罗伯特·怀厄特呢？算了吧。罗伯特·弗里普弹吉他也不行。现在这种情况，早期的罗克西乐队也不管用。

每年，座头鲸都会修改它们又长又复杂的乐曲。新曲调通过鲸群传达到很远的地方。雨果和我不常更新自己的曲库。我们常听的音乐往往都是四十年前的老歌。我曾尝试听平克·弗洛伊德一九六九年的双专辑 *Ummagumma*。这被称作他们发行的最奇怪的音乐，而且大部分乐队成员也不认可这张专辑，但雨果属于将其看作辉煌杰作的少数人。

我们晚餐吃了大西洋鳕。两个月前捕获的北极鳕现在已成了最完美的盐渍鳕鱼干。雨果用传统方式处理大西洋鳕，先把正在晾晒的鱼拿进屋里，然后再拿出去，以避免过多的日晒和雨水。他将腌渍和干燥过的鱼片送到韦斯特峡湾，在纯净的海水中进行冲洗。

夜晚继续，我们的情绪逐渐好转，或多或少地跟着海潮涨潮的步伐。而当水流转向，潮水退去时，我们的情绪再次低落了。

晚上睡觉之前，雨果和我达成一致。直到从水里把它从海里捞起来之前，我们俩都不会再提"格陵兰睡鲨"这个名字，好像单单这个名字就能引起诅咒。但是，不要以为我们有什么关于鲨鱼的宗教或迷信观念。不是这样的。

鲨鱼崇拜确实存在于世界其他地方。在夏威夷，aumakua被认为是最强大的守护天使，它常以鲨鱼的样子示人。日本人认为鲨鱼是海上风暴的主人。在新几内亚周围的一些岛屿，唤鲨者的地位比群体里所有其他成员都要高。以前在斐济，岛上居民崇拜叫作Dakuwaqa的鲨鱼神，并认为它是最高酋长的直系祖先。在贝卡岛，人们依旧敬仰鲨鱼神，就像雨果和我一样，他们从不说出它的名字。不过把它写在书里应该是没问题的。[160]

我第二天起床时差不多是中午了。雨果已经做了几小时的木工活儿。当我在厨房给自己做三明治时，他走进房间，问了我一些我以为昨天已经解释清楚了的事情，因为它们很重要。

"你到底是有多健忘啊？"我说，但立刻就后悔了。

一开始雨果没有理我，但两分钟后，他的头微微歪着，问我他进来时我说了什么。我收回了刚才说过的话,一并道了歉。我们之间正发生着什么,这让我想起了可回收瓶子底部残留的渣滓。

鱼类都有体侧线,俗称鱼腥线,这是一个感觉器官,能使它们在大鱼群中游动时也不会碰撞到彼此。人类可没有这个,所以是时候互相远离一下了。我原计划与海洋亲密接触一番,但这并不意味着我想让雨果把我从码头上踢下去。

从渔站穿过时,我停下来仔细看了看芬兰人留下的挂在墙上的旧潜水装备。潜水服太小,很多装备都不见了,所以你没法直接跳进水中。虽然雨果和我现在的关系有些紧张,但我想:不如把问题内部消化?雨果的女儿安妮卡喜欢潜水。她住在卡伯尔沃格,我可以去问她借需要的设备,她甚至还能跟我一起去潜水。我已经很多年没有潜水了,而且我的大部分潜水经历都发生在苏门答腊岛和泗水[161]这样遥远的地方。突然,在韦斯特峡湾潜水似乎成了我唯一该做的事。

但在此之前,我还有一件事要处理。

36

我在韦斯特龙群岛有一座房子,为此,我去年在斯卡洛瓦买了一辆二手车。一个冬天过去了,车顶漏水,车内座位潮湿,车底也都是水。整辆车散发着刺鼻的霉味。

我开车登上前往斯沃尔韦尔的渡轮,下船后沿着波光粼粼的峡湾开往菲斯克博勒,在那里乘另一艘渡轮去梅尔比和韦斯特龙,沿途穿过跨海大桥和海峡,经过苏特兰市,继续向前到达一处数百条溪流低语的小山口,最终抵达博市的海边。

在这里,景致发生了巨大变化。挪威北部几乎全是辽阔多山的经典峡湾景观,现在变成了设得兰群岛或格陵兰岛那种颇具代表性的平原景观。绿色的海洋地貌看不到一棵树,光秃的地表震撼人心,黑色的山峰直插入云,足有数百米。低矮的植物拥抱地面,有蓝色的、锈红色的和淡绿色的。这片土地一千八百年来没有结过冰,在挪威境内可以称最。

公路在靠近海边的霍夫登结束了,我的房子建在白色沙滩上方绿色的冰碛山脊上。房子是白色的,但是每个腐蚀的钉子都可以被看得清清楚楚,因为从海上来的盐雾会喷在外墙上。我走进起居室,发现天花板上的壁纸已经鼓胀,只需手指轻轻一点就可以在上面戳出洞来。水哗啦啦地流到我的脸上。我跑去拿了一个大锅来接,但很快锅就满了,我不得不换成了盆。

这座房子是我的曾祖父建的。最近我和另外四个人一起把这块地买了下来,总面积超过五公顷。另外,按照法律,位于海上的财产面积延长至陡峭的水下大陆架边缘。从房子之下海岸的岸边开始算起,有超过九十米的垂直距离。换句话说,我们拥有大海的一部分。这感觉不太对,但事实确实如此。

房子近乎腐朽。大量的雨水和海水沿着管道聚集,客厅天花板上的水就是这么来的。还有很多水从侧面吹进来。一场冬季风暴把外墙上的一块木板掀了下来。水噗噗嗒嗒地滴进盆里,打破了浪花冲刷海岸时柔和、起伏的节奏。呼啦,噗嗒;呼啦,噗嗒。

水马上就要灌满这个已经承受了百年风浪的房子。我的车只需要排一点儿水就可以了,但整个房子需要彻底抽水和晾干。风从海上吹来,屋顶和房子的角落传来哀怨的哨声。房子旁边有一口旧井。井水已经涨满,尝起来味道很咸。

我开车回罗弗敦。窗户内侧的雾气凝结成水珠,然而当我把水珠擦掉之后视野也并没有太大差别,外面全是海雾。透过这个模糊的水世界,我不时能瞥见海浪撞击着洞穴和河道,鸬鹚正在悬崖上筑巢。我自以为车是一艘船,不需要任何路标,但要始终留意沿途灯塔的光束。我流着鼻涕,感觉自己的身体里也充满了水。

我给雨果的女儿安妮卡打了电话。她同意和我一起去潜水。

37

两天后,安妮卡和我在卡伯尔沃格附近的一艘船上准备潜水。至此,我终于在韦斯特峡湾下了水。在水中,我把头放低,抬起脚,剩下的全靠配重带起作用。我像海洋哺乳动物一样下潜到了七米半的海底。两片茂密的巨型褐海藻之间有一处缝隙,我从中穿过。海藻和树一样高,叶片又宽又扁,表面光滑,随水波摇摆,划过我的身体。

我在水底躺下小憩,抬头,可以看到正上方水面的涟漪和颤动着的蓝光，那里已经成为分隔两个不同世界的边界。在陆地上的我们头上是天空，脚下有大海。从这里看过去，水面就是薄薄的一层膜，甚至感觉不到它是有形的物质；它仅代表着两种自然元素间的直接过渡。

地球上的大多数生物都生活在这里。只有少数物种可以既生活在陆地上又生活在海洋里，但也仅仅是做短暂的停留。从理论上讲，企鹅在两个地方都可以生存得很惬意，但实际上，它们在陆地上是很无助的。海豹、海象和海龟也是如此。只有两栖动物和一些蛇才能真正同时适应这两种截然不同的环境。

起初，地球表面覆盖着一片硫黄沸腾、没有生命的浅海。之后，活细胞漂浮并聚集在一起，形成越来越高级的生命体。在生命历程加速并全面爆发之前，这一过程十分缓慢。数十亿年来，地球上所有的生命都存在于海洋中。一些现在已经灭绝的生物曾轻盈地在水中游动，通过鳃或类似的器官呼吸。仅仅在三点七亿年前，第一批生物才踌躇着爬进浅水区。它们进化出了能行走的双腿和能呼吸的肺部。一开始，它们在水里和岸上两地栖息。之后，它们迈出了完全踏出水面的第一步，开始对陆地进行殖民。也有一些改变了主意，又回到了大海。

因为洋流的持续运动，这里的水既干净又清澈。当暴风雨袭来时，海岸线的这部分会被正面击中。对很多人来讲，海洋既是外来的威胁，又能让他们感到奇怪的亲密和熟悉。如果有人在健康的婴儿脸上吹气，他会迅速吸气并闭上嘴。这是被称为哺乳动物潜水反射或心动过缓反应的一部分。大多数健康的婴儿在被放置于水下时会屏住呼吸。他们的心率也将减慢，血管会收缩，被输送到四肢的氧气会减少。出生六个月后，潜水反射会逐渐减少，但可以说婴儿出生时就会潜水。我现在唯一能听到的声音只有自己的呼吸声，当我吸气时会发出嘶嘶声，呼气时空气和水结合，会发出更低沉的汩汩声。这个声音让我想起了通过超声波传感器听到的子宫里胎儿心脏发出的声音。在子宫里，我们被盐水包围，连肺里也充满了盐水。在子宫中的我们对其他可能的生存条件一无所知，直到被迫来到这个干燥的世界上，被光线环绕，一个巴掌让我们第一次排空了肺部。我们叫喊着。离开了水底，大气中的氧气成为我们的生命依赖。在九个月的时间里，我们模拟并重新体验了海洋生物从水中到陆地的整个进化过程。在经典电影《深渊》（1989）中，一个世外桃源式的文明从海洋深处出现，深渊如此之深，以至于潜水员们必须呼吸液体混合氧。"你的身体会想起来的。"

在海床上躺了一会儿后，我继续游动，离开海藻森林中的小空地。终于，我现在可以透过海底特殊的光学构造来观察这个世界了。一只面包蟹横着朝一个裂缝爬去,背抵着石墙,爪子抬起。我把它捡起来又放下去,继续前进。一小群看着像是瑞特沙鳗的鱼类正往沙子里钻。海星攀在小丘的底部。小鱼和许多其他善于伪装的生物一起躲藏在海藻森林里。

即使穿着黑色橡胶潜水服,我依然能感觉到绸缎般柔滑的海水。我顺着缱绻的海水游动,在沉默的、摇曳的海藻丛中穿行。我感到自己像是水中之水一样轻盈,并没有觉得困惑或无力,只是感觉自己仿佛是大海之中的一滴水。

大海葵摇曳生姿,细指海葵迫不得已做着陪衬。一条圆鳍鱼冒着尖刺朝我皱眉头,它噘嘴的样子傻乎乎的,看上去特别傲慢。随后,我又看到了一小片鱼苗,泛着闪亮的银色。在没有特定领队的情况下,它们齐头向着同一个方向蹿动。

我所处的水域实际并不深,但耳朵和鼻窦仍能感受到来自水体的压力。生活在深海中的水母和许多其他生物如果被拖至水面就会爆炸——正如我们如果被带到海底就会被压碎一样。水下仅仅九米处的压力就是水面处的两倍,近五百米处的压力等同于五十一个标准大气压的压力。这是一个十分沉重的负担。在深海潜水的潜水员很可能患上一种或多种神经系统综合征。他们变得嗜睡,能够在短时间内进入睡眠状态,或者会出现痉挛、恶心、幻视、幻听、妄想、腹泻、呕吐等症状，这些症状在水面上就已经很糟糕了，如果在海底发作则会直接危及生命。由于海底的压力过大，肺部更难吸入含氧混合气体。所有深海潜水员都必须在潜水后完成一个减压过程，这可能需要数天时间。如果不经过减压，他们体内的血液会像香槟酒一样充满气泡，这将是最糟糕的醉酒体验。在血液、关节、肺和大脑中形成的凝块可能导致痛苦的死亡。人类就是如此难以适应格陵兰睡鲨的生活环境。

泡沫女王生活在水下洞穴里。苏美尔人的《吉尔伽美什史诗》是世界上已发现的第一部伟大的文学作品。主人公吉尔伽美什寻求不朽，有人告诉他长生不老的秘诀就在海底的一种植物身上。吉尔伽美什将石头绑在腿上，让自己沉入水中。在那里，他找到了能恢复青春的植物。上岸后的英雄一时疏忽，神奇的植物在他洗澡时被一条蛇偷走了。

这时意外发生了。海底的水流忽然以难以想象的力量裹挟着我，所有的反抗都无济于事，我只能随着水流打转。于是，我将双手紧紧靠在身侧，让自己顺水流而去。我被水流推着向前冲，穿越一些最令人难以置信的景色，越漂越远。从现在开始，我畅游在海洋之诗里——我经过风帆碎裂的帆船，看到欢快的抹香鲸沿着海床游动，它们正在寻找眼睛和盘子一样大、触角闪闪发光的巨型乌贼；我穿过色彩斑斓的紫色珊瑚丛，黏糊糊的鳗鱼在铺满海藻的头骨里来回穿梭。海水带我穿出深深的海沟，在宽阔的海底空地上，长须鲸正用复调唱着一首深沉、悲伤的海洋之歌。我听见下面传来鳕鱼幼崽的低鸣，海马像喇叭一样大张旗鼓地鸣叫着，龙虾围绕着大比目鱼翩翩起舞，比目鱼正拍打着尾巴鼓掌。像往常一样，狼鱼的样子总是让我想起某个认识的人。翻车鱼在水里站立着，照亮了姥鲨大开的下颚。黄貂鱼像空袭时敏捷的轰炸机一样，保持着阵型，从我身边飞驰而过。

当被拖向更加深不见底的地方时，我几乎丧失了所有希望。我怎么可能承受这种压力？我的氧气很久以前就该用光了，但情况却不是这样。当我发现自己已经置身于完全的黑暗中时，我看到最神奇的生物在闪闪发光。"溺亡者"的影子之间出现了可怕的亮光。水流带我穿过了几十公里，一路向下，直到我听到一声猛烈的咆哮，就像在瀑布内部一样。我心想这里肯定是与地核相连的巨大海槽了。拉着我穿过海底的喷射流似乎把我带到了莫斯可大旋涡的中心，这里的海水比其他任何地方都沸腾和搅动得更加疯狂。我注定无望生还了。

一股水流像龙卷风一样袭来。水墙的内部一片漆黑，光滑且泛着光泽，物体在其周围旋转着：沉船残骸、木板、木棍、家具、破碎的板条箱、木桶、木棒和破旧的救生艇。我看到一个木桶似乎正通过涡旋向上，便一把抱住它不放。

我在罗弗敦角另一端的岩石海滩上醒来，这里靠近一个废弃的旧渔村。我躺在那里，筋疲力尽之时仍然可以听到莫斯可大旋涡的狂吼。除了我刚刚描述的内容之外，对于这次惊险的海底历险，我什么都记不得了。

38

经历罗弗敦角的海底探险之后，我回到阿斯约德渔站。雨果和我很快又陷入了之前的负能量僵局。当他问我这次潜水感觉如何时，我只是肯定地点了点头，并向他转达了安妮卡的问候。

那天下午，雨果终于取回了舷外马达。作为测试，我们把船开到韦斯特峡湾的外海，在那里丢了一桶下脚鱼肝油。现在，之前投下的鱼肝油恐怕已经被稀释得与韦斯特峡湾及其以外的海域相融了。更换了新油盘的马达应该正在最佳状态。离开海湾时，雨果试着加大了油门，他脸上的表情由担忧变成了放松。

船经过斯卡洛瓦灯塔,到达与弗雷萨河平行的海域,这时,我们发现眼前有什么东西。我们没有看错,没有其他生物可以达到这样的游动速度,而且它们身上椭圆形的白色斑块非常明显。这是一群逆戟鲸,也叫虎鲸。前方不远处,它们不断跃出水面,精力充沛。突然,一只幼年逆戟鲸出现在我们船侧。它把头露出水面,用一只眼睛好奇地盯着我们。幼鲸与船差不多大小,但两只有幼鲸两倍大的成年鲸鱼正在认真地和它交流着。鲸鱼的皮肤如同厚厚的黑色乙烯塑料,就像我们的刚性充气艇一样。也许幼鲸误把我们的船认作了同类,想过来和它打个招呼。成年鲸把幼鲸叫回鲸群中,它们朝东,向着韦斯特峡湾的方向游去。

逆戟鲸从海面跃出的样子就像浴缸里的塑料玩具忽然跳出水面一样。随后,它们潜回水中,保持着百分之百的前进速度,像是赶时间去赴约会,但途中依旧不忘嬉戏一番。我从未见过比它们更让人过目难忘的动物。只有一次,我在非洲的丛林里看到了它们的竞争者——一群不守规矩的黑猩猩。它们攀爬着头顶的树冠向我靠近,从一棵树摇摆到另一棵树,一边互相叫喊着某种口号,一边折断树枝。大家还来不及思考,它们就已经没了影。这群黑猩猩听上去像是一群互相追逐着庆祝高中毕业的青少年。相比之下,逆戟鲸就像活的意大利跑车，全身上下散发的气场让人觉得它们就是整个海洋的所有者。

五六条鲸鱼同时出现，把我们的船围了起来。有几只离船非常近。这一群鲸鱼正朝着廷斯菲尤尔峡湾的方向前进，那里曾经是鲸鱼常去的地方。九千年前，在石器时代，廷斯菲尤尔峡湾的人们留下了一幅一比一还原的逆戟鲸石刻。几千年来，每年冬天鲸鱼都在廷斯菲尤尔峡湾畅享鲱鱼，但在过去的几十年，这里的鲱鱼消失了。

逆戟鲸的斑迹或背鳍各不相同，就像人类的指纹。雄性的背鳍较大，呈尖锐的三角形，能长到将近两米高。雌性的背鳍较窄，顶部呈波浪形，让人想起传统的日本浮世绘。逆戟鲸是海中最快的游泳运动员之一，只有旗鱼、剑鱼和海豚科里的一些小型鲸能够与其竞速，但是逆戟鲸的体积要庞大和强壮得多。

当我们跟随着鲸群大约十五分钟后，领头的逆戟鲸——很可能是一条雌鲸——突然向其他同伴发出了适可而止的信号。所有的鲸鱼同时下潜，从水面上消失了。雨果让发动机空转，小艇顺着水流朝来时的方向移动。我们现在已经在斯卡洛瓦灯塔东北方向的数海里之外了。

二〇〇二年以来，雨果就没有在韦斯特峡湾见过逆戟鲸了,他回来后满心欢喜。他曾经告诉我,如果非得选一个想成为的动物的话,他肯定会选逆戟鲸。鹰和逆戟鲸,这是雨果的灵魂动物。我提醒了他一下,问他是否有一天会厌倦每天吃鲱鱼和鲭鱼的生活。雨果笑着问我想成为什么动物。我没有回答,因为最好的选项已经被他抢走了。

我们坐在船上,一边在波浪汹涌的海上颠簸,一边聊天。涌进涌出韦斯特峡湾的水流互相冲撞,除了掀起滔滔白浪和滚滚水流之外,二者没有别的方法共存。

雨果给我讲了一个故事。不,更确切地说是他坦白了一个可耻的秘密。在二十世纪七十年代的斯泰根,受睾丸激素影响的年轻人会带着霰弹枪出海射杀逆戟鲸。他们甚至以此为荣,雨果轻蔑地说。这不可否认是原始的野蛮行径,但当时,逆戟鲸被认为是鲱鱼群消失的罪魁祸首。据我们所知,我们看到的那群逆戟鲸中可能有的还能记起那次不可思议的与人类的遭遇,因为,就像人类一样,它们既有智慧又有记忆。抹香鲸有着所有已知生物(包括现存的和已经灭绝的)中最大的大脑,除了抹香鲸之外,逆戟鲸的大脑是海洋哺乳动物中最大的,重量高达七千克。成年逆戟鲸教会幼鲸捕猎的方法,每个鲸群会把它们的特殊习性从一代传到下一代。不同的鲸群有音调和频率各不相同的方言,通过这些,它们能够识别同伴,并分辨出其他可能充满敌意的群体。

逆戟鲸和人类的生命周期非常相似。通常,作为领队的雌鲸大约在十五岁进入生育期。到四十岁时,它们会生育至多五到六只幼鲸,但它们的寿命能达到将近八十岁。

"你知道逆戟鲸的名字是怎么来的吗?"雨果问道。在挪威语中它被称为 spekkhogger,或"鲸脂骇客"。"它可以攻击世界上最大的生物,也就是体重达两百吨的蓝鲸。两只逆戟鲸合作抓住蓝鲸的鳍,第三只咬住蓝鲸下颚底部的柔软部位,随后剩下的逆戟鲸群成员开始从蓝鲸身上撕下鲸脂。"雨果继续说。他还补充道,即使是大白鲨也无法挑战逆戟鲸。

逆戟鲸集体狩猎,经常采用狡猾的方法。它们在鲱鱼群下方释放大个的气泡,或者垂直地潜在水里,用它们的尾巴协调扇动起剧烈的水流,让鲱鱼群迷失方向,陷入无助。有视频拍摄到逆戟鲸还会同心协力地掀起巨浪,使浮冰上的海豹跌进水里。

在斯泰根,雨果收藏了一对逆戟鲸的牙齿。这是个一旦拥有就很难放弃的东西。它像海螺壳一样光滑,大小刚好充满你握紧的拳头。雨果告诉我,当逆戟鲸在鲱鱼群中大开杀戒时,海里马上就会漂浮起成千上万个鲱鱼头。它们好像是被剃刀切掉的一样,我们很难理解逆戟鲸是如何做到这一点的。

成年逆戟鲸几乎没有天敌。但雨果说，它们在领航鲸周围会感到不安。

"领航鲸会捕食逆戟鲸和抹香鲸的幼崽。如果一群雄性领航鲸进入峡湾，那么逆戟鲸就会离开。"

在诺德兰的一些地方，人们把逆戟鲸称作 staurkval，或"桩鲸"，大概是因为当它们以很快的速度行进时，宽阔的背鳍从正前方看就像是一个大木桩。如果你在小船上看到了逆戟鲸的背鳍，你应该紧紧抓牢船身，因为它们会把船弄沉。雨果跟我说，几年前在斯卡洛瓦附近几乎与我们现在所处位置相同的地方，一艘塑料艇遭到了一只逆戟鲸的攻击挑衅。

它们为什么会这样做？我很好奇。雨果确信，动物们会迫于压力和困境突然发狂。例如，他说，如果那些生活在美国"海洋世界"水族箱里的逆戟鲸忽然变得具有攻击性和报复性，没有人能责怪它们。这些巨大的捕食者本应自由地在公海里漫游，却被绑架到了大水池里。它们在那里接受训练，在可怕的流行音乐的伴奏下和铺着瓷砖的墙壁之间，为付费观众表演各种特技。完成了训练师/监狱看守所要求的动作之后，它们会得到一桶鲱鱼作为奖励。晚上，它们像船一样被停放在小隔间里，几乎没有动弹的空间，为了避免缺水干涸，人们会在它们的背上洒水。它们高大的背鳍不再挺立，而是像枯萎的植物一样垂下来。这种折磨会使智慧生物产生杀戮的欲望（它们已经多次取得过成功了），这在全世界范围内算不上什么新鲜事。

二〇一一年，一群社会活动家试图以鲸鱼也有权利为由起诉圣地亚哥海洋世界。法院驳回了此案。但在二〇一四年，对于阿根廷一家动物园的红毛猩猩来讲，情况有所好转。原告要求法院对名为桑德拉的红毛猩猩（二十八岁）到底是人还是物品这一问题做出回答，这一回答将决定她应受到何种待遇。当时的法律与诉讼案件的细节导致红毛猩猩未被定义为动物。红毛猩猩显然不是一件东西，但也不是一个人。根据阿根廷报纸《民族报》的说法，法院判决她（或者它）应该被归类为"非人的人"。尽管她不是人，但她拥有智力和情感生活。法院的结论是，如果她被允许生活在更好的条件下，她显然会更快乐。所以，红毛猩猩确实享有一些基本人权。

与逆戟鲸的相遇无疑提高了我们的斗志，韦斯特峡湾再次成为冒险和幻想的绝佳场所。太阳已经在罗弗敦群山背后落下。天空中是一片薰衣草色的光芒，底部则是珐琅一般的绿色。在斯卡洛瓦和小莫拉岛之间，撩人的新月正在升起。

也许是出于这个原因，雨果给我讲了他上一次在巴塞罗那的经历。他的孩子们想给他一个惊喜,于是出钱请父亲坐热气球。

"热气球在城市上空慢慢升起。虽然是清晨,但城市已经醒来了,各种声音响起。一开始,我们能听见人们的说话声,甚至还有从窗户里传来的音乐声。这些声音逐渐消失后,是汽车和交通的声音,机器声、警笛声、鸟鸣声,各式各样。我们越升越高,很多声音被过滤掉了。最后,当气球越过云层后,只剩下一个声音了。我低头看着城市上空的云彩,直到城市完全安静,周围只有风声。你知道在这之前我听到的最后一个声音是什么吗?"

我想了几秒钟,然后摇摇头。

"是狗的声音,"雨果说,"不是犬吠或嗥叫,而是两条狗隔着很长距离互相交流的声音。"

我们险些忘了要把下脚鱼肝油倒进弗雷萨河附近的水域。现在的光线足够让我们对所在位置进行三角测量(使用斯卡洛瓦灯塔、弗雷萨河上的石头标记和赫尔达冰川顶部的斯泰根贝格尔这三个坐标)。尽管斯泰根贝格尔上空正在下雪,但仍然可以瞥见它的山顶,据此我们可以知道(虽然精准度欠佳)明天捕鱼的位置。

39

智慧有何处可寻?
聪明之处在哪里?
……
在活人之地无处可寻。
深渊说:不在我内;
沧海说:不在我中。[162]

  只有几条长长的海浪从海里滚向岸边。天空中阴云密布,但是,一直到西面目所能及之处,云幕又高又稳,海浪绵长厚重。小块的圆形云朵像抛光的钢制物体一样闪耀。在斯卡洛瓦灯塔附近的格陵兰睡鲨堤岸,一切都很美妙。

  上次的北极鳕派对结束后留下了一些鲸鱼肉,它们将成为诱饵。我们把它们放在一旁搁置了很久,现在已经腐烂了。我把一大块肉紧固在钩子上扔出了船外。雨果新买的日本渔线轮发出动听的歌声,锁链随之轻快地坠入海底。这次我们使用了杆和卷轴，一切都更容易操作。

雨果穿着带背带的特制背心。这个背心在胸前靠近腹部的位置有一个由厚塑料制成的防护罩，上面有一个固定钓竿的孔。这让雨果能够在必要时用上全身的力气来拉鲨鱼。整个装置从他的腹股沟处伸出来，几乎与地面垂直。

钓竿还被强力金属夹固定在卷轴上。如果钓竿落水，钓鱼的人也会被拉进大海。我们两个都想到了这一点，这还让雨果回忆起了二十世纪八十年代发生的一件事。在一个和煦的春日，雨果的家人乘着大型渔船出海。雨果则坐划艇前往一个小岛采集海鸥蛋。岛周围只有一个地方可以上岸，那是一个狭窄的海湾。由于海床的地形，海水持续地冲上岸边，所以雨果几乎是被扔上了岸。雨果必须仔细计划回去的路，因为离开海湾时，他将再次面对同样狂暴的逆流。

雨果收集了一些海鸥蛋，回到了划艇上，但他在返航时错误地计算了逆流的时间。划艇被掀翻。就在雨果落水之前，他听到他的兄弟喊道："他落水了！"逆流把雨果拉进了海里，他像个布娃娃一样在水里跌跌撞撞，很快就被拽到了海底。雨果预见到碰撞已经不可避免，于是将双臂在体前伸开，礁石上的藤壶划烂了他的双手。撞击之后，他像导弹一样被水柱投掷到了水面。雨果设法抓住了划艇。装着海鸥蛋的篓子在海面上晃荡，里面的蛋毫发未伤。当雨果爬回渔船上时，大家看到他脸上满是血污，都以为他丢了半条命，但其实那不过是他手上的血，是在他拨开眼前的头发时弄上去的。

"不仅如此。"雨果说。他刚要讲到故事的转折处，却忽然定住了。有什么东西狠狠地咬了钩——只有一种可能。刚性充气艇被拖拽着向后，与强烈的洋流相抗衡。只有一条重达几百公斤，甚至一吨的鱼才能做到这样。雨果身子倾斜着，他的脚跟死死地抵住船底来增大阻力，努力避免被拖进海里。

我们这次是不是真的捉到了某种鲨鱼？这样的要求是否太奢侈了？也不一定非得是条格陵兰睡鲨。最近有人在韦斯特龙附近的艾格大陆架钓到了一种不知名的鲨鱼，连挪威海洋研究所的专家也无法识别它的种类。但我们相信这一条肯定是格陵兰睡鲨。雨果正与它亲密接触。他和格陵兰睡鲨之间只隔了一条渔线的距离。

"刀呢？"雨果问。鲨鱼正一路把小艇拖向斯泰根。如果格陵兰睡鲨的速度再快一些，雨果就会从船里翻出去，那时刀子就会派上用场。几分钟后，鲨鱼的速度降了下来，雨果抓紧时间将卷轴调至第一挡，拉回了不少渔线。鲨鱼时不时地拉拽渔线，每次持续一到两分钟，这时除了坚持没有其他办法。鲨鱼又用力地拉扯了几下，我退到了雨果所在的船后侧，船身开始向上倾斜得厉害，我不得不回到船首以保持船身的平衡。随后鲨鱼也平静了下来，雨果又可以拉回一些线。鲨鱼就要被拉上来了。如果鱼钩钩得不结实的话，它早就逃脱了。

忽然间，鲨鱼大力挣扎着，一下子扯走了很多线。我看了一眼卷轴，上面的渔线只剩几十米。雨果看上去镇定自若，虽然一直拉着一条鲨鱼想必不是件容易的事。我们除了自言自语地咒骂了几句之外没有和对方交谈。我们都知道使用这种方法钓鲨鱼的风险。如果用双手拉钓线的话，我们就可以把鲨鱼系在一个浮标上，随它自己游动。但现在用鱼竿是无法这样做的。格陵兰睡鲨会在小船的近前被拉出水面，我们唯一能做的是……我看向雨果，心里决定随机应变。如果情况一发不可收拾，我们还可以切断钓线。

半小时之后，渔线被拉直。过不了多久鲨鱼就要现身了。来到靠近水面的地方时，格陵兰睡鲨开始打转。渔线上的锁链只够绕着它的身体盘上几圈而已。很快，鲨鱼把线扯到了头。瞬间，渔线断了。

大海在晃动。我想象着鲨鱼巨大的灰色脊背消失在海底，它的下颚上嵌着我们的鱼钩，身下坠着六米多长的锁链。遭遇了我们之后，这条格陵兰睡鲨的生活永远地被改变了。

一切都静止了。斯卡洛瓦灯塔在背景里闪着光。几只红嘴鸥绕着我们的小艇盘旋。它们看出我们不能提供食物,便随着风和海浪飞远了。海水耐心缓缓地向前涌动,在我们来之前是如此,在我们走之后亦如是。

致谢

我最要感谢梅达·伯索伊（Mette Bolsøy）和雨果·阿斯约德（Hugo Aasjord）。就像读者看到的一样，没有和他们的友谊，这本书永远无法写就。感谢安妮卡·阿斯约德（Anniken Aasjord）。感谢所有向我提供过帮助的人，无论帮助大小：阿诺德·约翰森（Arnold Johansen），雷夫·霍夫顿（Leif Hovden），弗洛德·皮尔斯科格（Frode Pilskog），比约那·尼克莱森（Bjørnar Nicolaisen），托戈尔·席耶文（Torgeir Schjerven），英格尔·伊丽莎白·汉森（Inger Elisabeth Hansen），斯维尔·克努德森（Sverre Knudsen），安妮·玛瑞亚·艾克赛特（Anne Maria Eikeset），哈瓦德·蕾姆（Håvard Rem），英格·阿尔布里克森（Inge Albriktsen），希尔德·林肖森·布罗姆（Hilde Linchausen Blom），托拉·胡尔特格林（Tora Hultgreen），克努特·哈尔沃森（Knut Halvorsen）以及罗纳尔德（Ronald）和嘉力·涅斯塔特·胡桑斯（Kari Nystad Rusaanes）的团队（我在博德时，他们经常为我提供住宿）。我也要对那些我没有在这里提及的但同样值得感谢的人道一声真诚的谢谢！

我要感谢我的挪威编辑凯瑟琳·纳鲁姆（Cathrine Narum），她的热情、语言能力和专业素养让我印象深刻。书中如有关于事实的错误，责任在我。感谢我的未婚妻凯瑟琳·斯特罗姆（Catherine Strøm）。在此书的写作过程中，她阅读了手稿，提供了文学方面的建议，并自始至终支持着我们的项目。最后，我要问候我们尚未出生的孩子，这个孩子是在我的北方之旅中受孕的，将在本书于挪威出版的时候出生。愿大海待你亲厚。

注释

夏

1. Bodø，挪威城市，位于诺尔兰郡。（以下注释若无特别注明，均为译者注）

2. Montevideo，乌拉圭首都，位于拉普拉塔河下游，濒临南大西洋。

3. 阿蒂尔·兰波（Arthur Rimbaud, 1854—1891），法国诗人，法国象征主义代表诗人之一。

4. 我在学生时代上过挪威诗人凯尔·赫格兰德（Kjell Heggelund）讲授的兰波诗歌赏析课。引用《醉舟》（*La Bateau Ivre*）时，我参考了法语原文和一些不同版本的翻译，但没有完全依据任一版本。该诗被罗尔夫·斯腾埃尔森（Rolf Stenersen）、克里斯汀·冈德拉奇（Kristen Gundelach）、扬·埃里克·沃尔德（Jan Erik Vold）和哈康·达伦（Haakon Dahlen）翻译过（达伦也出版过一个尼诺斯克语，即挪威书面语译本）。这些译本，包括塞缪尔·贝克特（Samuel Beckett）的翻译，都被收录在凯瑟琳·斯特罗姆

（Cathrine Strom）的论文中，题目为 *Å dikte for en annen. Moment til en poetikk for lesning av gjendiktninger. Berman, Meschonnic, Rimbaud*（比较文学专业论文，卑尔根大学，2005 年春）。（作者注）

5. Leviathan，《圣经·旧约》中提到的海怪，巨大可怖，波涛亦为之逆流。通常被描述为鲸鱼、海豚或鳄鱼的形状。

6. 以上均为《醉舟》中出现的意象。

7. 《建筑大师》（*The Master Builder*），挪威剧作家易卜生发表于一八九二年的戏剧。故事中，建筑师索尔尼斯曾爬上自己修建的教堂的高塔，为其挂上落成仪式的花环。在戏剧的结尾，索尔尼斯又登上为妻子修建的住房上的高塔，却因头晕而从塔上坠落身亡。

8. Arkhangelsk，俄罗斯港口城市，位于北德维纳河河口附近。

9. Riviera，地中海沿岸区域，包括意大利的波嫩泰、勒万特和法国的蓝岸地区。

10. 2003 年，生态学家爱德华·O. 威尔逊（Edward O. Wilson）启动了关于地球生物的在线百科全书项目，暗自希望可以在二十五年内将所有生物描述完毕（https://www.eol.org）。但是，和其他人一样，威尔逊并不确知地球生物的数量。迄今为止，科学界发现了一百九十万个物种，来自海洋和陆地，其中大部分是热带昆虫。（作者注）

11. 大多数关于鲨鱼的生理特征和社交习性的资料来自朱丽叶·艾尔佩林（Juliet Elperin）的著作《鱼中恶魔：巡游于鲨鱼的秘密世界》（*Demon Fish: Travels Through the Hidden World of Sharks*，万神殿图书，2011）以及《世界鲨鱼博览》（*Sharks of the World*），作者：莱昂纳德·孔帕尼奥（Leonard Compagno），马克·丹德（Marc Dando），莎拉·富乐（Sarah Fowler）（普林斯顿野外指

南系列丛书,普林斯顿大学出版社,2005)。(作者注)

12. 根据《圣经·创世记》记载,玛士撒拉是以诺的儿子,诺亚的祖父,也是最长寿的人,活了九百六十九岁。他的名字也有"其死亡将带来审判"之意。

13. 指极昼,太阳全天在地平线以上,白昼时长二十四小时。

14. 又或者仪式背后另有隐情?也许最重要的不在于宰杀本身,而在于吃掉被宰杀之物。如果是这样的话,祭祀就变成了一场集体庆祝。祭祀仪式模拟了宇宙的等级秩序,肯定并加强了集体认同。人们不仅彼此分享食物,更通过祭祀仪式与神同享。神居上,人居中,动物居下。然而,另有研究认为,存在于英格雷雅岛的远古文化仪式中可能也包含食人行为。人们挖掘出了盛有锯下来的骨头的器皿并将此视为证据。这一发现让整件事都更加扑朔迷离了。(作者注)

15. 以上信息来自英国广播公司的电视剧集《蓝色星球》(*Blue Planet*)第二集"深海"(The Deep),这集内容记录了摄制组跟随科考队研究鲸鱼尸体的腐烂过程。(作者注)

16. 邦巴尔充气艇,以法国航海家阿兰·邦巴尔(Alain Bombard)的名字命名,他曾于一九五二年乘充气艇出海,在没有初始食物和饮水储备的条件下完成了跨大西洋航行,耗时两个月。

17. 英文 bombard 一词也有炮击之意。

18. 斯文·弗因(Svend Foyn,1809—1894),挪威捕鲸业、船运业大亨,慈善家,以推行捕鲸炮(后文中提到的鱼枪手榴弹)推动了捕鲸业的现代化。

19. 约纳斯·李(Jonas Lie,1833—1908),挪威作家,代表作《引水员和他的妻子》,与易卜生、比昂松和谢朗并列为十九世纪挪威文学四杰。引文节选自他的短篇小说 *Svend Foyn og ishavsfarten*，发表于 *Fortællinger og skildringer fra Norge*（1872），收录于 *Collected Works*，第一卷，Gyldendalske Boghandel 出版社，1902，第 148 页。（作者注）

20. 一九五八年至一九七六年，由于欧洲尤其是英国在冰岛海域对鳕鱼进行疯狂捕捞，冰岛和英国之间产生了渔业冲突。

21. Stabben，南极洲的山峰，位于毛德皇后地的玛塔公主海岸，是耶尔斯维壳山脉的一部分。

22. 引自 Inge Albriktsen 的文章 *Da snurperen 'Seto' forliste—et lite hyggelig 45-års minne*，收录于 *Årbok for Steigen*，2006。（作者注）

23. 我后来了解到了更多关于这艘船的历史，还给它写了一个讣告。它是在一九二一年由 Wesermünde 的 Unterweser 造船厂按照渔船的标准建造的，船的所有者 Cuxhavener Hochseefischerei 将它命名为"参议员斯塔摩尔号"（The Senator Stahmer）。一九四五年，这艘船被战时的德国海军征用为"前哨船"，并在丹麦阿尔伯格港（Ålborg）的一次破坏行动中沉没。同年的圣诞夜，它被打捞出海。一九四七年，该船被改名为"艾斯霍夫德号"（MS Elsehoved，哥本哈根）再次服役。一九五〇年，该船被卖给挪威科珀维克（Kopervik）附近奥克勒港（Åkrehamn）的 Govert Grindhaug，改名为"赛托号"。一九五二年，这艘船在博德以北四十四海里处的 Gulleskjærene 附近沉没。也就是说，它在斯泰根的外海沉船了。就在那时，诺曼·约翰·阿斯约德（Norman Johan Aasjord，雨果的曾祖父）抓住机会买下了它。诺曼亲自把这艘沉在水底的船拖了上来，进行了维修和翻新，把它变成了一艘捕鲱鱼用的围网渔船。在鲱鱼捕捞结束后的淡季，"赛托号"作为货轮开往大陆，船舱里满载烈酒回到斯泰根。冬季鲱鱼捕捞季，二月二十六日，"赛托号"在伦德岛外倾翻，沉入深海，它的第三次海难终于成了最后一次，至今它一直沉睡在那里。资料来源：http : //www.skipet.no/skip/skipsforlis/1960/view？-searchterm =norske+skipsforlis +1960。（作者注）

24. 不要和他来自罗弗敦的祖先格哈德·舍宁（Gerhard Schøning，1722—1780）混淆。这位格哈德是特隆海姆天主教学校的老师，同时也是索罗学院的教授，哥本哈根国家档案馆的主任。因为他写作的学术著作，有人将他看成挪威的第一位历史学家。（作者注）

25. 姓氏显示出了渔村主人的家乡。他们很多来自挪威南部，但这个时期，有不少挪威人成了丹麦人、德国人或苏格兰人，使用着瓦尔尼姆、迪菲斯特、扎尔、拉什、德雷耶、布里克斯、劳伦兹、法尔希、博德维克、基尔或其他类似的姓氏。他们把自己当作欧洲上流社会的成员，经常前往欧洲大陆采购，在那里购入大量的波尔多红酒、水晶吊灯、三角钢琴、地毯和挂毯，等等。出身给了他们很多特权，让他们能够决定普通人可以在哪里钓鱼，应该征多少税收，以及可以和哪个女佣同床。他们中也有少数富有同情心的爱国主义者，在危急时刻保护了人民。著名的《诺德兰号角》(*Nordlands Trompet*)等作品的作者，教区牧师佩特·达斯（Petter Dass，1647—1707）并不是他们中的一员。（作者注）

26. 儒勒·凡尔纳（Jules Verne，1828—1905），法国小说家、剧作家及诗人。著名的"凡尔纳三部曲"包括《格兰特船长的儿女》《海底两万里》和《神秘岛》。

27. 埃德加·爱伦·坡（Edgar Allen Poe，1809—1849），美国诗人、小说家，代表作有惊悚小说《黑猫》《泄密的心》，等等。

28. 克里斯蒂安·克罗格（Christian Krohg），*Reiseerindringer og folkelivsbilder*，选自 *Kampen for tilværelsen*，Gyldendal 出版社，1952，第 306 页。（作者注）

29. 克莱尔·诺维安（Clarie Nouvian），《深海：深渊中的神奇生物》（*The Deep: The Extraordinary Creatures of the Abyss*），芝加哥大学出版社，2007，第 18 页。这是一本精彩的茶几读物，里面有上百幅生活在深海之中的生物的图片。（作者注）

30. 二十四岁的迈克尔·萨尔斯（Michael Sars）已经自行出版过了一本科学专著，题为 *Bidrag til söedyrenes naturhistorie*，卑尔根，1829。（作者注）

31. Bonn，位于德国北莱茵 – 威斯特法伦南部莱茵河畔的城市，曾经是德意志联邦共和国的首都，至今仍是德国重要的政治中心。

32. Dresden，德国萨克森自由州的首府，德国东部重要的文化、政治和经济中心。

33. Freya，北欧神话中爱与美的女神，同时也是生育之神。

34. Loki，北欧神话中的火神、恶作剧之神。

35. Truls Gjefsen, Peter Christen Asbjørnsen—Digter og folkesæl, Andresen & Butenschøn, 2001, pp.236–242.（作者注）

36. Norsk biografisk leksikon, https://nbl.snl.no/Peter_Christian_Asbjørnsen.（作者注）

37. Norsk biografisk leksikon, https://nbl.snl.no/Michael_Sars.（作者注）

38. 四年之后，耶奥格·奥西安·萨尔斯（Georg Ossian Sars）发表了他自己和父亲的若干发现，书名叫作《挪威沿岸深海中非凡的动物生命形态——部分来自已故的迈克尔·萨尔斯教授的遗稿》(*On Some Remarkable Forms of Animal Life, from the Great Deeps Off the Norwegian Coast. Partly from the Posthumous Manuscripts of the Late Professor Dr. Michael Sars*), Brøgger & Christie 出版社,1872。(作者注)

39. Her or His Majesty's Ship,缩写为 HMS,是英国皇家海军使用的舰艇名字前缀。

40. 约纳斯·科林(Jonas Collin)编,*Skildringer af naturvidenskaberne for alle, Forlagsbureauet i København*,1882。(作者注)

41. 同上,*Havets Bund*,P. H. 卡朋特(P. H. Carpenter),第 1111 页。英文版本由挪威语原文翻译而来。(作者注)

42. 温蒂·威廉姆斯(Wendy Williams),《克拉肯:奇特、刺激又让人些许不安的乌贼科学》(*Kraken: The Curious, Exciting, and Slightly Disturbing Science of Squid*),艾布拉姆斯图书,2010,第 83 页。威廉姆斯这一优秀作品是我关于乌贼的资料的主要来源。(作者注)

43. 参见托尼·科斯洛(Tony Koslow),《寂静深海》(*The Silent Deep*),芝加哥大学出版社,2007。(作者注)

44. 希腊神话中的复仇三女神——阿勒克图(不安女神)、墨纪拉(妒忌女神)和提希丰(报仇女神),任务是追捕并惩罚那些犯下严重罪行的人。传说她们身材高大,瞳孔血红,长着狗的脑袋、蛇一般的头发和蝙蝠的翅膀。

45. 乔纳森·戈登(Jonathan Gordon),《抹香鲸》(*Sperm Whales*),世界生物图书馆,1998。(作者注)

46. 菲利普·霍尔(Philip Hoare),《鲸鱼》(*The Whale*),哈珀·柯林斯,2010,第 67 页。(作者注)

47. 关于这段奇景的描述节选自 Torgeir Schjerven 的 *Harrys lille tare* 中的诗句，Gyldendal 出版社，2015。（作者注）

48. 圣经中人名，意为"被抛弃的人"。

49. 赫尔曼·梅尔维尔（Herman Melville，1819—1891），美国小说家、散文家和诗人。本片段选自《白鲸》（*Moby-Dick, or The Whale*），企鹅经典系列丛书，精装版，2009，第 200 页。（作者注）

50. 同上。

51. 关于商业捕鲸的故事以及科学在其中扮演的角色，在 D. 格雷厄姆·伯内特（D. Graham Burnett）的著作《鲸鱼之声：二十世纪的科学与鲸类》（*The Sounding of the Whale: Science and Cetaceans in the Twentieth Century*，芝加哥大学出版社，2012）之中有详细的描述。从一九五九年到一九六〇年，仅苏联海军就在两个捕鲸季中捕获了两万五千只座头鲸。在捕鲸机械化之前，鲸鱼种群已被过度捕捞，近乎灭绝。从十七世纪早期开始，荷兰、英国、德国和丹麦的船只捕猎了上万只弓头鲸，到一六七〇年，幸存的弓头鲸只剩下几头。这种捕鲸活动被弗雷德里克·马滕（Frederick Martens）详细记录了下来，马滕是一位来自汉堡的医生，一六七一年在捕鲸船上工作。一六九四年，他的书被一位匿名翻译者译成了英文并广为流传，题目为《斯匹茨卑尔根岛和格陵兰岛航游记》（*A Voyage into Spitsbergen and Greenland*）。弓头鲸体重可达八十吨，属于露脊鲸科，又被称为"the right whale"（中译：对的鲸），因为它们是"适于"捕捞的鲸鱼。为了吸引雌性弓头鲸，雄性弓头鲸们会用复调歌唱，而且歌声每两个季节之内都不会重复。

六年间，仅在南极海域就有多达四十五万头蓝鲸被捕。苏联人并没有如实汇报他们的捕猎结果，所以我们无从得知他们到底捕

猎了多少头蓝鲸。同时，捕鲸业也是挪威许多地方的财富来源。（作者注）

52. 一九二○年，丹麦医生安格·克拉鲁普·尼尔森（Aage Krarup Nielsen）乘着一艘捕鲸船从挪威前往澳大利亚的迪塞普逊湾（Deception Bay）。该航行在 *En hvalfangerfærd*（Gyldendal 出版社，1921）一书中被记录了下来。尼尔森声称，第一次世界大战期间德军使用的毒气弹和迪塞普逊湾的臭气相比只是小巫见大巫。（作者注）

53. 《新科学家》（*New Scientist*），2004 年 12 月 10 日，http://www.newscientist.com/article/dn6764。（作者注）

54. Behemoth，贝希摩斯，又译比蒙巨兽，是《圣经》中常与利维坦一并提及的怪物，是陆上最大的生物，每天能吞食一千座山峰。

55. 约拿，《圣经》中的先知。约拿拒绝了上帝派他去亚述都城尼尼微城传警告的命令，坐船逃往他拖。航行中，上帝让海上卷起狂风，约拿被希望风浪平息的船员投入海中，堕入大鱼腹中。他在鱼腹中待了三天三夜，向上帝做了真挚的祷告。上帝后命大鱼把他吐出。

56. 乔治·奥威尔（George Orwell，1903—1950），英国著名作家、新闻记者和社会评论家，代表作《动物庄园》和《一九八四》。本片段来自《鲸鱼腹中》（*Inside the Whale*），选自《散文集》（*Essays*），企鹅出版社，2000，第 127 页。（作者注）

57. 拉斯·赫特威（Lars Hertervig，1830—1902），挪威著名画家，善于描绘自然风光。*Lysets vanvidd*，挪威电视台播放的纪录片，2013。（作者注）

58. 选自诗歌 *Bølgje*，作者霍尔迪斯·莫伦·瓦萨斯（Halldis Moren

Vesaas)。(作者注)

59. 欧尔:瑞典、挪威、丹麦的辅币名。一百欧尔等于一克朗。

60. 弗朗西斯科·佛朗哥(Francisco Franco,1892—1975),西班牙内战期间推翻民主共和国的民族主义军队领袖,西班牙国家元首、大元帅、西班牙首相,自一九三九年开始到一九七五年,在西班牙实行独裁统治长达三十六年。

61. Bay of Biscay,北大西洋东部海湾,位于英吉利海峡和直布罗陀海峡之间,在第二次世界大战期间具有重要战略地位。

62. 选自兰波(Rimbaud)的《醉舟》(*Le Bateau Ivre*)。(作者注)

63. 弗里乔夫·南森(Fridtojof Nansen,1861—1930),挪威探险家、科学家、人道主义者和外交家,曾获诺贝尔和平奖。本段节选自 *Blant sel og bjon, Jacob Dybwads Forlag*,1924,第 238—239 页。(作者注)

64. 列维·卡尔森(Levy Carlson),*Håkjerringa og håkjerringfisket, Fiskeridirektoratets skrifter*,第四卷,第一章,John Griegs Boktrykkeri 出版社,1958。(作者注)

65. 水虎鱼,又称食人鱼,为南美洲河流内的一类杂食性淡水鱼,牙齿锋利,偶尔会攻击人类。

66. 艾里克·彭托皮丹(Erik Pontoppidan),*Norges naturhistorie*,哥本哈根,1753,第二卷,第 219 页。(作者注)

秋

67. 关于希腊风神埃俄罗斯的传说存在一些恰如其分的惑人之处。他出现在三个不同的神谱中。在其中一个里,他是海神波塞冬的儿子。在《奥德赛》第十章中,埃俄罗斯被称为"风的守护者",是希波忒斯的儿子。埃俄罗斯赠予奥德修斯一个装满风的袋子,使他能够借助稳定的西风乘船向家乡驶去。但奥德修斯的船员以为袋子里装满了世俗的珍宝,于是,他们将袋子打开,招致了大飓风。全员被吹回伊奥利亚岛,而埃俄罗斯拒绝再次伸出援手。(作者注)

68. 《北国纪行,包括海岸、挪威矿井、丹麦、瑞典、莫斯科拉普兰、布兰迪亚、西伯利亚、萨摩耶德、新地岛、冰岛;附以关于挪威人、拉普人、俄罗斯人、波兰人、切尔克斯人、哥萨克人和其他国家的趣闻介绍。节选自一位受聘于哥本哈根市北海公司的绅士的日记;以及在俄罗斯军队服役多年后被放逐到西伯利亚的一位法国绅士的回忆录》(*Voyage to the North, containing an Account of the Sea Coasts and Mines of Norway, the Danish, Swedish, and Muscovite Laplands, Borandia, Siberia, Samojedia, Zembla and Iceland; with some very curious Remarks on the Norwegians, Laplanders, Russians, Poles, Circassians, Cossacks and other Nations. Extracted from the Journal of a Gentleman employed by the North-Sea Company at Copenhagen; and from the Memoir of a French Gentleman, who, after serving many years in the Armies of Russia, was at last banished into Siberia*),首次出版大约是在 1677 年。收录在《约翰·哈里斯航游记,第二辑》(*John Harris Collection of Voyages and Travel, vol.II*),航海与巡游图书馆(Navigantium atque Itinerantium Bibliotheca,伦敦,1744。(作者注)

69. 此信息来自阿尼·李·克里斯滕森(Arne Lie Christensen)的著作 *Der norske landskapet*,Pax 出版社,2002,第 75 页。

70. 美国国家航空航天局（National Aeronautics and Space Administration, NASA），是隶属于美国联邦政府的一个科研机构。

71. 《圣经》故事里，耶稣诞生时出现在天上的一颗特别的星星，也被称作圣诞之星或者耶稣之星。

72. 俄刻阿诺斯是十二泰坦神之一，排行第一，为大洋河流之神。泰坦之战后，因战败，其作为海洋主宰的地位被奥林匹斯十二神之一的波塞冬取代。

73. 泰坦之战，希腊神话中泰坦神族和奥林匹斯神族争夺宇宙霸主地位而展开的战争，奥林匹斯神族获胜。

74. 诸神黄昏，指北欧神话中诸神与巨人、怪物的最终决战，导致了世界毁灭与重生，诸多神祇因此战而亡。

75. 地球上的水不全来自太空。我们知道这一点是因为陨石水的化学成分和地球上的其他水略有不同。陨石水中氢的同位素更重。地球上的水大约只有一半来自彗星和其他撞击到地球的物体。其余的水很可能一开始就存在于形成地球的物质中。这也就是说，目前地球上的大部分水已经有四十五亿年历史了。（作者注）

76. 罗伯特·库奇格（Robert Kunzig），《测绘深渊》（*Mapping the Deep*），第一章，"太空和大洋"，分类图书，2000。（作者注）

77. 据估测，宇宙中大约存在五千亿个星系，每个星系都有数十亿或数千万颗恒星。二〇一三年，奥克兰大学的天文学家在新技术的支持下提高了对银河系中的"类地球"恒星数量的估计。旧的估计数为一百七十亿个，而新的估计数是该数字的五倍多（一千亿个）。（作者注）

78. 美国国家航空航天局（NASA）以及与之合作的科学家小组对开普勒太空望远镜在四年内收集到的数据进行了分析。他们的目的在于寻找一颗以宜居距离围绕着太阳旋转的行星。到目前为止，科学家发现的与地球最为接近的行星位于天鹅座（Cygnus），它距离我们的太阳系有一千一百光年，被命名为开普勒-452b号行星。（作者注）

79. 关于这一时期挪威灯塔的历史以及莫克家族在其中发挥的作用，参见乔斯坦因·奈伯威克（Jostein Nerbøvik）的著作 *Holmgang med havet, 1838—1914*, Volda Kommune 出版社，1997。（作者注）

80. Ny illustreret tidende, Kristiania, 1881.6.26, no. 26, pp.1-2（作者注）

81. 俄语作 Karskoye More，位于俄罗斯西伯利亚以北，是北冰洋的一部分。

82. 萨莫耶德人，是居住在俄罗斯西伯利亚一带、使用乌拉尔语系萨摩耶德语族的一些民族的总称。

83. 克里斯多夫·兰斯梅（Christoph Ransmayr），《令人战栗的冰封与黑暗》（*The Terrors of Ice and Darkness*），原文为德语，英译本翻译为约翰·E. 伍德（John E. Woods），格劳夫出版社，1991，第113—114页。（作者注）

84. 甘纳·伊萨森（Gunnar Isachsen），"Fra Ishavet," *Særtryk av det norske geografiske selskabs årbok 1916—1919*，第198页。（作者注）

85. North Cape，挪威北部的一个海岬，常常被认为是欧洲大陆最北方。

86. 乔斯坦因·奈尔伯威克（Jostein Nerbøvik），*Holmgang med havet*，第312页。（作者注）

87. http://da2.uib.no/cgi-win/WebBok.exe?slag=lesbok&boktid+=ttlo.

达拉纳灯塔博物馆的弗洛德·皮尔斯克格（Frode Pilskog）认为威格就是斯卡洛瓦灯塔的设计者。他还为我提供了一些署有"威格"名字的设计草图原件。（作者注）

88. 北欧地区的原住民，欧洲最大的原住民族群之一，也是欧洲目前仅存的游牧民族。

89. 引自亚历山大·谢兰（Alexander Kielland）的小说《加曼和沃斯》（*Garman & Worse*），1880年首次在挪威出版。（作者注）

90. 喀耳刻，希腊神话中的女巫，在《奥德赛》中，奥德修斯来到喀耳刻的艾尤岛。喀耳刻设宴并在食物中下毒将奥德修斯的船员变成了猪，喀耳刻之后爱上了奥德修斯。

91. 比约恩·托雷·贝德森（Bjørn Tore Pedersen），*Lofotfisket*，Pax出版社，2013，第109页。（作者注）

92. 瑞典地理学家奥劳斯·马格努斯绘制于十五世纪的海图，是最早描绘斯堪的纳维亚半岛的海图。

93. Lutheranism，基督教新教三大流派之一，由马丁·路德于一五二九年创立于德国，是德意志宗教改革的产物。

94. 原文为拉丁文，本书作者莫腾·斯特罗克奈斯将其由瑞典语译文转译为挪威语，中译本译自本书的英文译本。Historia om de nordiske folken，michaelisgillet & Gidlunds Förlag 出版社，2010。（作者注）

95. 该故事来源于威尔士的神职人员杰拉德（Giraldus Cambrensis，1146—1223）。据说，他在爱尔兰的海边看到一群像鹅一样的小鸟从果树的果实里孵化出来。（作者注）

96. 斯特拉波（Strabo，约公元前64或63年—约公元24年），古希腊地理学家、哲学家、历史学家。

97. 加伊乌斯·普林尼·塞坤杜斯（Gaius Plinius Secundus，23—79），常被称为大普林尼，古罗马作家、科学家，代表作《博物志》。

98. 圣安布罗斯（St. Ambrose），罗马人，古代基督教拉丁教父，米兰大主教。

99. 据称，在亚克兴战役期间，马克·安东尼（Mark Antony）将军的船被鲗鱼（又叫粘船鱼）拖住了，这也是盖乌斯·屋大维（Gaius Octavius，也就是之后的奥古斯都大帝）对其的突击得以成功的原因。另有传闻，鲗鱼能够拖住有四百多条桨的船只。除此之外，食用"粘船鱼"可能致命。奥劳斯·马格努斯（Olaus Magnus），《海洋地图》第21卷，第32章。（作者注）

100. 同上书，第21卷，第41章。

101. 同上书，第21卷，第5章，第987—988页。

102. 同上书，第21卷，第35章。

103. 艾尔伯图斯·马格努斯（Albertus Magnus），常被称为"大阿尔伯特"，中世纪欧洲重要的哲学家和神学家，天主教多明我会神父，提倡神学与科学的和平共存。

104. 挪威渔民们给奥劳斯·马格努斯讲述的"挪威大蛇"或大龙很可能来源于耶梦加得（Midgard Serpent，又译尘世巨蟒）的传说。根据北欧神话，主神奥丁将耶梦加得扔出了阿斯加德（阿萨众神的家园）。巨蛇如此之大，它的身躯在深渊中伸展，直至将整个尘世包围，就像早期希腊神话中俄刻阿诺斯将世界环绕那样。在一次钓鱼途中，雷神的鱼钩钩住了耶梦加得。据《诗体埃达》（*The Elder Edda*）预言，诸神黄昏时，雷神和耶梦加得将陷入巨人之战，二者将无一生还。（作者注）

105. 埃里克·彭托皮丹（Erik Pontoppidan），完整标题为 *Det første forsøg paa Norges naturlige historie, forestillende dette kongerigets luft, grund, fjelde, vande, vækster, metaller, mineraler, steen-arter, dyr, fugle, fiske, og omsider indbyggernes naturel, samt sædvaner og levemaade. Oplyst med kobberstykker. Den vise og almægtige skaber til ære, såvel som hans fornuftige creature til videre eftertankes anledning*，第二卷，哥本哈根，1753（复刻版，哥本哈根，1977），第318—340页。（作者注）

106. 同上书，第343页。

107. 《国王之镜》（*Kongespeile*t），作者不详，流传于十三世纪中叶，该书被认为是挪威中世纪最重要的作品。书中，一位父亲向儿子讲述世界上存在的所有事物。其中，父亲讲到在格陵兰岛的近海生活着美人鱼和被称为 havstramb（鱼人）的海怪。"每次人们看到海怪时，海上就会刮起风暴……如果海怪面朝渔船下潜，则风暴必将来袭。但如果海怪背朝渔船下潜，那么船员们即使遇到大风大浪也将有望幸免于难。"选自 *De norske bokklubbene*，2000，第52—53页。（作者注）

108. 彭托皮丹，*Det første forsøg*，第二卷，第317页。（作者注）

109. 比约恩·托雷·贝德森（Bjørn Tore Pedersen），*Lofotfisket*，第109—110页。

110. A. C. 奥德曼斯（A. C. Oudemans），《大海蛇：纪史与批判》（*The Great Sea-Serpent. A Historical and Critical Treatise*），莱顿/伦敦，1892。（作者注）

111. 奥劳斯·马格努斯，*Historia om de nordiske folken*，第21卷，第34章。（作者注）

112. 如果给乌贼五个不同标记的箱子，其中一个里藏着一只螃蟹，乌贼可以很快学会哪一个符号代表着螃蟹。如果螃蟹被放进了不同的盒子，乌贼会意识到符号和螃蟹的对应关系发生了改变。温蒂·威廉姆斯，《克拉肯》，第154—158页。（作者注）

冬

113. 又称为减压症，常见于深海潜水者，指人体因周遭环境压力急速降低而造成的疾病。

114. 斯科特·斯廷森（Scott Stinson），《船长用刀宰杀600公斤鲨鱼》（*Skipper Uses Knife to Kill 600-Kilo Shark*），《全国邮报》（*National Post*），2003年11月2日。（作者注）

115. 艾纳·博格拉夫（Einar Berggrav），*Spenningens land*，Aschehoug出版社，1937，第36—37页。（作者注）

116. 马克·库兰斯基（Mark Kurlansky），《鳕鱼往事：一条改变世界的鱼》（*Cod: A Biography of the Fish That Changed the World*），企鹅出版社，1997，第50—51页。

117. 理查德·埃利斯（Richard Ellis），《大抹香鲸：一部关于海洋中最奇异、最神秘的动物的自然史》（*The Great Sperm Whale: A Natural History of the Ocean's Most Magnificent and Mysterious Creature*），堪萨斯大学出版社，2011，第123—125页。（作者注）

118. 苏联渔民认为，二十世纪七十和八十年代，俄罗斯西北部海域附近的矿业地震爆破活动摧毁了他们的鳕鱼渔场。挪威沿岸渔民也试图阻止使用地震波的地质探测船驶入他们的渔场，但海岸警卫登上渔船并把渔民们驱逐出了探测海域。石油工业为地震波的发射活动提供了资金支持，并且会在渔民阻止抗议时动用军事力量（也就是海岸警卫队）作为安全保卫措施。然而，政府已经规定该区域不允许进行石油钻井活动。（作者注）

119. 哈拉尔一世，绰号金发王，是挪威的第一任君主，于一〇三〇年至一〇六六年在位。

120. 弗兰克·A. 廷森（Frank A. Jenssen），*Torsk: Fisken som skapte Norge*，Kagge Forlag 出版社，2012，第 52—53 页。（作者注）

121. 阿诺尔德·勋伯格（Arnold Schönberg，1874—1951），美籍奥地利作曲家、音乐教育家和音乐理论家，西方现代主义音乐的代表人物，以开创无调性音乐闻名。

122. 菲利普·霍尔（Philip Hoare），《鲸鱼》（*The Whale*），第 34 页。（作者注）

123. 有两首斯卡洛瓦民谣。一首名叫 *Skrova-sangen*，于一九五〇年前后由威廉·"威尔"·贝德尔森（Wilhelm "Ville" Pedersen）创作。这首歌可以看成斯卡洛瓦的官方歌曲。另外一首叫作 *Se Skrova-fyret blinker*，由赫尔雷夫·贝德尔·里斯伯（Herleif Peder Risbøl）创作于一九四九年，首演是在当地青年活动中心举行的。（作者注）

124. 出自英语儿歌 *Row, Row, Row Your Boat*。

125. 奥劳斯·马格努斯，*Historia om de nordiske folken*，第 21 卷，第 2 章，第 984 页。（作者注）

126. 原文 "Salt" Whiskey，其实应是 "Malt Whiskey"（麦芽威士忌），口误闹的笑话。

127. 托洛夫·科维勒杜勒森（Thorolf Kveldulfsson），《埃吉尔传》中的人物，上文提到的哈拉尔一世的家臣。

128. 德国北部城市之间的商业、政治联盟。十三世纪兴起，十七世纪解体。

129. 约翰·霍杰特（Johan Hjort），*Fiskeri og hvalfangst i det nordlige Norge*，John Griegs Forlag 出版社，1902，第 68 页。（作者注）

130. 约翰·霍杰特之后与英国首屈一指的鲸类研究员约翰·穆雷（John Murray）合作。穆雷参与了传奇性的"殿下之舰挑战者号"首次重大深海科考活动。这艘帆船在一八七二年从普茨矛斯港出海，环绕世界大洋航行了四年时间。在航行的过程中，他们发现了超过四千个新物种。一九一〇年，霍杰特和穆雷加入了"迈克尔·萨尔斯号"蒸汽船科考队。此次航行将他们从北大西洋带到了非洲大陆。霍杰特和穆雷发现了百余个新的深海物种。他们还发现深海中的鱼类和其他生物会利用化学能和细菌发光（生物发光）。他们的发现被收录在《海洋深处》(*The Depths of the Ocean*，1912）一书中。该书的挪威语译本在同年出版：约翰·穆雷爵士和约翰·霍杰特博士，*Atlanterhavet. Fra overflaten til havdypets mørke. Efter undersøkelser med dampskipet "Michael Sars"*，Aschehoug 出版社，1912。（作者注）

春

131. Massalia，今法国第二大城市马赛（Marseille）。

132. 海洋生物学家达格·L. 阿克斯奈斯（Dag L. Aksnes）对这一现象进行了研究，并主持了相关研究项目"沿岸海水变暗导致富营养化症状"。此研究成果的科普版被刊发在挪威期刊《自然》（*Naturen*）中。达格·L. 阿克斯奈斯，*Mørkere kystvann?*，第三期，2015，第 125—132 页。（作者注）

133. 贝尔·罗伯特·弗拉德（Per Robert Flood），*Livet i dypets skjulte univers*，Skald Forlag 出版社，2014，第 59 页。（作者注）

134. http://onlinelibrary.wiley.com/doi/10.1002/2014GL062782/abstract?campaign=wlytk-41855.6211458333. （作者注）

135. Charybdis，有"吞咽"之意。希腊神话中，卡律布狄斯是海神波塞冬与大地女神盖亚之女，被宙斯囚禁于意大利半岛南端，每日三次吞吐海水，形成巨大的旋涡，吞噬过往的船只。

136. 西格里·斯耶格斯塔德·劳柯尔特（Sigri Skjegstad Lockert），*Havsvelget i nord. Moskstraumen gjennem årtusener*，Orkana Akademisk 出版社，2011，第 111 页。（作者注）

137. 埃德加·爱伦·坡（Edgar Allen Poe），《莫斯可旋涡沉溺记》（*A Descent into the Maelström*），选自《诗歌、故事和散文集》（*Poetry, Tales, & Selected Essays*），美国文库出版社，1996。（作者注）

138. 儒勒·凡尔纳（Jules Verne），《海底两万里》（*Twenty Thousand Leagues under the Sea*），1869—1871；古腾堡计划（Project Gutenberg），2002，第 22 章，https://www.gutenberg.org/files/2488/2488-h/2488-h.htm。（作者注）

139. 克里斯蒂安·林德森（Christian Lydersen）和吉特·M. 科瓦克斯（Kit M. Kovacs），*Haiforskning på Svalbard*，选自 *Polarboken*，2011—2012，Norsk Polarklubb 出版社，2012，第 5—14 页。（作者注）

140. 沃纳·赫尔佐格（Werner Herzog）于明尼苏达州明尼阿波利斯沃克艺术中心发表的演讲，题为《明尼苏达宣言：纪录片电影中的真理与事实》（*Minnesota Declaration: Truth and Fact in Documentary Cinema*），1999年4月30日。（作者注）

141. 多诺万·霍恩（Donovan Hohn），《白鸭记：28800只浴盆鸭落海的真实故事》（*Moby-Duck: The True Story of 28,800 Bath Toys Lost at Sea*），维京图书，2011。（作者注）

142. 《卫报》（*The Guardian*），2013年3月8日。（作者注）

143. 近日，挪威政府渔业部发布了在北特伦德拉格郡（Nord-Trøndelag）海岸的极具争议性的拖曳捕捞许可。《渔业日报》（*Fiskaren*），2015年6月17日，第5页。（作者注）

144. 古斯塔夫·彼得·布洛姆（Gustav Peter Blom），*Bemærkninger paa en reise i nordlandene og igjennem Lapland til Stockholm i aaret 1827*，R. Hviids Forlag 出版社，1832（第二次印刷），第77—78页。（作者注）

145. Svein Skotheim, Keiser Wilhelm i Norge, Spartacus, 2001, p. 168.（作者注）

146. 关于地球年龄的资料以及试图为地球确定精确年龄的努力（从乌瑟主教的年代到现当代），我参考了马丁·J. S. 路德维克（Martin J. S. Rudwick）的经典作品《地球的历史：地球是如何被发现的以及它为什么重要》（*Earth's Deep History: How It Was Discovered and Why It Matters*），芝加哥大学出版社，2014。（作者注）

147. 伊瓦尔·B. 兰伯格（Ivar B. Ramberg），英格·布林尼（Inge Bryhni），阿弗里德·诺特威特（Arvid Nøttvedt）和克里斯汀·琅

尼斯（Kristin Rangnes）编辑，*Landet blir til. Norges geologi*，*Norsk Geologiske Forening*，2013（第二版），第 89—90 页。（作者注）

148. 丹尼尔·笛福（Daniel Defoe，1660—1731），英国作家，代表作《鲁宾孙漂流记》。（作者注）

149. 罗伊·雅各布森（Roy Jacobsen），*De usynlige*，*Cappelen Damm*，2013，第 97 页。（作者注）

150. D. H. 劳伦斯（David Herbert Lawrence，1885—1930），英国小说家、批评家、诗人、画家。代表作有《虹》《查特莱夫人的情人》。

151. http://www.lincoln.ac.uk/news/2013/05/691.asp.（作者注）

152. 詹姆斯·乔伊斯（James Joyce），《尤利西斯》(*Ulysses*)，杰里·约翰逊（Jeri Johnson）编，牛津大学出版社，1998，第 37 页。（作者注）

153. 《奥拉夫·特拉格瓦森传说》(*Olav Trggvasons Saga*)，选自《北欧国王生平》(*Heimskringla or The Lives of the Norse Kings*)，斯诺雷·斯图拉森（Snorre Sturlason）著，埃灵·蒙森（Erling Monsen）编注，英译本由 A. H. 史密斯（A. H. Smith）协助完成，多弗出版社，1990，第 167 页。（作者注）

154. 伊丽莎白·科博尔特（Elizabeth Kolbert），《第六次大灭绝：一个非自然史》(*The Sixth Extinction. An Unnatural History*)，亨利·霍尔特出版社，2014。（作者注）

155. 二〇一五年六月十九日，关于该话题的最新研究报告发表在《科学进展》(*Science Advances*) 杂志上，标题为《现代人类导致物种灭绝加速：走向第六次大灭绝》(*Accelerated*

Modern Human-induced Species Losses: Entering the Sixth Mass Extinction)。(作者注)

156. 蒂姆·弗兰纳里(Tim Flannery),《天气制造者:人类如何改变气候以及这对地球生物意味着什么》(*The Weather Makers. How Man Is Changing the Climate and What It Means for Life on Earth*),新大西洋出版社,2005。随着海洋温度的升高,海水由上至下传递热量的能力也被干扰。三个主要水层之间的差异增加,而它们之间的水体交换减少。温水不会进入深层水域,这进一步加重了海水表层的变暖。五千五百万年前,海洋经历过一次整体变暖,几乎所有只能在低温存活的深海动物,包括格陵兰睡鲨,都在那时灭绝了。(作者注)

157. 尼尔·苏宾(Neil Shubin),《体内有条鱼:人类身体的3.5亿年之旅》(*Your Inner Fish: A Journey into the 3.5-Billion-Year History of the Human Body*),万神殿图书,2008。(作者注)

158. 但丁·阿利吉耶里(Dante Alighieri),《神曲》(*The Divine Comedy*),第26首。(作者注)

159. 《安岛邮报》(*Andøyposten*),2006年7月3日。(作者注)

160. 朱丽叶·艾尔佩林(Juliet Eilperin),《魔鬼鱼》(*Demon Fish*)。(作者注)

161. 泗水是婆罗摩火山的门户,印度尼西亚东爪哇省省会。

162. 《约伯纪》(*The Book of Job*),28:12-14,新国际版《圣经》。

Havboka
By Morton A. Strøksnes
Copyright © 2015 by Morton Strøksnes
This edition is published in agreement with Copenhagen Literary Agency, through The Grayhawk Agency; English edition copyright © Tiina Nunnally; Simplified Chinese edition copyright © 2019 New Star Press in association with Penguin Random House North Asia.
All rights reserved.
著作版权合同登记号：01-2019-2507

图书在版编目（CIP）数据

醉鲨／（挪）莫腾·斯特罗克奈斯著；刘虹译.—北京：新星出版社，2019.5
ISBN 978-7-5133-3536-2

Ⅰ.醉… Ⅱ.①莫… ②刘… Ⅲ.纪实文学－挪威－现代 Ⅳ.①I533.55

中国版本图书馆CIP数据核字（2019）第050922号

 "企鹅"及其相关标识是企鹅图书有限公司已经注册或尚未注册的商标。
未经允许，不得擅用。
封底凡无企鹅防伪标识者均属未经授权之非法版本。

醉鲨

（挪）莫腾·斯特罗克奈斯 著；刘虹 译

责任编辑：王　欢		**责任印制**：李珊珊	
特约编辑：赵笑笑　郑　雁		**开　　本**：787mm×1092mm　1/32	
责任校对：刘　义		**印　　张**：11	
装帧设计：高　晴　索　迪		**字　　数**：156千字	

出版发行：新星出版社
出 版 人：马汝军
社　　址：北京市西城区车公庄大街丙3号楼　100044
网　　址：www.newstarpress.com
电　　话：010-88310888
传　　真：010-88310899
法律顾问：北京市大成律师事务所

读者服务：010-88310800　service@newstarpress.com
邮购地址：北京市西城区车公庄大街丙3号楼　100044

印　　刷：北京美图印务有限公司
版　　次：2019年5月第一版　2019年5月第一次印刷
书　　号：ISBN 978-7-5133-3536-2
定　　价：68.00元

版权专有，侵权必究；如有质量问题，请与出版社联系更换。